古典名著普及文库

阅微草堂笔记

武　君　导读 注译

岳麓書社·长沙

出版说明

中国古典名著是中华优秀传统文化的重要载体，今天人们要学习传统文化，如果说有所谓捷径可寻，那恐怕就是直接阅读古典名著了。长期以来，为大众读者出版古典名著的普及读物一直是本社的重要使命。约三十年前，我们便出版了“古典名著普及文库”，收书五十余种，七十余册，蔚为大观。这套书命名为“普及”，首先是因为采用了简体字横排的排版方式。当时的古典名著图书，以未经整理的影印本和繁体竖排本居多，大众读者阅读有障碍，故本文库的推出，确有普及之效。其次，我们提出要让读者“以最少的钱买最好的书”，定价远低于当时同类型品种。基于此，这套“普及文库”迅速流向读者的书架，销量极大，功在普及不浅。

当年这套书，所收各书都是文言文全本，无注释，不翻译，对于今天的大众读者来说，已经很难起到普及作用了。而且，读者如果仅仅出于品鉴、入门的需要，也无须通读大部头的全本古籍。因而，我们推出这套全新的“古典名著普及文库”，在选目上广泛听取国内名校学者们的建议，收录经、史、子、集四部之中第一流的名著一百余种，邀请学有专攻的学者精心注释、翻译，并加以导读。篇幅大的经典，精选菁华，篇幅适中的出版全本，个别篇幅小的，则将主题相近的品种合刊为一册。

我们希望有更多的人能够买得起、读得懂中国的古典名著，接受中华优秀传统文化的滋养。这一套轻松好读又严谨可靠的普及文库，便是我们努力实践这一理念的结果。

前 言

清代是中国文言小说的又一高峰，以成就和影响论，蒲松龄的《聊斋志异》地位极高。而纪昀的《阅微草堂笔记》则是可以与之平分秋色的另外一部重要作品。

纪昀（1724—1805），字晓岚，又字春帆，号孤石老人，别号观弈道人，直隶献县（今河北献县）人。乾隆十九年（1754）中进士，授翰林院庶吉士、编修，在雍正、乾隆、嘉庆三朝历任要职。乾隆三十八年（1773）起，纪昀主持修纂《四库全书》，纂定《四库全书总目提要》，十余年间倾注了大量精力。后累官礼部尚书、兵部尚书、协办大学士、太子少保，卒谥“文达”。

《阅微草堂笔记》作于乾隆五十四年（1789）至嘉庆三年（1798）间，是作者晚年以笔记形式所编写而成的文言短篇志怪小说集。包括《滦阳消夏录》六卷，《如是我闻》《槐西杂志》《姑妄听之》各四卷，《滦阳续录》六卷。收录故事约一千二百则，近四十万言。记录了作者所经历和见闻的各种奇闻异事、官场见闻、世态人情、民俗风尚等。鲁迅在《中国小说史略》中说：“惟纪昀本长文笔，多见秘书，又襟怀夷旷，故凡测鬼神之情状，发人间之幽微，托狐鬼以抒己见者，隽思妙语，时足解颐。”作者在故事的讲述中融入了自己的伦理态度、为官之道、处世哲学、人情爱恶，以儒者之文化自觉，通过狐鬼神怪故事欲行“有益劝惩”的教化。这在当时社会引起广泛反响，书稿每有完篇，便“梨枣屡镌”“翻刻者众”，受到热烈追捧。

嘉庆五年（1800），纪昀门生盛时彦首次将是著五部分合刊，以纪昀书斋号“阅微草堂”命名，编为《阅微草堂笔记》。此后时有翻刻，版本纷出。然而，由于历史原因，这部书一度未能进入公众视野。改革开放以后，尤其是近年来，随着思想观念的转变，《阅微草堂笔记》的出版发行也如雨后春笋，各种版本层出不穷。然而此书的价值理念如何与现代价值衔接，彰显其现代价值与意义，给予现代人以有益启发，其故事体例如何满足现代人对文学作品的故事性与生动性的要求，仍然是值得探究的课题。这也是我们此次选注选译本所主要关注的内容。因此，本书在选择篇目时主要遵循以下几点原则：

一是着重于选择适应当下伦理文化需求的篇目。伦理道德文化是中国传统文化的核心内容，《阅微草堂笔记》虽是作者所闻所见，“聊以消闲”的笔记小说，却处处体现作者“有意而为”“意在劝惩”的创作目的，所谓“诚不敢妄拟前修，然大旨期不乖于风教”。《阅微草堂笔记》中的鬼狐世界是一个有情有义的世界。那些鬼狐也同人世间的善男信女一样，严格秉持着善恶界限，它们不忍诱人相替，张扬一念存善。纪昀笔下鬼狐的可爱也表现在它们有着风雅的追求，它们品诗论文，往往切中肯綮，甚至为争论一首诗一段文而大动干戈，完全不似人们印象中青面獠牙的丑鄙面目。对道学家的批评在《阅微草堂笔记》中比比皆是。纪昀通过鬼狐对道学家的解嘲挖苦，揭露道学家种种鄙陋之态。《阅微草堂笔记》在很大程度上就是借鬼狐之故事来传播名教，维护礼教的秩序与威严。以鬼狐之口来训诫世人，往往能隐去人情社会中的隐约、含蓄，对种种丑恶现象，那些传扬名教的鬼狐可以毫不留情面，率真大胆地去加以批判。在纪昀看来“胜妖当以德”，而就在人与妖的交往中，《阅微草堂笔记》将伦常道德一一昭示于人。

二是注重选择故事性、文学性较强的内容。纪昀创作《阅微草堂笔记》有意与蒲松龄《聊斋志异》相区别，他曾概言《聊斋志异》为“才子之笔”而非“著书者之笔”，以此认为小说属于记叙见闻的叙事文学，须如实记录。也因此《阅微草堂笔记》尚质黜华，篇幅短小，以叙述简古为特色。又由于纪氏长期从事典校秘籍的工作，辨析事理，精微入妙，引经据典，议论偏多，以至多有情节游离之憾。然而在这些故事的讲述中，笔法体例亦多有可取之处。所讲故事往往逸趣横生，有很多篇目匠心独运，能于生趣盎然的简短叙述中引人入胜，把故事讲得生动传神，亦庄亦谐；文笔如行云流水，怡然悠然，潇洒自如，妙趣纵横。而本书偏重选取这些故事性较强的内容。

三是选篇尽可能展现《阅微草堂笔记》内容的丰富性。《阅微草堂笔记》保存了丰富的官场掌故、里巷轶闻、民俗趣事，具有深厚的历史、文学及社会文化内涵。作者描述了各种稀奇的事物，像是一部别样的“百科全书”。从某个角度来讲，《阅微草堂笔记》又是一部当时社会生活的纪录片，三教九流，古今中外无所不包。不仅记载了不少地域（远至乌鲁木齐、伊宁、滇、黔）的山川景物、民俗风情，甚至如天主教、西方物理学、地理学等也融入故事的讲述中。本书选篇亦综合考量其文化价值，从而使得整个选篇不至有割裂感。

《阅微草堂笔记》的“祖本”为嘉庆五年盛时彦之庚申本，其板片毁于嘉庆十四年（1809）。嘉庆二十一年（1816）丙子盛时彦重刻，道光十三年（1833）有癸巳本，道光十五年（1835）乙未纪树馥据癸巳本重刊。此后版本纷出，良莠不齐。1980 年上海古籍出版社出版汪贤度标点排印本，以道光十五年乙未本为底本，又结合诸种刊印本；至 2014 年中华书局出版韩希明“全本全注全译”本，以庚申本为底本，同时以道光十五年乙未郑开禧序本为参校本，并参考了其他点校本。可见庚申本与乙未本均可作为善本，本书亦以庚申本为底本，以乙未本参校，同时其他诸种点校本，如上述汪、韩两种本子，均作为参考。

本书根据单篇内容各拟就一简短篇名，各类故事分列于“鬼狐有真情”“鬼狐传名教”“鬼狐亦正直”“鬼狐亦风雅”“鬼狐谈学问”“道学之鄙”“鬼狐由人兴”“恩怨之间”“世有不可解事”“三教九流”“博物百科”“逸趣杂闻”十二类中，以期读者通过选本了解《阅微草堂笔记》的大体内容。囿于本人学识所限，注译不免有谬误之处，选篇也难免挂一漏万，敬请方家不吝教正。

武君

2018 年 2 月 20 日

目 录

第一编　鬼狐有真情

第二编　鬼狐传名教

第三编　鬼狐亦正直

第四编　鬼狐亦风雅

第五编　鬼狐谈学问

第六编　道学之鄙

第七编　鬼狐由人兴

第八编　恩怨之间

第九编　世有不可解事

第十编 三教九流

第十一编 博物百科

第十二编　逸趣杂闻

第一编

鬼狐有真情

《阅微草堂笔记》中的鬼狐世界是一个有情有义的世界。纪昀塑造的鬼狐形象饱含着人情味道，他着力描绘一个乡风淳厚，人情笃实的理想家园。那些鬼狐也同人世间的善男信女一样，严格秉持着善恶界限。它们不忍诱人相替，张扬一念存善（《滦阳消夏录三·缢鬼忏悔》）；它们铭记恩情，藏去药方报答于人（《滦阳消夏录二·鬼藏药方》）；它们帮助孀妇奉养姑婆（《滦阳消夏录三·狐助转磨》），成为人间真情的传递者。

在对待男女情感的问题上，纪晓岚笔下的鬼狐也坚守着“因须夙造，缘须两合”的爱情信条，认为“与君无缘，不宜相近”（《槐西杂志四·缘须两合》）；而当缘分真正到来时，它们又极力珍惜来之不易的缘分。在周虎与狐精业缘将尽之时，狐精呜咽泣语，缠绵难分（《滦阳消夏录一·狐精惜缘》）；与昔日郎君相昵的狐女，感念旧情，托名而来，为孀妇具食侍疾（《滦阳消夏录四·不忘旧情》）。这些悱恻纠缠的隔世姻缘，如泣如诉的现世情恋，通过人与鬼狐的相遇，将故事讲述得淋漓尽致，酣畅饱满，那动人情思的魔力就在于真情的表现，情味的浓厚。

纪氏感叹“情之至也”，而人间“琵琶别抱，掉首无情”之人亦不及这些有情有义的鬼狐。鬼狐之真情也表现在它们对待父兄、子孙的情义上。《槐西杂志一·鬼子无情》讲述王震升暮年丧子，痛不欲生，而一夜偶过子墓，欲握鬼子之手，鬼子却以无情之语打消父亲的痛念。由此从反面衬托“孝子至情”之义。《滦阳消夏录四·鬼念子孙》讲述何大金之曾祖对子孙的念念不忘，令人追远之心，油然而生。

当然，真情传递，也延及世间与人密切相关的动物，《如是我闻三·忠犬》《如是我闻四·义犬》中的动物兽面人心，对人的情义与忠心，往往是许多人也万万不能及的。通过这些故事的讲述，纪氏营造出一个温情脉脉，充满情义的理想世界。

狐精惜缘

原文

献县周氏仆周虎，为狐所媚，二十余年如伉俪[1]。尝语仆曰："吾炼形已四百余年，过去生中，于汝有业缘[2]当补，一日不满，即一日不得生天[3]。缘尽，吾当去耳。"一日，輾然[4]自喜，又泫然[5]自悲，语虎曰："月之十九日，吾缘尽当别。已为君相一妇，可聘定之。"因出白金[6]付虎，俾[7]备礼。自是狎昵燕婉[8]，逾于平日，恒形影不离。

至十五日，忽晨起告别。虎怪其先期，狐泣曰："业缘一日不可减，亦一日不可增，惟迟早则随所遇耳。吾留此三日缘，为再一

译文

献县周家仆人周虎，被狐精所迷，二十多年来如同恩爱夫妻。狐精曾对周虎说："我修炼人形已经四百多年了，过去的一生中，我和你还有一段业缘应当补上，一天不满，就一天不能投生天界。缘分尽了，我就该走了。"一天，她先是很高兴地微笑，转而又黯然伤神地流泪，对周虎说："这个月的十九日，我们的缘分就尽了，是该离开你了。我已经为你相中了一位女人，你可以送去聘礼把婚事定下来。"于是拿出银子交给周虎，让他准备聘礼。从此与周虎更加缠绵亲热，甚于平时，二人常常形影不离。

到十五日，她忽然早上起床就和周虎告别。周虎责怪她提前离开，狐女哭泣着说："注定的缘分一天不能减少，也一天不能增加，只是早晚可以自己安排。我留下三天的缘分，作为以后相见的余

相会地也。”越数年，果再至，欢洽三日而后去。临行呜咽曰：“从此终天诀矣！”陈德音先生曰：“此狐善留其有余，惜福者当如是。”刘季箴则曰：“三日后终须一别，何必暂留？此狐炼形四百年，尚未到悬崖撒手地位，临事者不当如是。”余谓二公之言，各明一义，各有当也。(《滦阳消夏录一》)

地。”过了几年，狐女果然又来了，欢聚三天后就离去了。临走时呜咽着说：“从此我们就永别了！”陈德音先生说：“这狐精善于留有余地，珍惜幸福的人也应如此。”刘季箴则说：“三天后终究还是要分别，何必再留三天？此狐炼形已经四百年了，还没有到悬崖撒手的地步，处理事情不该这样。”我认为二公所言，各自阐明一种意思，各有其道理。

注释

1 **伉俪：**夫妻。

2 **业缘：**佛教用语。指善恶果报的因缘。

3 **生天：**死后投生天界。

4 **冁(chǎn)然：**笑的样子。多形容女子微笑。

5 **泫(xuàn)然：**流泪的样子。

6 **白金：**白银的别名。

7 **俾(bǐ)：**使。

8 **狎昵(xiá nì)：**过于亲近而态度不庄重。**燕婉：**夫妻恩爱欢好。

鬼藏药方

原文

内阁学士永公，讳宁，婴[1]疾，颇委顿[2]。延[3]医诊视，未遽[4]愈。改延一医，索前医所用药帖，弗得。公以为小婢误置他处，责使搜索，云不得，且笞汝。方倚枕憩息，恍惚有人跪灯下曰："公勿笞婢，此药帖小人所藏。小人即公为臬司[5]时平反得生之囚也。"问："藏药帖何意？"曰："医家同类皆相忌，务改前医之方，以见所长。公所服药不误，特初试一剂，力尚未至耳。使后医见方，必相反以立异，则公殆[6]矣。所以小人阴窃之。"

译文

内阁学士永宁公疾病缠身，很是憔悴萎靡。请医生诊治，病情没有立即好转。又改请了一位医生，这位医生要看之前那位医生的药方，没有找到。永宁公以为是丫鬟放错了地方，叫她仔细找找，还威胁说如果找不到就要鞭打。永宁公正靠着枕头休息，恍恍惚惚觉察有人跪在灯下说："您不要鞭打丫鬟，这个药方是小人藏起来的。小人就是您任按察使时平反得救的囚犯。"永宁公问："为何要藏药方？"那人回答说："医生都是同行相妒，他一定是要改此前的药方，以此来显示自己的高明。您之前所服的药是对的，只是刚尝试了一剂，药力还没有达到。若是让后来的医生看到了之前的方子，必定会再开相反的药方来标新立异，那您就危险了。所以小人偷偷地把方子藏起来了。"

永宁公昏昏沉沉，也没想到刚才说话

公方昏闷，亦未思及其为鬼。稍顷始悟，悚然汗下，乃称前方已失，不复记忆，请后医别疏方。视所用药，则仍前医方也。因连进数剂，病霍然如失。公镇乌鲁木齐日，亲为余言之，曰：“此鬼可谓谙悉世情矣。”（《滦阳消夏录二》）

的是鬼。等过了一会儿才醒悟过来，吓出一身冷汗，于是他说之前的方子已经丢失，记不起来了，请后一位医生别开他方。看了后一位医生所开之药，与前面一位医生一模一样。于是连服了几剂后，病很快就好了。永宁公镇守乌鲁木齐时，亲自给我讲了这个故事，说：“这个鬼可以说熟悉人情世故啊。”

注释

1 **婴：**缠绕。

2 **委顿：**疲困，憔悴。

3 **延：**引进，请。

4 **遽(jù)：**立即。

5 **臬司：**即提刑按察使司，设按察使，正三品，掌一省刑名按劾之事，主要负责一省的刑狱诉讼事务，同时对地方官有监察之责。

6 **殆：**危险。

狐助转磨

原文

先太夫人乳媪廖氏言:沧州马落坡,有妇以卖面为业,得余面以养姑。贫不能畜驴,恒自转磨,夜夜彻四鼓[1]。姑殁后,上墓归,遇二少女于路,迎而笑曰:"同住二十余年,颇相识否?"妇错愕不知所对。二女曰:"嫂勿讶,我姊妹皆狐也。感嫂孝心,每夜助嫂转磨。不意为上帝所嘉,缘是功行,得证[2]正果。今嫂养姑事毕,我姊妹亦登仙去矣。敬来道别,并谢提携也。"言讫,其去如风,转瞬已不见。妇归,再转其磨,则力几不胜,非宿昔之旋运自如矣。(《滦阳消夏录三》)

译文

先太夫人的奶妈廖氏说:沧州马落坡有个妇人以卖面粉为生,用多余的面粉奉养婆婆。因为家贫养不起驴,常常自己推磨,每夜都推磨到四更天。婆婆死后,妇人上坟的归途中遇到两位少女,少女迎着她笑道:"我们和你同住二十来年,我们很熟悉了吧?"妇人十分惊讶,不知怎么回答。两位少女说:"嫂嫂不要惊讶,我姐妹二人都是狐。被嫂嫂的孝心所感动,每天夜里帮助嫂嫂推磨。没想到被上帝所嘉赞,因为是有功之行,所以修成了正果。如今嫂嫂已经对婆婆尽完孝道,我姊妹二人也要登入仙界了。我们恭敬地向您道别,并且感谢您的提携之恩。"话说罢,像一阵风,转眼间就不见了。妇人回去后,再去推磨,则几乎推不动了,再也不像以前那样推转自如了。

注释

1 **四鼓**：报更的鼓声敲了四次，古代一个更次敲一次鼓。四更大致相当于现在的后半夜两点左右。

2 **证**：凭据，帮助断定事理的东西。

缢鬼忏悔

原文

励庵先生又云：有友聂姓，往西山深处上墓返。天寒日短，翳然已暮。畏有虎患，竭蹶[1]力行，望见破庙在山腹，急奔入。时已曛黑[2]，闻墙隅人语曰："此非人境，檀越[3]可速去。"心知是僧，问："师何在此暗坐？"曰："佛家无诳语，身实缢鬼，在此待替。"聂毛骨悚栗。既而曰："与死于虎，无宁死于鬼，吾与师共宿矣。"鬼曰："不去亦可，但幽明异路，君不胜阴气之侵，我不胜阳气之烁，均

译文

励庵先生又说：有位聂姓的朋友，去西山深处上坟回来。天寒日短，暮色将要降临。由于担心有老虎出没，他跌跌撞撞尽力赶路，远远看见山腰里有座破庙，急忙跑了进去。这时天已昏暗，听到墙角有人说话道："这里不是人呆的地方，施主赶紧离开。"聂某心想是和尚，问道："师父为什么在这昏暗的地方坐着？"那人回答说："佛家不说谎话，我其实是吊死鬼，在这里等待替身。"聂某毛骨悚然，吓得浑身发抖。过了一会儿说："与其死于虎口，还不如死于鬼手，我今天和您一起住宿了。"鬼说："不离开也行，但是阴间和阳间路数不同，你受不了阴气的侵袭，我受不了阳气的烘烤，一起

刺促[4]不安耳。各占一隅，毋相近可也。”

聂遥问待替之故，鬼曰：“上帝好生，不欲人自戕其命。如忠臣尽节，烈妇完贞，是虽横夭，与正命[5]无异，不必待替。其情迫势穷，更无求生之路者，悯其事非得已，亦付转轮，仍核计生平，依善恶受报，亦不必待替。倘有一线可生，或小忿不忍，或借以累人，逞其戾气，率尔投缳[6]，则大拂天地生物之心，故必使待替以示罚。所以幽囚沉滞，动至百年也。”

问：“不有诱人相替者乎？”鬼曰：“吾不忍也。凡人就缢，为节义死者，魂自顶上升，其死速。为忿嫉死者，魂自心下降，其死迟。未绝之顷，百脉倒涌，肌肤皆寸寸欲裂，痛如脔割，胸膈肠胃中如烈焰燔烧，不可忍受。如是十许刻，形神乃离。思是楚毒，见缢者方阻之速返，肯相诱乎？”聂曰：

住宿都会不得安宁。我们各自占据一个角落，不要互相靠近。”

聂某远远地问他等待替身的缘故，鬼说：“上帝爱好生命，不想看到人自己残害自己的生命。像尽节的忠臣，完贞的烈妇，这虽然是意外的横死，与正常死亡的没有区别，不必等待替身。那些因为情势紧迫困顿，没有求生之路的，阴司同情他们是迫于不得已而为之，这样死后也交付转生轮回，仍要核查其生平，让其依照善恶来接受报应，这样也不必等待替身。倘有一线希望可以活命，只是因为小的怨恨就不能忍受，或用自己的死来连累别人，逞一时的暴戾之气，轻率地就去上吊，那么就大大地违背了天地生物的本心，所以一定要他等待替身，以示惩戒。所以幽魂滞留在阴间，动不动就百年之久。”

聂某问：“不是有引诱人相代替的吗？”鬼说：“我不忍心这么做。凡是人上吊，为节义而死的，魂从头顶上升，死得痛快。为忿恨嫉妒死的，魂魄从心往下降，死得慢。没有断气的时候，通身血脉倒涌上来，肌肤好像要一寸一寸裂开，像割肉一样痛，胸膈肠胃中如同烈火焚烧，不能忍受。就这样十来刻钟，形体与魂魄分离。想想这样的痛苦，所

“师存是念，自必生天。”鬼曰：“是不敢望。惟一意念佛，冀忏悔耳。”俄天欲曙，问之不言，谛视亦无所见。后聂每上墓，必携饮食纸钱祭之，辄有旋风绕左右。一岁，旋风不至，意其一念之善，已解脱鬼趣矣。（《滦阳消夏录三》）

以看见上吊的就阻止，还怎么肯去引诱他呢？”聂某说：“您心存这样的想法，必然会升天。”鬼说：“这个不敢奢望。只是一心一意念佛，希望忏悔罢了。”不一会儿，天要亮了，聂某再问，对方不说话了，仔细看，什么也看不见了。后来聂某每次上坟，必定携带饮食纸钱来拜祭他，每次也总有旋风围绕左右。有一年，旋风不来，料想这个鬼因为一念之善，已解脱出鬼道了。

注释

1 **蹶**：跌倒。

2 **曛黑**：日暮昏暗。

3 **檀越**：施主。指以财物、饮食供养出家人或寺院的俗家信徒。平时出家人也用来尊称一般的在家人。

4 **刺促**：恐惧不安的样子。

5 **正命**：安享天年而死。相对于非命而言。

6 **投缳**：上吊，自缢。

鬼念子孙

原文

又，佃户何大金，夜守麦

译文

又，佃户何大金，夜间看守麦田，

田，有一老翁来共坐。大金念村中无是人，意是行路者偶憩。老翁求饮，以罐中水与之。因问大金姓氏，并问其祖父，恻然曰："汝勿怖，我即汝曾祖。不祸汝也。"细询家事，忽喜忽悲。临行，嘱大金曰："鬼自伺放焰口[1]求食外，别无他事，惟子孙念念不能忘，愈久愈切。但苦幽明阻隔，不得音问。或偶闻子孙炽盛，辄跃然以喜者数日，群鬼皆来贺；偶闻子孙零替，亦悄然以悲者数日，群鬼皆来唁。较生人之望子孙，殆切十倍。今闻汝等尚温饱，吾又歌舞数日矣。"回顾再四，丁宁勉励而去。先姚安公曰："何大金蠢然一物，必不能伪造斯言。闻之，使人追远之心，油然而生。"（《滦阳消夏录四》）

有个老翁来和他坐在一起。何大金心想村里没有这么个人，可能是过路的人偶然来歇歇脚。老翁向他讨水喝，何大金拿罐中的水给他。老翁问何大金姓氏，并问及他的祖父，感伤地说："你不要怕，我就是你的曾祖。我不会害你的。"他向何大金仔细询问了很多家事，忽而高兴忽而悲伤。临走时，嘱咐何大金说："鬼除了在祭祀时等待供品求口饭吃外，没有别的事情，只是对子孙念念不忘，年代越久思念越切。但苦于阴阳两界的阻隔，不通音讯。有时偶尔听到子孙兴旺发达，就会手舞足蹈，高兴好几天，群鬼都来祝贺；偶然听到子孙零替衰败，也会悄然不乐，伤心好几天，群鬼都来慰问。相较于活着的人对子孙的期待，大概还要殷切十倍。如今听到你们生活尚且温饱，我又能高兴几天了。"老翁一边走，一边回头叮咛勉励。先父姚安公说："何大金这么一个粗笨之人，肯定不能编出这一番话来。听到这些，让人油然生起敬祖追远之心。"

注释

1 **放焰口：**焰口是佛教用语，形容饿鬼渴望饮食，口吐火焰。和尚向饿鬼施食叫放焰口。

不忘旧情

原文

沈观察夫妇并故，幼子寄食亲戚家，贫窭[1]无人状。其妾嫁于史太常家，闻而心恻，时阴使婢媪，与以衣物。后太常知之，曰："此尚在人情天理中。"亦勿禁也。钱塘季沧洲因言，有孀妇病卧，不能自炊，哀呼邻媪代炊，亦不能时至。

忽一少女排闼[2]入，曰："吾新来邻家女也。闻姊困苦乏食，意恒不忍。今告于父母，愿为姊具食，且侍疾。"自是日来其家，凡三四月，孀妇病愈，将诣门谢其父母。女泫然[3]曰："不敢欺，我实狐也，与郎君在日最相昵，今感念旧情，又悯姊之苦节，是

译文

沈观察夫妇都去世后，幼子寄养在亲戚家，缺衣短食没个人样。沈观察的妾嫁到史太常家，听到后心生恻隐，时常偷偷地让婢女、老妈子送些衣物去。后来太常知道了，说："这还在人情天理当中。"也没有阻拦。钱塘人季沧洲说，有个寡妇卧病不起，不能自己做饭吃，哀求邻家老太太代为做饭，老太太也不能按时到来。

忽然有一位少女推门而入，说："我是新搬来的邻家的女儿。听说姐姐困苦吃不上饭，心中常常不忍。如今我将这件事告诉父母，愿意为姐姐做饭，并且伺候姐姐养病。"从此以后天天来她家，过了三四个月，寡妇病愈，想要登门向其父母致谢。女子流着泪说："我不敢欺骗你，我其实是狐，你丈夫在的时候，我和他很恩爱，如今

以托名而来耳。”置白金数铤[4]于床，呜咽而去。二事颇相类。然则琵琶别抱[5]，掉首无情，非惟不及此妾，乃并不及此狐。(《滦阳消夏录四》)

感念旧情，又可怜姐姐辛苦守节，所以冒名而来。”然后在床上放了几块银子，呜咽着离去。两件事情很相似。改嫁之后便转脸无情的女人，不但不如这个妾，甚至连这个狐精也不如。

注释

1 **贫窭(jù)：**贫穷。窭，贫陋。

2 **排闼(tà)：**推门。

3 **泫然：**流泪的样子。

4 **铤(dìng)：**古同“锭”，专门铸成的各种形状的金银块，用以货币流通。

5 **琵琶别抱：**妇女改嫁。

鬼魅托形

原文

有孟氏媪清明上冢归，渴就人家求饮。见女子立树下，态殊婉娈[1]，取水饮媪毕，仍邀共坐，意甚款洽。媪问其父母兄弟，对答具有条理。因戏问：“已许嫁未？我为汝媒。”女面赧[2]避入，呼

译文

有个姓孟的老太太清明上坟回来，路上口渴，就到附近一户人家来要水喝。看到一位女子站在树下，性情温顺年少貌美，女子端来水让老太太喝完，还请她一起坐下，看上去热情融洽。老太太问她的父母兄弟，女子对答有条有理。顺着话题老太太开玩笑地问：“有

之不出。时已日暮，乃不别而行。越半载，有为媪子议婚者，询之即前女，大喜过望，急促成之。

于归后，媪抚其肩曰："数月不见，汝更长成矣。"女错愕不知所对。细询始末，乃知女十岁失母，鞠于外氏五六年，纳币后始迎归。媪上冢时，原未尝至家也。女家故小姓，又颇窘乏，非媪亲见其明慧，姻未必成。不知是何鬼魅，托形以联其好；又不知鬼魅何所取义，必托形以联其好。事有不可理推者，此类是矣。（《如是我闻二》）

婆家了吗？我可以为你说媒。"女子羞红着脸躲进屋里，叫她也不出来。当时太阳已经下山，老太太于是不辞而别。过了半年，有人给老太太的儿子说亲，询问才知道是老太太此前见过的女子，老太太大喜过望，匆忙促成了这桩婚事。

女子嫁过去后，老太太抚摸着她的肩膀说："几个月不见，你长成大闺女了。"女子却一脸惊讶不知如何回答。老太太仔细询问事情的前因后果，才知道女子十岁就丧母，寄养在外祖父家五六年，直到收到聘礼后才迎回家。老太太上坟时，她还没有回家。女子本出身小户人家，家境贫寒，不是老太太亲眼识见她的聪明贤惠，这桩姻缘也未必能成。不知是什么鬼魅，变成人形，做好事联姻；又不知道那个鬼魅为了什么，幻化成女子的模样来给两家联姻。世界上总有些说不出道理来的事，就像这件事一样。

注释

1 **婉娈：**年少美貌。

2 **赧(nǎn)：**因羞惭而脸红。

忠　犬

原文

王征君[1]载扬言：尝宿友人蔬圃中，闻窗外人语。曰："风雪寒甚，可暂避入空屋。"又闻一人语曰："后垣半圮[2]，偷儿阑入，将奈何？食人之食，不可不事人之事。"意谓僮仆之守夜者。天晓启户，地无人迹，惟二犬偃卧墙缺下，雪没腹矣。嘉祥曾映华曰："此载扬寓言，以愧僮仆之负心者也。"余谓犬之为物，不烦驱策而警夜不失职，宁忍寒饿而恋主不他往，天下为僮仆者，实万万不能及。其足使人愧，正不在能语不能语耳。（《如是我闻三》）

译文

征君王载扬说：曾有一天晚上他借住在朋友家的菜园子中，听到窗外有人说话。一个人说："风雪天太过寒冷，可以到屋子里避一避。"又听到一个人说："后墙塌了一半，小偷半夜进来怎么办？吃了人家的饭，不能不尽心给人家做事。"他以为是守夜的僮仆。天亮后打开门，雪地上没有人的足迹，只有两只狗卧在墙的缺口下面，大雪已经没过狗肚子。嘉祥人曾映华说："这是王载扬的寓言，说来让负心的仆人羞愧。"我觉得狗这种动物，不用主人指使，就能守夜，从不失职，宁可忍受饥饿寒冷也留恋主人不肯离去，天下为仆人的，实在万万比不上。这两只狗足以让人惭愧，并不在于能不能说话。

注释

1 **征君:**不就朝廷征辟的士人被称作“征士”,对这些征士的尊称就是“征君”。

2 **圮:**塌坏,倒塌。

两世夫妇

原文

两世夫妇,如韦皋、玉箫者,盖有之矣。景州李西崖言:乙丑[1]会试,见贵州一孝廉,述其乡民家生一子,甫能言,即云我前生某氏之女,某氏之妻,夫名某字某,吾卒时夫年若干,今年当若干,所居之地,距民家四五日程耳。此语渐闻。

至十四五岁时,其故夫知有是说,径来寻问。相见涕泗,述前生事悉相符。是夕竟抱被同寝。其母不能禁。疑而窃听,灭烛以后,已妮妮儿女语[2]矣。母怒,逐其故

译文

两世都成为夫妇,如韦皋、玉箫那样,大概是有的。景州李西崖说:乾隆乙丑年会试时,见到贵州的一个孝廉,叙述他的家乡有个乡民生了个孩子,刚会说话,就说她前生是谁的女儿,谁的妻子,夫君名甚叫甚,她死的时候丈夫多大年龄,现在应该是多大年龄,居住的地方,距离村民家大约有四五天路的距离。这些话渐渐地传开了。

到了十四五岁时,她的前世丈夫听说这件事后,径自前来寻问。相见以后两人痛哭流泪,前生的事情说得完全一致。当天晚上竟然抱上被子一同就寝。女子的母亲不能禁止,就起了疑心偷听他们说话,熄灭蜡烛以后,两人便

夫去。此子愤悒不食，其故夫亦栖迟旅舍不肯行。一日，防范偶疏，竟相偕遁去，莫知所终。异哉此事！古所未闻也。此谓发乎情而不止乎礼矣。（《如是我闻三》）

开始说一些亲热的私话。母亲大怒，把这位前世丈夫赶了出去。这个孩子气愤得不吃饭，她前世的丈夫也住在旅馆迟迟不肯动身离开。一天，防范偶然疏忽，二人竟然一同逃走了，不知去了哪里。这件事真是奇怪！自古就没有听说过。这可以说是发乎情而不能止乎礼了。

注释

1 **乙丑**：乾隆十年(1745)。

2 **妮妮儿女语**：语出苏轼《水调歌头·昵昵儿女语》："昵昵儿女语，灯火夜微明。"昵昵：象声词，形容言辞亲切。指青年男女亲昵地窃窃私语。

义犬

原文

舅氏张公梦征言：所居吴家庄西，一丐者死于路，所畜犬守之不去。夜有狼来啖其尸，犬奋啮不使前；俄诸狼大集，犬力尽踣[1]，遂并为所啖。惟存其首，尚双目

译文

舅舅张梦征公说：他住的吴家庄西，有个乞丐死在路上，乞丐所养的狗看守着他的尸体不离开。夜里有狼来吃死尸，狗奋力拼咬使狼不能靠近；过了一会儿狼群集聚，狗筋疲力尽地倒下，和它的主人一起被狼吃掉。只留下

怒张，眦[2]如欲裂。有佃户守瓜田者亲见之。又程易门在乌鲁木齐，一夕，有盗入室，已逾垣将出，所畜犬追啮其足。盗抽刃斫[3]之，至死啮终不释，因就擒。时易门有仆，曰龚起龙，方负心反噬。皆曰："程太守家有二异：一人面兽心，一兽面人心。"（《如是我闻四》）

了脑袋，两只眼睛仍然怒睁欲裂。有守瓜田的佃户亲眼看见了。又有，程易门在乌鲁木齐，一天晚上，有盗贼入室偷盗，快要跳墙逃出时，被程易门家所养的狗追上去咬住了脚。盗贼抽出刀砍狗，狗至死也没有松口，盗贼因此被捉拿。当时程易门家有个叫龚起龙的仆人，负心诬陷主人。人们都说："程太守家有两怪：一个人面兽心，一个兽面人心。"

注释

1 踣（bó）：倒毙。

2 眦（zì）：眼角，上下眼睑的接合处，靠近鼻子的称"内眦"，靠近两鬓的称"外眦"。

3 斫（zhuó）：用刀、斧等砍。

乌鸦报警

原文

余在乌鲁木齐日，骁骑校[1]萨音绰克图言：曩守红山口卡伦[2]，一日将

译文

我在乌鲁木齐时，骁骑校萨音绰克图说：以前他驻守红山口哨卡，一天将要天亮时，有只乌鸦对着门哑哑啼叫。他

曙，有乌哑哑对户啼。恶其不吉，引骹矢[3]射之。噭然有声，掠乳牛背上过，牛骇而奔，呼数卒急追。入一山坳，遇耕者二人，触一人仆。扶视无大伤，惟足跛难行。问其家不远，共舁[4]送归。入室坐未定，闻小儿连呼“有贼”。同出助捕，则私逃遣犯韩云。

方逾垣盗食其瓜，因共执焉。使乌不对户啼，则萨音绰克图不射；萨音绰克图不射，则牛不惊逸；牛不惊逸，则不触人仆；不触人仆，则数卒不至其家；徒一小儿见人盗瓜，其势必不能絷[5]缚。乃转辗相引，终使受絷伏诛。此乌之来，岂非有物凭之哉？盖云本剧寇，所劫杀者多矣，尔时虽无所睹，实与刘刚遇鬼因果相同也。（《如是我闻四》）

讨厌乌鸦叫，以为不吉利，就用响箭射它。乌鸦怪叫一声，从奶牛背上掠过飞去，牛受惊奔跑，他急忙招呼几个士兵追赶。追进一个山坳，遇到两个耕地的农夫，牛把其中一人撞倒了。扶起来检视没有大伤，只是崴了脚难以行走。询问他的家离这儿不远，就一起搀扶他回家。进了农夫家门还没有坐定，听到小孩子连呼“有贼”。士兵们出门追捕，竟是逃遣犯韩云。

他正好跳进墙来偷瓜吃，于是大家共同上手把他捉拿。假如乌鸦不对着门啼叫，则萨音绰克图也不会射它；萨音绰克图不射乌鸦，则牛也不会受惊奔跑；牛不受惊奔跑，则不会撞倒农夫；不撞倒农夫，则士兵们也不会到他家；如果只是一个小孩看见有人偷瓜，也不可能把盗贼抓住。就这样辗转牵连，终于使盗贼被擒受罚。这只乌鸦的到来，莫非是有什么东西引导？韩云本来是个大盗，被他抢劫杀害的人有很多，他当时虽然没有看到什么，但实际上与刘刚遇鬼的因果报应是一样的。

注释

1 **骁骑校：**清朝官名。后金天聪八年(1634)，定固山额真（都统）行营马兵称阿礼哈超哈，后改称骁骑营。骁骑营有佐领，下设骁骑校（原称分得拨什库),佐领与骁骑校为直接受都统与副都统、参领管辖的军官。

2 **卡伦:**哨卡。

3 **骹(xiāo)矢:**响箭。

4 **舁(yú):**抬。

5 **絷(zhí):**拴,捆。

鬼子无情

原文

先兄晴湖言:有王震升者,暮年丧爱子,痛不欲生。一夜偶过其墓,徘徊凄恋,不能去。忽见其子独坐陇头,急趋就之。鬼亦不避。然欲握其手,辄引退。与之语,神意索漠,似不欲闻。怪问其故,鬼哂曰:"父子宿缘也,缘尽,则尔为尔我为我矣,何必更相问讯哉!"掉头竟去。

震升自此痛念顿消。客或曰:"使西河[1]能知此义,当不丧明。"先兄曰:

译文

先兄晴湖说:有个叫王震升的人晚年失去爱子,痛不欲生。一天夜里偶然经过儿子的墓地,徘徊留恋不忍离去。忽然看见他的儿子独自一人坐在陇头上,就急忙跑过去走近儿子。鬼也不避他。然而他想抓住儿子的手,鬼却后退。和鬼说话,鬼神情冷漠,似不想听。他感到很奇怪就去问儿子,鬼冷笑道:"父子的关系是宿缘,缘尽了,你是你我是我,何必又问来问去呢!"说完掉头就走了。

王震升从此以后不再思念儿子,悲痛的心情也一下子消散了。有个门客说:"假如当初子夏能明白这个道理,也不至

"此孝子至情，作此变幻，以绝其父之悲思，如郗超密札[2]之意耳。非正理也。使人存此见，父子兄弟夫妇，均视如萍水之相逢，不日趋于薄哉！"（《槐西杂志一》）

于在西河哭瞎眼睛。"先兄说："这是孝子的至情，以这样的变幻，来断绝他父亲的悲痛思念之情，就如同郗超密札的用意。我认为这不是正确的理解。假如每个人心中都有这样的想法，父子兄弟夫妇间的情义都视如萍水相逢，人情不是越来越淡薄了吗！"

注释

1 **西河：**指孔子弟子子夏在西河因丧子而哭瞎眼睛。

2 **郗超密札：**郗超，字景兴，一字敬舆，高平金乡（今山东金乡）人，东晋官员。郗超临终前，将一箱书信交给门生保管，嘱咐道："我父年事已高，我死之后，如果他悲伤过度，影响到饮食睡眠，可把这个箱子呈交给他。不然的话，你就把它烧掉。"郗超死后，郗愔果然因悲痛患病。门生便将箱子交给他，里面全都是郗超与桓温密谋书信。郗愔大怒道："这小子死得太晚了。"从此再也不为他流泪。

缘须两合

原文

乙卯[1]典试山西时，陶序东以乐平令充同考官。卷未入时，共闲话仙鬼事。序东言：有友尝游南岳，至

译文

乾隆乙卯年我在山西主考乡试时，陶序东以乐平令的身份充当同考官。考卷还没有到的时候，一同闲聊神仙鬼怪的故事。陶序东说：有个朋友曾经游历

林壑深处，见女子倚石坐花下。稔闻智琼、兰香事[2]，遽往就之。女子以纨扇障面曰："与君无缘，不宜相近。"曰："缘自因生，不可从此种因乎？"女子曰："因须夙造，缘须两合，非一人欲种即种也。"翳然灭迹，疑为仙也。余谓情欲之因缘，此女所说是也。至恩怨之因缘，则一人欲种即种，又当别论矣。（《槐西杂志四》）

南岳，到了林壑深处，见到一女子靠着山石坐在花下。他熟闻干宝《搜神记》中智琼、兰香的故事，就急忙走到女子身旁。女子用纨扇挡着脸说："我和您没有缘分，请不要靠近我。"朋友说："缘分是由因而生，我们不能从现在开始种因吗？"女子说："因缘需要前世所定，缘分要靠双方情愿，不是一个人想种就能种的。"女子转眼间就不见踪影了，朋友怀疑这是位神仙。我认为男女情事的因缘，这个女子说的是对的。至于恩怨的因缘，就是一个人想种就种，这又另当别论了。

注释

1 **乙卯：**乾隆六十年（1795）。

2 **智琼、兰香事：**事见《搜神记》。三国时期魏国人弦超夜梦一女子，名叫智琼，连续三四天晚上都在重复同一个梦。一天早上，梦中女子出现，后来两人结为夫妇。又，汉时有个女子叫杜兰香，南康人氏，多次上门造访张硕，为他消魔祛病。

鬼托人情

原文

从伯君章公言：中表某丈，月夕纳凉于村外，遇一人似是书生，长揖曰："仆不幸获谴于社公[1]，自祷弗解也。一社之中，惟君祀社公最丰，而数十年一无所祈请。社公甚德君，亦甚重君。君为一祷，必见从。"表丈曰："尔何人？"曰："某故诸生，与君先人亦相识，今下世三十余年矣。昨偶向民家索食，为所诉也。"

表丈曰："己事不祈请，乃祈请人事乎？人事不祈请，乃祈请鬼事乎？仆无能为役，先生休矣。"其人掉臂去曰："自了汉[2]耳，不足谋也。"夫肴酒必丰，敬鬼神也；无所祈请，远之也。敬鬼神

译文

堂伯君章公说：表亲某先生，在一个月光明亮的夜晚于村外纳凉，遇到一个人看起来好像是书生，对他长揖说："我不幸受到土地神的惩罚，自己祈祷但于事无补。这一带只有您祭祀土地神的供品最为丰厚，而几十年间没求过土地神一件事。土地神很感激您，也最看重您。您要能为我祈祷，土地神一定会答应。"表丈说："你是什么人？"回答说："我是一个已死的秀才，和您的先人也曾认识，如今去世三十多年了。昨天偶然去百姓家要吃的，被告发了。"

表丈说："自己的事我都不去祈祷，难道还会去为别人祈祷？人间的事我都不祈祷，反而会去祈祷鬼的事吗？我无法为你效劳，你还是打消这个念头吧。"书生一甩袖子就走了："自己顾自己的家伙，无法和你商量。"祭祀的酒菜

而远之，即民之义也。视流俗之谄渎，迂儒之傲侮，为得其中矣。说此事时，余甫八九岁，此表丈偶忘姓名。其时乡风淳厚，大抵必端谨笃实之家，始相与为婚姻。行谊似此者多，不能揣度为谁也。“高山仰止，景行行止。”[3]俯仰七十年间，能勿睾然[4]远想哉！（《姑妄听之四》）

务必丰厚，是尊敬鬼神；不去祈请鬼神，是为了与鬼神保持距离。敬鬼神又远远回避鬼神，这就是人们应该遵循的原则。再看看那些流俗之人的谄渎和迂儒之人的傲侮，表亲某先生真是不偏不倚。听说这件事的时候，我刚刚八九岁，偶然忘记了这位表亲姓名。那时候的乡风淳朴敦厚，一般来说，必须是端正谨慎笃实的家庭，才会相互联姻。我家亲戚为人处事像这位老先生的有很多，现在不知道到底是哪一位了。“高山仰止，景行行止。”不知不觉已经七十年过去了，怎么能不深深缅怀呢！

注释

1 **社公：**即土地神。由古代社神发展而来。

2 **自了汉：**此处指只顾自己，不顾大局者。

3 **高山仰止，景行行止：**指崇高的品行。高山，比喻高尚的德行。景行，大路，比喻行为正大光明。

4 **睾(gāo)然：**高远貌。

第二编

鬼狐传名教

中国传统文化的一个重要功能便是整合社会、人心秩序。纪昀《滦阳消夏录序》云:"小说稗官,知无关于著述;街谈巷议,或有益于劝惩。"《姑妄听之序》亦云:"然大旨期不乖于风教。"盛时彦序文也说其"大旨要归于醇正,欲使人知所劝惩"。《阅微草堂笔记》在很大程度上就是借鬼狐之事来传播名教,维护礼教的秩序与威严。

由此,纪昀笔下的鬼狐形象往往具有较之于人更为理性的表现,《滦阳消夏录一·李公遇仙受教》讲述了献县县令明晟在处理一桩冤案时犹豫不定,请教狐友帮忙决断,狐精正色说:"明公是百姓的父母官,只应去论案件冤不冤,不应该问上司答不答应。"作者借此进而宣扬"天地之生才,朝廷之设官,所以补救气数也。身握事权,束手而委命,天地何必生此才,朝廷何必设此官乎?"以此提醒为官者的责任。《滦阳消夏录一·骑驴少妇》的故事则讲述狐女数次变幻,数落鞭挞"读圣贤书,一恕字尚不能解"的轻薄少年。

以鬼狐之口来训诫世人,往往能隐去人情社会中的隐约、含蓄,那些传扬名教的鬼狐可以丝毫不留情面,率真大胆地批判社会不良现象。刘子明与狐精相安甚久,一日遭狐友讽刺"厚结盟之兄弟,而疾其亲兄弟者""厚其妻前夫之子,而疾其前妻之子"(《如是我闻三·狐讽人》)。

纪昀认为在五常中,只有朋友是以义相交,不计较报答,因此也能无所顾忌地去帮助朋友。《姑妄听之二·狐教亡友子》中狐友坦言:"其父不以异类视我,与我交至厚。我亦不以异类自外,视其父如兄弟。"终使其子"誓辍是业,竟得考终"。同样纪昀笔下亦有诸多不忍于、不屑于采补的狐精，如《姑妄听之一·清修之狐》中的狐女认为“往来城市，则嗜欲日生”，因此不免于媚人采补，而它选择清修生活就是为了避免所害过多。相较而下，往往不自重者有之，《姑妄听之一·论自重》《如是我闻三·悍妇愚念》的故事即是如此。因此，在纪昀看来“胜妖当以德”，而就在人与妖的交往中，《阅微草堂笔记》将伦常道德一一昭示于人。

李公遇仙受教

原文

献县令明晟，应山人。尝欲申雪一冤狱，而虑上官不允，疑惑未决。儒学门斗[1]有五半仙者，与一狐友，言小休咎[2]多有验，遣往问之。狐正色曰："明公为民父母，但当论其冤不冤，不当问其允不允。独不记制府[3]李公之言乎？"门斗返报，明为愯然[4]。因言制府李公卫未达时，尝同一道士渡江。适有与舟子争诟者，道士太息曰："命在须臾，尚较计数文钱耶！"俄其人为帆脚所扫，堕江死。

李公心异之。中流风作，舟欲覆。道士禹步[5]诵咒，风止得济。李公再拜谢更生[6]，道士曰："适堕江者，命也，吾

译文

献县县令明晟，是应山人。曾经想要申雪一桩冤案，却担心上司不答应，犹豫不定。县学有个公差叫五半仙，交了一个狐友，谈论些小的吉凶，多半应验，明晟派他前去询问。狐精正色说："明公是百姓的父母官，只应去论案件冤不冤，不应该问上司答不答应。难道偏偏不记得总督李公的话吗？"公差回报，明晟为此大吃一惊。于是说起总督李卫公没有显达时，曾经和一个道士一同渡江。恰巧有人和船夫争吵，道士叹息说："性命就在顷刻间，还计较几文钱呐！"不一会儿那人被船帆尾部扫了一下，落江而死。

李公心里觉得奇怪。船行到江中间，起了风，船眼看就要翻了。道士踩着禹步念诵咒语，风停了，终于

不能救。公贵人也，遇厄得济，亦命也，吾不能不救。何谢焉？”李公又拜曰：“领师此训，吾终身安命矣。”道士曰：“是不尽然。一身之穷达，当安命，不安命则奔竞排轧，无所不至。不知李林甫、秦桧即不倾陷善类，亦作宰相，徒自增罪案耳。至国计民生之利害，则不可言命。天地之生才，朝廷之设官，所以补救气数也。身握事权，束手而委命，天地何必生此才，朝廷何必设此官乎？晨门[7]曰：‘是知其不可而为之。’诸葛武侯曰：‘鞠躬尽瘁，死而后已。成败利钝，非所逆睹。’此圣贤立命之学，公其识之。”

李公谨受教，拜问姓名。道士曰：“言之恐公骇。”下舟行数十步，翳然[8]灭迹。昔在会城，李公曾话是事，不识此狐何以得知也。

（《滦阳消夏录一》）

渡过了江。李公再三拜谢道士的救命之恩，道士说：“刚才落江的人，是命，我救不了。您是贵人，遇到困厄得以渡江，这也是命，我不能不救。何必要道谢呢？”李公又拜谢说：“领受大师的训诫，我将终身安于命运了。”道士说：“也不全然如此。一生的困穷显达，应当安于命运，不安于命运就会奔走争斗、排挤倾轧，用上各种手段。人们不知道，李林甫、秦桧就是不倾轧陷害好人，也要做宰相，只是枉然给自己增加罪业罢了。至于国计民生的利和害，就不可以听从命运。天地降生的人才，朝廷设置的官员，是用来补救气数和运会的。如果自己掌握权力，却袖手听凭天命安排，那天地何必降生这个人才，朝廷何必设置这个官职呢？《论语》里记载看守城门的人说：‘知道不可以却要去做。’诸葛武侯曰：‘鞠躬尽瘁，死而后已。成败利钝，是不能预料的。’这是圣贤安身立命的学问，您要记住。”

李公恭谨地接受教诲，拜问他的姓名。道士说：“说了担心您惊怕。”下船走了几十步，一下子隐灭不见了。过去在省城，李公曾讲起这件事，不知这狐精是怎么知道的。

注释

1 **门斗：**学宫的仆役。

2 **休咎：**指善恶、吉凶、福祸的情况。

3 **制府：**古时指制置司衙门，掌军务。清代为总督的尊称。

4 **悚(sǒng)然：**惊悚的样子。

5 **禹步：**道教法师设坛建醮时，为求遣神召灵而礼拜星斗的步态动作。

6 **更生：**重生，再生。

7 **晨门：**掌管城门开闭的人。

8 **翳(yì)然：**形容隐蔽。

骑驴少妇

原文

天津某孝廉，与数友郊外踏青。皆少年轻薄，见柳阴中少妇骑驴过，欺其无伴，邀众逐其后，嫚语[1]调谑。少妇殊不答，鞭驴疾行。有两三人先追及，少妇忽下驴软语，意似相悦。俄某与三四人追及，审视，正其妻也。但妻不解骑，是日亦无由至郊外，且疑且怒，近前

译文

天津某举人，与几个朋友到郊外踏青。都是少年轻薄之辈，见到柳阴里有少妇骑驴而过，一帮年轻人欺负她独身无伴，相约一起在后面追逐，用轻薄的言语调笑她。少妇并不搭理他们，鞭打驴子疾行。有两三个人先追了上来，少妇忽然下驴温和地与他们搭话，看样子好像很喜欢他们。不一会儿某举人与三四个人追上来，仔细一看正是他的妻子。但是他的妻子不会骑驴，今天也没有理

呵之。妻嬉笑如故。某愤气潮涌，奋掌欲掴其面。妻忽飞跨驴背，别换一形，以鞭指某数曰：“见他人之妇，则狎亵百端；见是己妇，则恚[2]恨如是，尔读圣贤书，一恕字尚不能解，何以挂名桂籍[3]耶？”数讫[4]，径行。某色如死灰，殆僵立道左不能去，竟不知是何魅也。（《滦阳消夏录一》）

由到郊外来，他又疑又怒，上前责骂。可是妻子嬉笑如故。某举人怒火中烧，举手欲打妻子耳光。妻子忽然飞身跨上驴背，换成了另一副相貌，拿起鞭子指着某举人数落道：“看见别人的妻子，就百般调戏；见到自己的妻子，就这样愤恨，你是读圣贤书的，一个恕字还没有弄明白，你凭什么考取举人？”数落完后，径自离去。某举人面如死灰，僵立道旁几乎不能挪步，最终也不知道这个少妇是什么鬼魅。

注释

1 **嫚(màn)语**：轻视、侮辱的言辞。

2 **恚(huì)**：恨、怒。

3 **桂籍**：科举考试中榜人员的名籍。

4 **数讫**：数落完。

悍妇愚念

原文

奴子李福之妇，悍戾绝伦，日忤[1]其姑舅，面詈背诅，

译文

家奴李福的老婆，非常蛮横暴戾，每天顶撞公婆，当面叫骂，背后诅咒，

无所不至。或微讽以不孝有冥谪[2]，辄掉头哂曰："我持观音斋，诵观音咒，菩萨以甚深法力，消灭罪愆，阎罗王其奈我何？"后婴[3]恶疾，楚毒万端，犹曰："此我诵咒未漱口，焚香用炊火，故得此报，非有他也。"愚哉！（《如是我闻三》）

什么事都做得出来。有人以不孝会受到阴间的责罚来委婉地奉劝她，她就转过头来轻蔑地说："我按时吃观音斋，念观音咒，菩萨法力无边，能消除罪孽，阎罗王又能拿我怎么样？"后来这个妇人恶疾缠身，痛苦不堪，还说："这是我念诵咒语时没有漱口，焚香时用了炊火的原因，因此招来这样的报应，不是因为其他事。"真是愚昧啊！

注释

1 忤：逆，不顺从。

2 冥谪：谓阴间的责罚。

3 婴：缠绕，此处指患病。

狐讽人

原文

从舅安公介然言：佃户刘子明，家粗裕。有狐居其仓屋中，数十年一无所扰，惟岁时祭以酒五盏，鸡子数枚而已。或遇火盗，辄叩门

译文

堂舅安介然公说：佃户刘子明，家境还算富裕。有个狐精住在他家仓库的房子中，几十年了从不打扰他们，只在过年祭祀时给它供五小杯酒，几颗鸡蛋而已。有时遇到火灾、偷盗等事，就

窗作声，使主人知之。相安已久。一日，忽闻吃吃笑不止，问之不答，笑弥甚。怒而呵之，忽应曰："吾自笑厚结盟之兄弟，而疾其亲兄弟者也；吾自笑厚其妻前夫之子，而疾其前妻之子者也。何预于君，而见怒如是？"

刘大惭，无以应。俄闻屋上朗诵《论语》曰："法语[1]之言，能无从乎？改之为贵。巽语[2]之言，能无悦乎？绎之为贵。"太息数声而寂。刘自是稍改其所为。后余以告邵闇谷，闇谷曰："此至亲密友所难言，而狐能言之；此正言庄论所难入，而狐以诙谐悟之。东方曼倩[3]何加焉！子倘到刘氏仓屋，当向门三揖之。"（《如是我闻三》）

敲门窗发出声响，让主人知道。相安无事很长时间。一天，忽然听到狐精吃吃地笑个不停，问它也不回答，笑声反而更大了。刘子明生气地呵斥它，忽然回答说："我自己笑那些厚待结盟兄弟，而厌恶亲兄弟的人；笑那些厚待妻子与前夫生的儿子，而痛恨自己和前妻生的儿子的人。怎么妨碍到您了，又何必如此动怒？"

刘子明大为惭愧，无以回答。不一会儿听到屋上朗诵《论语》说："合乎规则的话，听到后能不接受吗？改正了就是可贵的。顺从自己心意的话，听到后能不愉悦吗？分析一下才可贵。"叹息了几声就安静了。刘子明从此以后逐渐地改变了他以前的所作所为。后来我拿这个故事讲给邵闇谷，邵闇谷说："这是至亲密友也难以说出的话，而狐精能够说出；这些话严肃认真地说难以让人接受，而狐精用诙谐的话让他醒悟，东方朔也难以超越它！倘若我到刘氏的仓房，一定要向门作三个揖。"

注释

1 **法语：**可作为法则的言语。

2 **巽(xùn)语：**恭顺委婉的言辞。

3 **东方曼倩：**即东方朔，本姓张，字曼倩，西汉平原郡厌次县(今山东德州)

人。西汉时期著名的文学家。汉武帝即位，征四方士人。东方朔上书自荐，诏拜为郎。后任常侍郎、太中大夫等职。他性格诙谐，言辞敏捷，滑稽多智，常在武帝前谈笑取乐，他曾言政治得失，陈农战强国之计，但当时的皇帝始终把他当俳优看待，不以重用。

胜妖当以德

原文

宋子刚言：一老儒训蒙乡塾，塾侧有积柴，狐所居也。乡人莫敢犯，而学徒顽劣，乃时秽污之。一日，老儒往会葬，约明日返。诸儿因累几为台，涂朱墨演剧，老儒突返，各挞[1]之流血，恨恨复去。众以为诸儿大者十一二，小者七八岁耳，皆怪师太严。

次日，老儒返，云昨实未归。乃知狐报怨也。有欲讼诸土神者，有议除积柴者，有欲往诟詈者。中一人曰："诸儿实无礼，挞

译文

宋子刚说：一个老儒生在村里的学塾教书，学塾一旁有柴垛，有狐精住在那里。村子里的人都不敢碰那个柴垛，但是学徒们顽皮淘气，常常在上面大小便。一天，老儒去参加一个葬礼，约定第二天回来。孩子们趁机把桌子摞起来摆成戏台，把脸涂成红色黑色来演剧，老儒生突然回来，把孩子们暴打一顿，直至流血，恨恨连声地又走了。这些孩子大的也才十一二岁，小的才七八岁，大家都责备老师太过严厉。

第二天，老儒返回，说昨天并没有回来。于是才知道是狐精报仇。有人提议要去土地神那里控告，有人提议拆了那个柴垛，有人想去那里痛骂狐精。其

不为过，但太毒耳。吾闻胜妖当以德，以力相角，终无胜理。冤冤相报，吾虑祸不止此也。”众乃已。此人可谓平心，亦可谓远虑矣。（《槐西杂志三》）

中有一个人说：“这些孩子确实无礼，打他们也不为过，但是下手太重。我听说胜妖应该用德，以力相搏，是永远制服不了的。况且冤冤相报，我担心灾祸不止是这些。”众人听了，才放弃了原来的打算。这个人的说法可谓是平心之论，也可以说是有远虑啊。

注释

1 挞：用鞭子或棍子打人。

论自重

原文

冯御史静山家，一仆忽发狂自挝[1]，口作谵语云：“我虽落拓以死，究是衣冠。何物小人，傲不避路？今惩尔使知。”静山自往视之曰：“君白昼现形耶？幽明异路，恐于理不宜。君隐形耶？则君能见此辈，此辈不能见君，又何从而

译文

御史冯静山家，一个仆人忽然发狂自己抓自己，嘴里胡说着：“我虽然落拓潦倒至死，但毕竟还是有头有脸的。你是什么东西，竟然如此狂傲不给我让路？现在就要惩罚你，让你知道。”冯静山亲自去看，并说：“您是在白天现形吗？阴阳有别，这样做恐怕不合适吧。您是隐形吗？那么您能看见这些仆人，仆人们却看不见您，又怎么来避开您呢？”他的

相避？”其仆俄如昏睡，稍顷而醒，则已复常矣。

门人桐城耿守愚，狷介[2]自好，而喜与人争礼数。余尝与论此事，曰：“儒者每盛气凌轹[3]，以邀人敬，谓之自重。不知重与不重，视所自为。苟道德无愧于圣贤，虽王侯拥彗不能荣[4]，虽胥靡版筑不能辱[5]。可贵者在我，则在外者不足计耳。如必以在外为重轻，是待人敬我我乃荣，人不敬我我即辱，舆台[6]仆妾皆可操我之荣辱，毋乃自视太轻欤？”守愚曰：“公生长富贵，故持论如斯。寒士不贫贱骄人，则崖岸不立，益为人所贱矣。”

余曰：“此田子方[7]之言，朱子已驳之，其为客气不待辩。即就其说而论，亦谓道德本重，不以贫贱而自屈；非毫无道德，但贫贱即可骄人也。信如君言，则乞丐较君为更贫，奴

仆人随即就像昏睡过去一样，过了一会儿醒来，便恢复原来的样子了。

我的学生桐城人耿守愚，耿直刻板洁身自好，总喜欢与人计较礼数。我曾经和他讨论这个故事，说：“读书人往往盛气凌人，想让别人尊敬自己，以为这就是自重。而不知道别人对自己尊敬不尊敬，要看他本人做得怎么样。如果德行无愧于圣贤，那么即便是王侯亲自扫地迎接自己，也不认为是增添了荣耀，即使是自己像苦力一样垒墙，也算不得耻辱。最可贵的东西是自己怎样，外在的东西根本不足以去计较。如果一定要根据别人的态度去衡量自己的轻重，要靠别人尊敬，自己才感到荣耀，别人不尊敬，自己就感到耻辱，那么，杂役奴仆就能操纵我的荣辱，这不是把自己看得太轻了吗？”耿守愚说：“您出身于富贵之家，所以这样说。贫寒的读书人如果因为贫贱而失去傲气，自尊和清高也就不能显示了，就更让人看不起了。”

我说：“这是田子方的观点，朱熹已经给予批驳，这是意气之言，不必再辩了。就这种说法本身而论，它的本义也是要以道德为重，不能因为贫贱而自己轻视自己；并不是说可以一点道德也没有，但贫贱之人也可以在别人面前有傲

隶较君为更贱，群起而骄君，君亦谓之能立品乎？先师陈白崖先生，尝手题一联于书室曰：'事能知足心常惬，人到无求品自高。'斯真探本之论，七字可以千古矣。"（《姑妄听之一》）

气。如果真像您说的，那么乞丐比你更贫困，奴隶比你更低贱，他们都在你面前傲气十足，你能说这是他们在树立自己的品格吗？我的先师陈白崖先生，曾亲手写了一副对联挂在书房中，云：'事能知足心常惬，人到无求品自高。'这才是真正的探求根本的议论，这七个字都可以流传千古了。"

注释

1 **挝**(zhuā)**：**用指或爪挠。

2 **狷介：**指性情正直，洁身自好，不与人苟合。

3 **凌轹**(lì)**：**欺压，压倒。

4 **王侯拥彗不能荣：**语出《史记·高祖本纪》："后高祖朝，太公拥彗却行。"彗，扫帚。

5 **胥靡版筑不能辱：**胥靡，古代服劳役的奴隶或刑徒。版筑，古代修建墙体的一种技术，指筑土墙，把土夹在两块木板中间，用杵捣坚实，就成为墙。

6 **舆台：**古代奴隶中两个等级的名称，后泛指地位低贱的人。

7 **田子方：**本名无择，字子方，道家学者，魏国人，以道德学问闻名于诸侯。古代传言，魏文侯曾慕名聘他为师，执礼甚恭。

清修之狐

原文

哈密屯军，多牧马西北深山中。屯弁[1]或往考牧，中途恒憩一民家。主翁或具瓜果，意甚恭谨。久渐款洽，然窃怪其无邻无里，不圃不农，寂历空山，作何生计。一日，偶诘其故，翁无词自解，云实蜕形之狐。问："狐喜近人，何以僻处？狐多聚族，何以独居？"曰："修道必世外幽栖，始精神坚定。如往来城市，则嗜欲日生，难以炼形服气，不免于媚人采补，摄取外丹。傥所害过多，终干天律；至往来墟墓，种类太繁，则踪迹彰明，易招弋猎，尤非远害之

译文

哈密的驻军，大多在西北的深山中牧马。屯弁有时去检查放牧情况，中途经常在一户百姓家休息。这家主人有时还准备些瓜果，态度很恭谨。时间长了就慢慢地熟悉起来，但是屯弁心里奇怪这里没有邻居，没有村子，不种菜也不种庄稼，在这座空山里，他靠什么来维持生计。一天，偶然问起这些缘故，老翁回答不上来，说自己其实是蜕去原形的狐狸。屯弁问："狐喜欢接近人，你为什么住在这样偏僻的地方？狐多是聚族而居，而你为何独居？"老翁说："修道必须在远离尘世的幽静的地方居住，精神才能坚定。如果往来于城市中，那么各种欲望就会一天一天地增长，就难以炼形补气，免不了媚惑人采补精气偷取外丹。倘若害人过多，最终就会触犯天律；至于往来坟墓之间，种类太繁杂，而来去的踪迹却

方。故均不为也。”

屯弁喜其朴诚，亦不猜惧，约为兄弟。翁亦欣然。因出便旋，循墙环视。翁笑曰：“凡变形之狐，其室皆幻；蜕形之狐，其室皆真。老夫尸解以来，久归人道，此并葺茅伐木，手自经营，公毋疑如海市也。”他日再往，屯军告月明之夕，不睹人形，而石壁时现二人影，高并丈余，疑为鬼物，欲改牧厂。屯弁以问，此翁曰：“此所谓木石之怪夔、罔两[2]也。山川精气，翕合[3]而生，其始如泡露，久而渐如烟雾，久而凝聚成形，尚空虚无质，故月下惟见其影；再百余年，则气足而有质矣。二物吾亦尝见之，不为人害，无庸避也。”后屯弁泄其事，狐遂徙去，惟二影今尚存焉。此哈密徐守备所说。徐云久拟同屯弁往观，以往返须数日，尚未暇也。（《姑妄听之一》）

清清楚楚，容易引来猎人，更不是远祸避害的方式。所以这样的事我都不做。”

屯弁喜欢老翁的质朴诚实，也不猜疑害怕，与他结为兄弟。老翁也欣然接受。屯弁出去小便，沿着墙转圈看。老翁笑着说：“凡是变形的狐精，它的房子都是幻化的；蜕形的狐精，它的房子是真的。我脱离狐狸形状后，早已经归到人道，这座房子是我割草砍树亲手盖起来的，您不要怀疑它是海市蜃楼。”后来再去的时候，驻军的士兵告诉屯弁，在月明之夜，没有人，石头墙壁上时时现出两个人影，有一丈多高，怀疑是鬼，因此打算更换牧厂。屯弁问老翁是怎么回事，老翁说：“这就是所谓的木石之怪，如夔、魍魉之类的妖怪。它们由山川的精气混合而成，开始时像泡影、露水，久而久之慢慢地变成烟雾，久而久之又凝聚成人形，但还是空虚之形，没有实质，所以月下只能看见它们的影子；再过百余年，它们的精气充足就有了实质。两个影子我也经常看到，不会害人，也不用躲避它们。”后来屯弁将这些事都泄露出去，狐精于是搬走了，只有两个影子现在还在。这是哈密守备徐某说的。徐某说本就打算和屯弁一起去看看，因为往返要好几天，还没腾出时间来。

注释

1 **屯弁:**管理屯田的小吏。

2 **夔(kuí):**古代神话传说中的一条腿的怪物。**罔两:**又作“魍魉”,亦是古代神话传说中的一种精怪。

3 **翕(xī)合:**协调一致。

狐教亡友子

原文

李秋崖言:一老儒家,有狐居其空仓中,三四十年未尝为祟。恒与人对语,亦颇知书;或邀之饮,亦肯出,但不见其形耳。老儒殁后,其子亦诸生,与狐酬酢如其父。狐不甚答,久乃渐肆扰。生故设帐于家,而兼为人作讼牒。凡所批课文,皆不遗失;凡作讼牒,则甫具草辄碎裂,或从手中掣其笔。凡脩脯[1]所入,毫厘不失;凡刀笔所得,虽扃锁严

译文

李秋崖说:一个老儒生家,有个狐精住在一间空仓里,三四十年来从没作过怪。常和人对话,也很有学问;有时请它喝酒,也愿意赴约,但是看不见它的形状。老儒生死后,他的儿子也是个秀才,与狐精的交往和他父亲以前一样。可是狐精不怎么搭理他,后来渐渐地开始骚扰起来。秀才一直在家中设私塾教书,也兼职帮人写状子。凡是他批改学生的功课,都丢不了;凡是他写的状子,则刚写完纸张就碎裂了,或者从手中把笔抽走。凡是他教书的收入,一毫一厘也不丢;凡是写状子得来的钱,即便是装进箱子里锁得严严实实,也会被偷走。凡是

密，辄盗去。凡学子出入，皆无所见；凡讼者至，或瓦石击头面流血，或檐际作人语，对众发其阴谋。

生苦之，延道士劾治。登坛召将，摄狐至。狐侃侃辩曰："其父不以异类视我，与我交至厚。我亦不以异类自外，视其父如兄弟。今其子自堕家声，作种种恶业，不陨身不止。我不忍坐视，故挠之使改图，所攫金皆埋其父墓中，将待其倾覆，周其妻子，实无他肠。不虞炼师之见谴，生死惟命。"道士蹶然下座，三揖而握其手曰："使我亡友有此子，吾不能也。微我不能，恐能者千百无一二，此举乃出尔曹乎！"不别主人，太息径去。其子愧不自容，誓辍是业，竟得考终。（《姑妄听之二》）

学生出入，都看不到什么怪异的事情；凡是打官司的来了，有时被瓦片石头打得头破血流，有时狐精在房檐上说话，当众揭露来人的阴谋。

秀才实在受不了，请道士来镇治。道士登坛召将，把狐精抓起来审问。狐精理直气壮地辩解道："他的父亲不把我当成异类，与我交情深厚。我也不因为自己是异类而见外，把他的父亲当作兄弟。如今他的儿子自己败坏家声，做出种种坏事，不毁了自己不罢休。我不能坐视不管，所以给他捣乱让他悔改，我偷他的钱都埋在他父亲的墓中，等到他将来败了家，用来周济他的妻儿子女，实在没有别的目的。不料遭到法师责难，我的生死听由天命。"道士一跃跳下座位，作了三个揖，握住狐精的手说："就是我去世的朋友有这样的儿子，我也做不到像你这样。不仅仅是我做不到，恐怕能做到的，千百个人里没有一两个，这样的举动居然出自你们狐类！"道士也不和老儒儿子道别，叹息着径自离去。老儒儿子惭愧得无地自容，发誓再也不帮人写状子了，后来得以善终。

注释

1 **脩脯**：旧时称送给老师的礼物或酬金。

第三编

鬼狐亦正直

在纪昀的鬼狐世界中，鬼狐往往是社会的监督者、教化者，所谓“能语之绳规，无形之监史”，它们多数充当正面形象，有正直的品格。《滦阳消夏录一·狐能鉴人》讲述一位官员和一名仆妇驱赶刘士玉家狐精的故事，结果狐精直言讽刺为官者“好名”而敛避真孝妇。《滦阳消夏录一·巧取必耗》讲述刀笔吏巧取人财，最后被狐精耗去所有积蓄。《如是我闻四·狐友绝交》讲述范鸿禧与一狐友约为兄弟，而当其与弟争讼时，狐友与之果断绝交。甚至面对佻荡公子的调戏，狐女亦正色相对，“誓不媚一人”（《如是我闻三·正色狐女》）。在纪昀笔下，机巧剥削之悭啬者往往受到狐精鬼怪的捉弄，孙天球以财为命，狐精将其钱财悉馈亲友（《滦阳消夏录五·狐戏悭啬者》）。一位孝廉性情吝啬，妹妹家贫，炊烟不举，乞贷数金，最终未肯施舍，而其财尽数被人盗去（《如是我闻四·孝廉吝啬》）。

纪氏认为盗亦有道，当世间有不平之事，有干造物之忌，盗亦能出手相助（《如是我闻四·侠盗》）。在纪昀的讲述中，正直也表现在能够不屈于邪恶的逼迫。《姑妄听之四·狐妾自辩》中，面对术士的咄咄相逼，狐妾据理力争，“妖亦天地之一物，苟其无罪，天地未尝不并育。上帝所不诛，法师乃欲尽诛乎？”而人在面对神之不公时，也不必懦弱，要勇敢抗神，且神亦能不曲庇其私昵，正直以待（《滦阳消夏录五·悍妇抗神》）。然而纪昀认为狐之所以为狐，其缺点也往往在于“聪明有余，正直则不足”（《如是我闻四·狐之所以为狐》），因此鬼狐也经常做出“托名求食”“救人求食”的勾当。但纪昀以为鬼狐能予以反思，“吾媚人取精，所伤害多矣。杀人者死，死当其罪，虽诉神，神不理也。

故宁郁郁居此耳”(《如是我闻三·狐之鬼》)。这种敢于自省的行为岂是愚痹之人所能为,又何尝不是正直的表现呢?

狐能鉴人

原文

沧州刘士玉孝廉[1]，有书室为狐所据。白昼与人对语，掷瓦石击人，但不睹其形耳。知州平原董思任，良吏也，闻其事，自往驱之。方盛陈人妖异路之理，忽檐际朗言曰："公为官颇爱民，亦不取钱，故我不敢击公。然公爱民乃好名，不取钱乃畏后患耳，故我亦不避公。公休矣，毋多言取困。"

董狼狈而归，咄咄不怡[2]者数日。刘一仆妇甚粗蠢，独不畏狐，狐亦不击之。或于对语时，举以问狐。狐曰："彼虽下役，乃真孝妇也。鬼神见之犹敛避[3]，况我曹[4]乎！"刘乃令仆妇居此室，

译文

沧州举人刘士玉家，有间书房被狐精占据。这狐精大白天与人对话，扔瓦片、石头打人，只是看不到它的形体。担任知州的平原人董思任，是个好官，听到这件事后，亲自来驱赶狐精。正当他在大谈人与妖路数不同的道理时，忽然房檐边传来响亮话音，说："您做官很爱民，也不捞钱，所以我不敢打您。但您爱民是贪图名声，不捞钱是怕有后患，所以我也不躲您。您就不要再多说了，以免自寻麻烦。"

董思任狼狈而回，惊惊乍乍好几天心里都不痛快。刘士玉有一女仆，很是粗蠢，只有她不怕狐精，狐精也不打她。有人在与狐精对话时问起这件事，狐精说："她虽是卑微下人，却是一位真正的孝顺女人。鬼神见了她尚且要躲避，何况是我这样的呢！"刘士玉

狐是日即去。(《滦阳消夏录一》)

叫女仆住在这间房中,狐精当天便离开了。

注释

1 **孝廉:**汉代察举制选举官吏的科目之一,科举时代以之称呼举人。

2 **咄咄(duō duō)不怡:**咄咄为感叹声,惊怪声;怡,和悦,愉快。

3 **敛避:**躲避。

4 **曹:**辈。

巧取必耗

原文

献县吏王某,工刀笔[1],善巧取人财。然每有所积,必有一意外事耗去。有城隍庙道童,夜行廊庑间,闻二吏持簿对算,其一曰:"渠[2]今岁所蓄较多,当何法以销之?"方沉思间,其一曰:"一翠云足矣,无烦迂折也。"是庙往往遇鬼,道童习见,亦不怖。但不知翠云为谁,亦不知为谁

译文

献县小吏王某精通刑律诉讼,善于巧取当事人的钱财。但是每当他有点积蓄时,必定会发生意外之事耗去那些钱财。城隍庙有一个道童,一天晚上在走廊里听到两个鬼拿账簿对算,其中一个说:"他今年积蓄较多,该用什么办法来消耗掉呢?"说完正低头沉思,另一个说道:"一个翠云就够了,用不着费多少周折。"这座庙经常有鬼,道童也司空见惯,不觉得害怕。但不知道翠云到底是谁,也不知道为谁销算。不久有一位叫翠云

销算。俄有小妓翠云至，王某大嬖[3]之，耗所蓄八九，又染恶疮，医药备至，比[4]愈，则已荡然矣。人计其平生所取，可屈指数者，约三四万金。后发狂疾暴卒，竟无棺以殓。(《滦阳消夏录一》)

的妓女来到县城，王某特别宠爱她，在她身上耗去了八九成积蓄，又染上恶疮，看病吃药花费很多，等到痊愈，积蓄已经荡然无存。有人估计他一生巧取的钱财，能够算得上来的，就大约有三四万两银子。可是后来他发疯病突然死去，竟然连装殓的棺材也没有。

注释

1 **刀笔**：古代在竹简上刻字记事，用刀子刮去错字，因此把有关案牍的事叫作刀笔，后多指写状子。

2 **渠**：他。

3 **嬖**(bì)：宠爱。

4 **比**：等到。

狐戏悭啬者

原文

姚安公言：有孙天球者，以财为命。徒手积累至千金，虽妻子冻饿，视如陌路。亦自忍冻饿，不轻用一钱。病革时，陈所积于枕前，一一手自抚摩，曰："尔竟非

译文

姚安公说：有个叫孙天球的人，视财如命。从白手起家积攒了千金家产，即便妻子受冻挨饿，他也漠视不管。他自己也忍冻挨饿，不轻易花一文钱。病重时，把积攒的钱都摆在枕头前，一一用手抚摸着说："你们最终还是不归我了？"

我有乎？”呜咽而殁。孙未殁以前，为狐所嬲[1]。每摄其财货去，使窘急欲死，乃于他所复得之。如是者不一。

又有刘某者，亦以财为命，亦为狐所嬲。一岁除夕，凡刘亲友之贫者，悉馈数金。讶不类其平日所为。旋闻刘床前私箧，为狐盗去二百余金，而得谢柬数十纸。盖孙财乃辛苦所得，狐怪其悭啬，特戏之而已。刘财多由机巧剥削而来，故狐竟散之。其处置亦颇得宜也。（《滦阳消夏录五》）

呜咽着死去。孙天球没死之前，被狐精戏弄。常常把他的钱偷了去，让他急得要死，然后再让他在别处找到。这种事有过好几次。

又有一位刘某，也是视财如命，也被狐精戏弄。一年除夕，凡是刘某亲友中贫困的，都得到了刘某馈赠的礼金。亲友们奇怪这不是刘某平日里的作为。不久听说刘某床前的箱子里，被狐精盗去了二百多两银子，却出现了几十张谢柬。大概是因为孙天球的钱财都是辛苦得到的，狐精嫌他吝啬，所以只是戏弄他一下。刘某的钱财多是通过投机取巧剥削而来，所以狐精把这些钱财分给了别人。这种处置也是极为妥帖的。

注释

1 嬲(niǎo)：戏弄。

悍妇抗神

原文

宁津苏子庚言：丁卯[1]夏，

译文

宁津的苏子庚说：乾隆丁卯年夏

张氏姑妇同刈麦，甫收拾成聚，有大旋风从西来，吹之四散。妇怒，以镰掷之，洒血数滴渍地上。方共检寻所失，妇倚树忽似昏醉，魂为人缚至一神祠，神怒叱曰："悍妇乃敢伤我吏，速受杖！"妇性素刚，抗声曰："贫家种麦数亩，资以活命。烈日中妇姑辛苦，刈甫毕，乃为怪风吹散。谓是邪祟，故以镰掷之，不虞[2]伤大王之使者。且使者来往，自有官路，何以横经民田，败人麦？以此受杖，实所不甘。"

神俯首曰："其词直，可遣去。"妇苏而旋风复至，仍卷其麦为一处。说是事时，吴桥王仁趾曰："此不知为何神，不曲庇其私昵，谓之正直可矣。先听肤受之诉[3]，使妇几受刑，谓之聪明则未也。"景州戈荔田曰："妇诉其冤，神即能鉴，是亦聪明矣。倘诉者哀哀，听者愦愦，君更谓之何？"子庾曰："仁趾责人无已时。荔

天，张氏婆媳一起割麦，刚把麦子收在一起，有一股大旋风从西边吹来，将麦垛吹得四处飘散。媳妇大怒，把镰刀扔了过去，风过处洒下了几滴血沾染在地上。婆媳二人正一起往回捡被风吹散的麦子，媳妇忽然靠在树上像喝醉酒一样昏睡过去，觉得自己的魂魄被人绑到一座神祠中，神怒叱她说："悍妇竟敢伤我的小吏，赶紧等着挨打！"妇人性格向来刚烈，大声抗议道："贫苦人家种了几亩麦子，是用来活命的。烈日中婆媳二人辛辛苦苦，刚把麦子收好，就被一阵怪风吹散。我以为是作祟害人的鬼怪，所以用镰刀抛它，不曾想伤了大王的使者。况且使者过往，自有官路可走，为何要横着穿过民田，糟蹋人家的麦子呢？因为这件事而受杖刑，我实在不甘心。"

神低着头说："她的言辞正直，让她走吧。"媳妇苏醒过来，而旋风又刮过来，仍旧把麦子卷到一起。说这件事的时候，吴桥的王仁趾说："这个不知是什么神，不曲意包庇下属，可以说是正直。先听了手下人的述说，差一点让媳妇受刑，说它聪明就未必了。"景州的戈荔田说："媳妇述说她的冤情，神就能够明鉴，这个神也算是聪明了。倘若申诉的人一味哀求，听的人昏聩糊涂，你还能说什么呢？"苏

田言是。”(《滦阳消夏录五》)

子庾说:“仁趾责备人没个完。荔田的话是对的。”

注释

1 **丁卯:**乾隆十二年(1747)。

2 **不虞:**意料不到。

3 **肤受之诉:**被人说了有关切身利益的坏话。

狐之鬼

原文

先师赵横山先生,少年读书于西湖,以寺楼幽静,设榻其上。夜闻室中窸窣声,似有人行,叱问:“是鬼是狐?何故扰我?”徐闻嗫嚅[1]而对曰:“我亦鬼亦狐。”又问:“鬼则鬼,狐则狐耳,何亦鬼亦狐也?”

良久复对曰:“我本数百岁狐,内丹已成,不幸为同类所扼杀,盗我丹去。幽魂沉滞,今为狐之鬼也。”问:

译文

先师赵横山先生,年少时读书在西湖,因为寺庙的楼上幽静,就在上面安置了床铺。夜里听到屋里有窸窸窣窣的声音,好像有人行走,叱骂道:“是鬼还是狐?为什么要打扰我?”过了一会儿听到吞吞吐吐地轻声回答:“我是鬼也是狐。”赵横山先生又问:“鬼就是鬼,狐就是狐,怎么会是鬼也是狐呢?”

过了一会儿回答说:“我本是几百岁的狐,内丹已炼成,不幸被同类扼杀,盗走我的内丹。我的灵魂留在这里,如今成为狐界的鬼。”赵横山先生问:“为

"何不诉诸地下？"曰："凡丹由吐纳导引而成者，如血气附形，融合为一，不自外来，人勿能盗也；其由采补而成者，如劫夺之财，本非己物，故人可杀而吸取之。吾媚人取精，所伤害多矣。杀人者死，死当其罪，虽诉神，神不理也。故宁郁郁居此耳。"

问："汝居此楼作何究竟？"曰："本匿影韬声，修太阴炼形之法，以公阳光熏烁[2]，阴魄不宁，故出而乞哀，求幽明各适。"言讫，惟闻搏颡[3]声，问之不复再答。先生次日即移出。尝举以告门人曰："取非所有者，终不能有，且适以自戕也，可畏哉！"（《如是我闻三》）

何不去阴司告状呢？"说："凡是内丹都是由吐纳导引而炼成的，就像血气附在身上一样，融合为一体，不是外来之物，人是盗不走的；而通过采补之术炼成的丹，如同劫夺别人的钱财，不是自己的东西，所以同类可以把我杀了把丹吸走。我媚惑人取其精，伤害了很多人。杀人的人该死，罪有应得，即使上诉给神，神也不会理睬的。所以宁可郁郁寡欢住在这里。"

赵横山先生问："你住在这座楼上有什么打算？"回答说："本打算销声匿迹，修炼太阴炼形之法，因为您阳气太盛，熏烤得我阴魂不宁，所以出来向您哀求，请求我们各自到自己适合的地方去吧。"说罢，只听见磕头声，再问就不回答了。赵横山先生第二天就搬出去了。我曾举这件事来告诫门人说："谋取不该属于自己的东西，最终还是不能归自己所有，而且正好害了自己，真是可怕！"

注释

1 **嗫嚅**(niè rú)：指想说而又吞吞吐吐不敢说出来。

2 **熏烁**：熏烤。

3 **搏颡**(sǎng)：磕头。颡，额头。

正色狐女

原文

柬州邵氏子，性佻荡。闻淮镇古墓有狐女甚丽，时往伺之。一日，见其坐田塍上，方欲就通款曲[1]。狐女正色曰："吾服气炼形，已二百余岁，誓不媚一人。汝勿生妄念。且彼媚人之辈，岂果相悦哉？特摄其精耳，精竭则人亡，遇之未有能免者。汝何必自投陷阱也。"举袖一挥，凄风飒然，飞尘眯目，已失所在矣。先姚安公闻之，曰："此狐能作此语，吾断其必生天。"（《如是我闻三》）

译文

柬州邵氏公子，行为放荡。听说淮镇古墓有狐女容貌姣好，就经常去悄悄等候。一天，看到狐女坐在田埂上，正想要过去与之交谈。狐女严正地说："我服气炼形，已经二百多年了，发誓不媚惑一个人。你不要心生妄想。况且那些媚惑人的狐精，果真是出于相爱吗？不过是想摄取你的精气罢了，精尽则人亡，遇上它们就没有能幸免的。你又何必自投罗网呢。"狐女举袖一挥，冷风瑟瑟，尘土飞扬，迷住了他的眼睛，狐女已不知所踪了。先父姚安公听说这个故事后说："这个狐女能说出这样的话，我断定她日后一定能升天。"

注释

1 **款曲：**指衷情，详情。犹言细诉。

孝廉吝啬

原文

香畹又言：一孝廉颇善储蓄，而性啬。其妹家至贫，时逼除夕，炊烟不举。冒风雪徒步数十里，乞贷三五金，期明春以其夫馆谷[1]偿。坚以窘辞。其母涕泣助请，辞如故。母脱簪珥付之去，孝廉如弗闻也。是夕，有盗穴壁入，罄所有去。迫于公论，弗敢告官捕。越半载，盗在他县败，供曾窃孝廉家，其物犹存十之七。移牒来问，又迫于公论，弗敢认。

其妇惜财不能忍，阴遣子往认焉。孝廉内愧，避弗见客者半载。夫母子天性，兄妹至情，以啬之

译文

刘香畹又说：有个举人很会聚财，而性格吝啬。他妹妹家很是贫困，年关将近，家里揭不开锅。妹妹冒着风雪步行走了几十里，求借三五两银子，说好到明年春天他丈夫收到做塾师的报酬后偿还。举人一再说自己手头紧张，不肯借钱。他的母亲哭着为妹妹求情，举人依旧拒绝。母亲取下自己的发簪、耳环交给女儿，举人就好像没看见一样。当天晚上，有盗贼挖墙洞进了他家，偷走了他所有的钱财。迫于公论，他没敢报官。过了半年，盗贼在别的县被捕，供出曾经偷窃过举人的钱财，财物还存下七成。官府发公文来查询，举人又迫于公论，不敢认领。

他的老婆爱财没能忍住，悄悄派儿子去认领了。举人内心很惭愧，闭门谢客半年之久。母子之间的爱是天性，兄妹之间是至亲，因为吝啬的缘故，冷漠得如同外

故，漠如陌路。此真闻之扼腕矣。乃盗遽乘之，使人一快；失而弗敢言，得而弗敢取，又使人再快。至于椎心茹痛，自匿其瑕，复败于其妇，瑕终莫匿，更使人不胜其快。颠倒播弄，如是之巧，谓非若或使之哉！然能愧不见客，吾犹取其足为善。充此一愧，虽以孝友闻可也。（《如是我闻四》）

人。听到这样的事真令人扼腕痛惜。那个盗贼一下子得手，让人大快；举人丢失钱财而不敢说，钱财追回来也不敢取，又让人大快。至于忍着椎心之痛，自己掩盖丑事，又因为妻子而败露，丑事最终还是瞒不住，更让人痛快极了。颠倒捉弄，如此之巧，谁说不是好像有人在摆布安排呢！但是能够羞愧而不见客，这样有羞耻之心我认为还可以救药。就是这一愧疚如扩展开来，也是可以做到以孝友闻名的。

注释

1 **馆谷：**借指塾师的薪水或幕宾的酬金。

狐之所以为狐

原文

长山聂松岩言：安邱张卯君先生家，有书楼为狐所据，每与人对语。媪婢僮仆，凡有隐匿，必对众暴[1]之。一家畏若神明，惕惕然[2]不

译文

长山人聂松岩说：安邱的张卯君先生家，有一座书楼被狐精占据，狐精经常和人对话。一家的婆子、婢女、书僮、仆人，只要有什么欺瞒别人的事情，狐精必定当众揭穿。一家人对它畏若神

敢作过。斯亦能语之绳规，无形之监史矣。然奸黠者或敬事之，则讳其所短，不肯质言[3]。盖聪明有余，正直则不足也。斯狐之所以为狐欤！(《如是我闻四》)

明，小心谨慎不敢有什么过失。这也能称得上是会说话的戒律，无形的监察官了。但是有狡猾的人有时奉承它，狐精就会隐瞒过失不肯直说了。这个狐精是聪明有余而正直不足。这也大概就是狐精之所以是狐精的缘故吧！

注释

1 **暴(pù)**：暴露。这里指揭露。

2 **惕惕然**：小心谨慎的样子。

3 **质言**：实言，以实情相告。

侠盗

原文

新城王符九言：其友人某，选贵州一令。贷于西商[1]，抑勒剥削，机械百出。某迫于程限[2]，委曲迁就，而西商枝节益多。争论至夜分，始茹痛[3]书券。计券上百金，实得不及三十金耳。西商去后，

译文

新城人王符九说：他的朋友某人，被任命为贵州一地的县令。向一位西商借钱，商人趁机盘剥勒索，使出各式伎俩。朋友迫于赴官的期限，委曲迁就，而商人愈发节外生枝。争执到深夜，朋友才忍痛写了借据。借据上写的是一百两银子，朋友实际拿到的只有三十两。西商走后，朋友将银两收进箱子里，正独自一人坐着叹

持金贮箧，方独坐太息，忽闻檐上人语曰："世间无此不平事！公太柔懦，使人愤填胸臆。吾本意来盗公，今且一惩西商，为天下穷官吐气也。"某悸不敢答。俄屋角窸窣有声，已越垣径去。次日，闻西商被盗，并箧中新旧借券，皆席卷去矣。此盗殊多侠气，然亦西商所为太甚，干造物之忌，故鬼神巧使相值也。（《如是我闻四》）

息，忽然听到屋檐上有人说道："世间没有这样的不平之事！您太软弱了，让人义愤填膺。我本是来偷你的，今天还是惩罚一下那个商人，为天下穷官出一口气。"朋友害怕不敢回答。过了一会儿屋角窸窣有声，盗贼已经跳墙而走。第二天，听到西商被盗，箱子中的新旧借据，都被盗走了。这个盗贼很有侠气，然而也是因为那个商人做事太过分，冒犯了造物主的忌讳，所以鬼神巧妙地让他付出了代价。

注释

1 **西商：**中国古代商人集团，居于陕西和山西一带，故名。明清时期，与徽商并雄，为当时两大主要商业资本集团之一。

2 **程限：**期限。

3 **茹痛：**忍受痛苦。

狐友绝交

原文

里人范鸿禧，与一狐友昵。狐善饮，范亦善饮，约为

译文

乡人范鸿禧，与一个狐精相处融洽。狐友能喝酒，范鸿禧也喜欢喝酒，

兄弟，恒相对醉眠。忽久不至，一日遇于秫[1]田中，问：“何忽见弃？”狐掉头曰：“亲兄弟尚相残，何有于义兄弟耶？”不顾而去。盖范方与弟讼也。杨铁崖[2]《白头吟》曰：“买妾千黄金，许身不许心；使君自有妇，夜夜白头吟。”与此狐所见正同。(《如是我闻四》)

两人相约为兄弟，常常对饮，喝醉了就睡在一起。忽然狐友很久没有来找范鸿禧，一天在高粱地里相遇，范鸿禧问道：“为什么突然不理我了？”狐精掉转头去说：“亲兄弟尚且手足相残，至于我这样的结义兄弟还能有什么情义？”头也不回就走了。原来当时范鸿禧与他的弟弟打官司。杨维桢《白头吟》诗云：“买妾千黄金，许身不许心；使君自有妇，夜夜白头吟。”与这个狐精的见解完全相同。

注释

1 **秫(shú)**：即高粱。

2 **杨铁崖**：即杨维桢，元末明初著名诗人，字廉夫，号铁崖。绍兴路诸暨(今浙江绍兴诸暨)人。杨维桢的诗，最富特色的是他的古乐府诗，既婉丽动人，又雄迈自然，自称“铁崖体”，也极为历代文人所推崇。

布施须己财

原文

沈瑞彰寓高庙读书，夏夜就文昌阁廊下睡。人静后，闻阁上语曰：“吾曹[1]亦无用

译文

沈瑞彰借住在高庙读书，夏天夜里就在文昌阁的廊下睡觉。夜深人静之后，他听到阁楼上有人说话：“我们

钱处，尔积多金何也？”一人答曰：“欲以此金铸铜佛，送西山潭柘寺供养，冀仰托福佑，早得解形。”一人作啐声曰：“咄咄大错！布施须己财。佛岂不问汝来处，受汝盗来金耶？”再听之，寂矣。善哉野狐，檀越[2]云集之时，倘闻此语，应如霹雳声也。（《槐西杂志三》）

也没有用钱之处，你积攒那么多钱干什么？”一个人回答说：“想用这些钱来铸造一尊铜佛像，送到西山潭柘寺来供养，希望托福保佑，让我早点脱形为人。”一个人“啐”“啐”作声地说：“咄咄！你真是大错了！布施需要用自己的钱。佛主怎么能不问你钱的来处，而接受你盗来的钱呢？”书生再去听，已经寂静无声了。这只野狐说得真好，施主云集的时候，听到这些话，应当如同霹雳一声。

注释

1 **曹**：辈。

2 **檀越**：指“施主”。即施与僧众衣食，或出资举行法会之信众。

狐妾自辩

原文

丁药圃言：有孝廉四十无子，买一妾，甚明慧。嫡不能相安，旦夕诟谇。越岁，生一子。益不能容，竟转鬻

译文

丁药圃说：有个举人到了四十岁还没有儿子，买来一妾，很是聪明贤惠。但他的正妻容不下，一天到晚辱骂她。过了一年，小妾为举人生了个儿子。正妻

于远处。孝廉惘惘如有失。独宿书斋，夜分未寐，妾忽搴帷入。惊问：“何来？”曰：“逃归耳。”孝廉沉思曰：“逃归虑来追捕，妒妇岂肯匿？且事已至此，归何所容？”妾笑曰：“不欺君，我实狐也。前以人来，人有人理，不敢不忍诟；今以狐来，变幻无端，出入无迹，彼乌得而知之？”因嬿婉如初。

久而渐为童婢泄，嫡大恚，多金募术士劾治。一术士檄将拘妾至，妾不服罪，攘臂与术士争曰：“无子纳妾，则纳为有理；生子遣妾，则遣为负心。无故见出，罪不在我。”术士曰：“既见出矣，岂可私归？”妾曰：“出母未嫁，与子未绝；出妇未嫁，于夫亦未绝。况鬻我者妒妇，非见出于夫。夫仍纳我，是未出也，何不可归？”术士怒曰：“尔本兽类，何敢据人理争？”妾曰：“人变兽

更不能容忍了，竟将妾转卖到远处。举人惘惘然若有所失。独自一人住在书斋中，夜深了还没有睡着，小妾忽然推开门帘进入书斋。举人惊讶地问：“从哪儿来？”妾回答说：“逃回来的。”举人沉思说：“你虽逃回来了，但担心有人来追捕，妒妇怎么肯隐瞒呢？况且事已至此，回来你怎么住下来呢？”妾笑着说：“我不骗您，我其实是狐精。原来我是以人的身份到你家来的，人有人的伦常道理，我不能不忍受辱骂；现如今我是以狐精的身份来的，能够变幻无端，出入没有痕迹，她怎么会知道？”于是二人还像以前那么恩爱。

时间一长，这件事慢慢地被仆人婢女泄露，正妻非常愤怒，花了很多钱请术士来捉拿狐精。一个术士请天将把狐妾拘来，她不服罪，与术士扭打争辩说：“主人没有儿子而纳妾是有理的；生下儿子又遣走妾就是负心。我无故遭到休弃，罪责不在我。”术士说：“既然你已经被休弃，怎么能够私自回来？”狐妾说：“母亲被休但没有改嫁，与儿子的关系就没有断绝；妻子被休却没有改嫁，和丈夫的关系也没有断绝。况且我是被妒妇卖掉，不是被丈夫休弃。丈夫容得下我，这并不是休弃，为什么不可以回来？”术士生气地说：“你原本是兽类，怎么敢根据人的伦理来与我

心，阴律阳律皆有刑；兽变人心，反以为罪，法师据何宪典耶？”术士益怒曰：“吾持五雷法[1]，知诛妖耳，不知其他。”

妾大笑曰：“妖亦天地之一物，苟其无罪，天地未尝不并育。上帝所不诛，法师乃欲尽诛乎？”术士拍案曰：“媚惑男子，非尔罪耶？”妾曰：“我以礼纳，不得为媚惑；倘其媚惑，则摄精吸气，此生久槁矣。今在家两年，复归又五六年，康强无恙，所谓媚惑者安在？法师受妒妇多金，锻练周内，以酷济贪耳，吾岂服耶！”问答之顷，术士顾所召神将，已失所在。无可如何，瞋目曰：“今不与尔争，明日会当召雷部。”明日，嫡再促设坛，则宵遁矣。盖所持之法虽正，而法以贿行，故魅亦不畏，神将亦不满也。相传刘念台[2]先生官总宪时，题御史台一联曰：“无欲常教心似

争辩？”妾说：“人变了兽心，阴间阳间的律法都有刑罚；兽变成人心，为甚反而有罪，法师是根据哪部律法？”术士更为生气，说：“我用的是五雷法，只知道诛杀妖怪，不知道别的什么。”

妾大笑说：“妖也是天地间的一物，如果它没有罪，天地也允许它与万物并存。天帝都不诛杀，法师却要诛杀吗？”术士拍着桌子说：“你媚惑男人，这不是你的罪吗？”妾说：“我按照礼法被纳为妾，不能说是媚惑；如若真是媚惑，那么就会摄吸他的精气，我的丈夫早就形容枯槁了。如今我在家住了两年，回来后又过了五六年，丈夫身体强健没有病痛，所谓媚惑又从何说起？法师接受妒妇很多钱，就千方百计地罗织我的罪名，不过是借用这些手段来达到贪婪的目的，我怎么能服呢！”就在一问一答之间，术士四处顾望他召来的神将，都已经走了。他无可奈何，只能瞪着眼睛说：“我今天不和你争，明天我就请雷神来。”第二天，正妻再次催促法师设坛降妖，法师早就逃走了。看起来法师所持的法是光明正大，却是因为接受了贿赂才施行法术，所以狐精也不怕他，神将也对他不满。相传刘宗周先生在任总宪的时候，在御史台题写一联说：“无欲常教心似水，有言

水，有言自觉气如霜。”可谓知本矣。（《姑妄听之四》）	自觉气如霜。”可谓是说到根本上去了。

注释

1 **五雷法：**雷部诸神将或称元帅，或称天君，均是受太乙节制。在宋代民间传说中的雷神，因数名同时出现，所以才有雷部的称谓。至明代，形成了固定的雷部众神体系，如雷公、电母、风伯、雨师及邓、辛、张、陶、庞、刘、荀、毕等元帅，不仅执役于雷部，亦为玉帝守卫天门。

2 **刘念台：**即刘宗周，字起东，别号念台，明朝绍兴府山阴（今浙江绍兴）人，因讲学于山阴蕺山，学者称蕺山先生。他是明代最后一位儒学大师，也是宋明理学的殿军。

第四编

鬼狐亦风雅

纪昀笔下鬼狐的可爱也表现在它们有着风雅的追求，它们品诗论文，往往切中肯綮，甚至为争论一首诗一段文而大动干戈，完全不似人们印象中青面獠牙的丑鄙面目。《滦阳消夏录三·雅狐画荷》中狐精与纪昀诗歌酬唱，并在地板尘上画满荷花，颇具雅致。

其实，鬼狐的诗文鉴赏，也表现了纪昀本人对诗歌的评赏态度，如《滦阳消夏录三·木客论诗》中谓“渔洋山人诗，如名山胜水，奇树幽花，而无寸土艺五谷；如雕栏曲榭，池馆宜人，而无寝室庇风雨；如彝鼎罍洗，斑斓满几，而无釜甑供炊爨；如纂组锦绣，巧出仙机，而无裘葛御寒暑；如舞衣歌扇，十二金钗，而无主妇司中馈；如梁园金谷，雅客满堂，而无良友进规谏”。又谓“明季诗，庸音杂奏，故渔洋救之以清新；近人诗，浮响日增，故先生救之以刻露。势本相因，理无偏胜。窃意二家宗派，当调停相济。合则双美，离则两伤”。论及王渔阳“神韵”诗学的审美印象，指出其诗歌不带人间烟火气的脱俗气质与优雅风度，景致朦胧淡远，情思含蓄不露。而后一段则指出清初诗学发展的理路，王渔洋以“清新”之风洗明末模拟之弊、干求之庸；而性灵诗学的兴起，又带来“浮响日增”的弊端。但门户之见应调停相济，取长补短方是正途。

纪昀在《滦阳消夏录六·鬼尚好名》中亦言“盖植党者多私，争名者相轧，即盖棺以后，论定犹难”；《槐西杂志四·鬼论诗文》也说“前后七子，必排斥不数，而务言秦汉，遂启门户之争”，发出对门户之争的痛鄙。纪昀笔下鬼狐论诗尤其注重格调，《姑妄听之三·鬼论诗词》中鬼针对李秋崖的评诗之论，言“岂但着力不着力，意境迥殊。一是诗语，一是词语，格调亦迥殊也”。又《滦阳消夏录一·鬼论诗》中鬼评唐彦谦曰“诗格不高”。格调的影响因素，一者要亲睹其景，所谓“颇肖边城日暮之状”；二者要摒除鄙俚；三者需要“着力”，即炼字炼句，如《姑妄听之二·翰林院鬼论诗》中言“此句佳在‘活’字，又佳在‘态’字烘出‘活’字，若作山色、山翠，则兴象俱减矣”。由此可知，纪昀笔下鬼狐的诗论很大程度上其实就是借鬼狐之言反映了他本人及当时盛行的诗学风气，这个鬼狐的诗歌世界也就是现世的诗坛写照。

鬼论诗

原文

平定王孝廉执信，尝随父宦榆林。夜宿野寺经阁下，闻阁上有人絮语，似是论诗。窃讶此间少文士，那得有此？因谛听[1]之，终不甚了了。后语声渐出阁廊下，乃稍分明。其一曰："唐彦谦[2]诗格不高，然'禾麻地废生边气，草木春寒起战声'，故是佳句。"其一曰："仆尝有句云：'阴碛日光连雪白，风天沙气入云黄'，非亲至关外，不睹此景。"

其一又曰："仆亦有一联云：'山沉边气无情碧，河带寒声亘古秋'，自谓颇肖边城日暮之状。"相与吟

译文

平定的举人王执信，曾经跟随父亲到榆林赴任。夜里住在一座野庙的藏经阁下面，听到楼上面有人窸窸窣窣地说话，好像在谈论诗歌。王执信暗自惊讶，这里很少有文士，怎么会有人在这里讨论诗？于是仔细去听，但听不太清楚。后来说话声渐渐地传到走廊里，才稍稍听得清楚了。其中一人说："唐彦谦的诗格调不高，不过'禾麻地废生边气，草木春寒起战声'倒是佳句。"另一人说："我曾经写过这样的句子：'阴碛日光连雪白，风天沙气入云黄'，若不是亲身到过关外，是看不到这样的景象的。"

前一人又说："我也写过一联：'山沉边气无情碧，河带寒声亘古秋'，个人认为这两句诗很贴切地描绘了边城日暮的景象。"两人共同吟诵、鉴赏诗歌很久。寺庙的钟声忽然响了，论诗的声音也随

赏者久之。寺钟忽动，乃寂无声。天晓起视，则扃钥[3]尘封。“山沉边气”一联，后于任总镇遗稿见之。总镇名举，出师金川[4]时，百战阵殁者也。“阴碛”一联，终不知为谁语，即其精灵长在，得与任公同游，亦决非常鬼矣。（《滦阳消夏录一》）

之消失。天亮后，王执信到经阁上面去看，只见门闩紧闭，锁上落满灰尘。“山沉边气”一联，后来在任总镇的遗稿中得见。任总镇名字叫举，出师金川时身经百战而阵亡。“阴碛”一联，最终还是不知道是谁写的。但诗人灵魂长在，可以和任公同游，也一定不是普通之鬼。

注释

1 **谛听：**仔细听。

2 **唐彦谦：**唐代诗人，字茂业，号鹿门先生，并州晋阳（今山西太原）人。博学多艺，尤工七言诗。

3 **扃(jiōng)钥：**锁闭。

4 **出师金川：**指清乾隆年间，清廷对大、小金川土司的大小金川战役。

罗洋山人诗

原文

莆田林教谕[1]霈，以台湾俸满[2]北上。至涿州南，下车便旋[3]，见破屋墙匡[4]外，有磁锋划一诗曰：“骡纲队队响铜铃，清晓冲寒过驿亭。我自垂

译文

莆田教谕林霈，在台湾任职期满后北上。到了涿州南，下车小便，看到破屋围墙外用碎瓷刻了一首诗：“骡纲队队响铜铃，清晓冲寒过驿亭。我自垂鞭玩残雪，驴蹄缓踏乱山青。”

鞭玩残雪，驴蹄缓踏乱山青。”款曰“罗洋山人”。读讫，自语曰：“诗小有致[5]，罗洋是何地耶？”屋内应曰：“其语似是湖广人。”入视之，惟凝尘败叶而已。自知遇鬼，惕然登车。恒郁郁不适，不久竟卒。（《滦阳消夏录一》）

落款为“罗洋山人”。读罢，自言自语说：“诗有些情趣，罗洋是什么地方呢？”屋里传出声音回答说：“看诗句好像是湖广一带人。”林霈进屋察看，只有满屋堆积的尘土和枯残的树叶。他知道遇上鬼了，慌张登车离去。此后总是心情郁郁不舒服，不久他竟然去世了。

注释

1 **教谕：**官名，县学的教官，主管文庙祭祀，教诲生员。

2 **俸满：**明清时官员任职满一定期限，称为“俸满”，视为升迁的一种资格。亦称为“秩满”。

3 **便旋：**小便。

4 **墙匡：**围墙。

5 **致：**样子，情趣。

怪僧属对

原文

范蘅洲言：昔渡钱塘江，有一僧附舟，径置坐具，倚樯竿，不相问讯。与之语，口漫应，目视他处，神意殊不属。

译文

范蘅洲说：从前渡钱塘江，有个僧人搭船，径直将坐具放置在船上，倚靠着桅杆，不和别人搭话。和他说话，只是散漫地答应，眼睛却望着别处，一副

蘅洲怪其傲,亦不再言。时西风过急,蘅洲偶得二句,曰:“白浪簸舡头,行人怯石尤[1]。”下联未属,吟哦数四。僧忽闭目微吟曰:“如何红袖女,尚倚最高楼。”蘅洲不省所云,再与语,仍不答。比系缆,恰一少女立楼上,正着红袖。乃大惊,再三致诘。曰:“偶望见耳。”然烟水淼茫,庐舍遮映,实无望见理。疑其前知,欲作礼,则已振锡去。蘅洲惘然莫测,曰:“此又一骆宾王矣!”(《滦阳消夏录一》)

心不在焉的样子。范蘅洲责怪他高傲,也不再和他说话。当时西风急过,范蘅洲偶成两句诗:“白浪簸舡头,行人怯石尤。”下联还未想好,只是一遍遍吟咏上联。僧人忽然闭目低吟:“如何红袖女,尚倚最高楼。”范蘅洲不知其诗句意思,再与他说话,仍然不搭理。等到船靠岸系缆绳的时候,正好有一少女站在楼上,穿的正是红衣服。于是大为吃惊,再三请教僧人。僧人回答说:“偶然看见罢了。”但是当时船行江中,烟波浩渺,房屋被遮挡,根本不可能看到如此景象。怀疑僧人先知先觉,想要致意敬礼,但僧人却拄着锡杖离开了。范蘅洲茫然不知僧人为何人,说:“这又是一个骆宾王了!”

注释

1 **石尤:**指逆风,又称“打头风”。

雅狐画荷

原文

丁亥[1]春,余携家至京

译文

乾隆丁亥年春天,我带着家眷到京

师。因虎坊桥旧宅未赎，权[2]往钱香树先生空宅中。云楼上亦有狐居，但扃锁杂物，人不轻上。余戏粘一诗于壁曰："草草移家偶遇君，一楼上下且平分。耽诗自是书生癖，彻夜吟哦莫厌闻。"一日，姬人[3]启锁取物，急呼怪事。余走视之，则地板尘上，满画荷花，茎叶苕亭，具有笔致[4]。因以纸笔置几上，又粘一诗于壁曰："仙人果是好楼居，文采风流我不如。新得吴笺[5]三十幅，可能一一画芙蕖？"越数日启视，竟不举笔。以告裘文达公，公笑曰："钱香树家狐，固应稍雅。"（《滦阳消夏录三》）

城。因为虎坊桥的旧宅还没有赎回来，暂且住在钱香树先生的一座空宅子中。听说这座楼上也有狐精居住，只是里面锁着杂物，一般人不轻易上去。我开玩笑地在墙上贴了一首诗："草草移家偶遇君，一楼上下且平分。耽诗自是书生癖，彻夜吟哦厌莫闻。"一天，小妾开锁取物，大喊出了怪事。我跑去看，只见在地板的尘土上画满了荷花，茎干枝叶亭亭玉立，颇有风格。于是将纸笔放在几案上，又在墙上贴了一首诗："仙人果是好楼居，文采风流我不如。新得吴笺三十幅，可能一一画芙蕖？"等过了几天去看，纸笔竟然原封不动。我把这件事告诉了裘文达公，裘公笑着说："钱香树家的狐精，本应该文雅些。"

注释

1 **丁亥：**乾隆三十二年(1767)。

2 **权：**暂且，姑且。

3 **姬人：**妾。

4 **笔致：**指书画用笔的风格。

5 **吴笺：**吴地所产笺纸。常借指书信。

木客论诗

原文

益都李词畹言：秋谷先生南游日，借寓一家园亭中。一夕就枕后，欲制一诗。方沉思间，闻窗外人语曰：“公尚未睡耶？清词丽句，已心醉十余年。今幸下榻此室，窃听绪论，虽已经月，终以不得质疑问难为恨，虑或仓卒别往，不罄[1]所怀，便为平生之歉。故不辞唐突，愿隔窗听挥麈之谈[2]。先生能不拒绝乎？”

秋谷问：“君为谁？”曰：“别馆幽深，重门夜闭，自断非人迹所到。先生神思夷旷，谅不恐怖，亦不必深求。”问：“何不入室相晤？”曰：“先生襟怀萧散，仆亦倦于仪文，但

译文

益都人李词畹说：秋谷先生南游时，借住在一家的园亭里。一天晚上上床躺下后，想作一首诗。正在沉思，听到窗外有人说话：“您还没有睡吧？您的清词丽句，我已醉心十多年了。如今您正好下榻在这间屋子里，我荣幸地偷听到您的高论，虽然已经有一个月，始终没有机会和您讨论，太遗憾了，担心您可能突然到了别处，不能尽情倾述，那就将遗憾终生了。所以我不顾唐突，想隔着窗户听听您的高论。先生能不拒绝我吗？”

秋谷问：“您是谁？”回答说：“别馆环境幽深，门户夜晚都已关闭，肯定不是人迹所能到的。先生的神思平和旷达，大概不会害怕，就不必深究了。”秋谷先生问：“为何不进房间见面？”回答说：“先生的襟怀潇洒闲散，我也厌倦于

得神交，何必定在形骸之内耶？”秋谷因日与酬对，于六义颇深。如是数夕，偶乘醉戏问曰：“听君议论，非神非仙，亦非鬼非狐，毋乃‘山中木客解吟诗’[3]乎？”语讫寂然。穴隙窥之，缺月微明，有影蓬蓬然，掠水亭檐角而去。园中老树参云，疑其木魅矣。

词畹又云：秋谷与魅语时，有客窃听。魅谓渔洋山人诗，如名山胜水，奇树幽花，而无寸土艺五谷；如雕栏曲榭，池馆宜人，而无寝室庇风雨；如彝鼎罍洗[4]，斑斓满几，而无釜甑供炊爨[5]；如纂组[6]锦绣，巧出仙机，而无裘葛御寒暑；如舞衣歌扇，十二金钗，而无主妇司中馈[7]；如梁园金谷[8]，雅客满堂，而无良友进规谏。秋谷极为击节。又谓明季诗，庸音杂奏，故渔洋救之以清新；近人诗，浮响日增，故先生救之以刻露。势本相因，理无偏胜。窃意二

礼仪，只要精神交流，何必一定要形体接触？”秋谷先生因此每天同他应酬答对，发现他对古诗六艺颇有造诣。这样几个晚上后，秋谷先生偶尔乘着酒醉开玩笑地问道：“听了您的议论，不是神不是仙，也不是鬼不是狐，莫非是苏轼所谓的‘山中木客解吟诗’吗？”话说完便寂静无声了。秋谷先生从窗缝往外偷看，残月的微光中，有个蓬蓬的影子掠过水亭的檐角而去。园中老树参天，怀疑他是树木的精魅。

李词畹又说：秋谷先生与树魅说话时，有人偷听。树魅说，渔洋山人的诗就像名山胜水，奇树幽花，而没有一寸泥土来种植五谷；如同雕栏曲榭，池苑台馆，风景宜人，却没有遮蔽风雨的寝室；如同彝、鼎、罍、洗等古玩器皿，色彩斑斓，堆满桌子，而没有釜甑这些用来做饭的炊具；如同编织锦绣，精巧得就像仙女所织，却没有裘葛抵御寒暑；如同舞衣歌扇，美女众多，而没有主持家务料理饮食的主妇；如同梁园、金谷园等雅客满堂，文人汇聚，却没有谏诤的良友。秋谷先生极为赞赏。又说明末诗歌如平庸的音乐杂乱鸣奏，所以渔洋山人用清新的诗歌风格来加以补救；近代人的诗，浮华的声响逐日增加，所以先生用深刻显豁的

家宗派，当调停相济。合则双美，离则两伤。秋谷颇不平之云。（《滦阳消夏录三》）

诗风加以补救。这种发展的趋势应该相互借鉴，没有胜负之理。我私自认为两家宗派应当调和互补。合则双方都好，离则两败俱伤。据说秋谷听了这段议论后心中颇有不平。

注释

1 **罄**（qìng）**：**尽。

2 **挥麈**（zhǔ）**之谈：**晋代人们清谈时，常挥麈助谈，后称谈论为挥麈。挥麈，挥动麈尾。

3 **毋乃：**莫非是。**"山中木客解吟诗"：**出自苏轼《虔州八境图》诗之八："回峰乱嶂郁参差，云外高人世得知。谁向空山弄明月，山中木客解吟诗。"

4 **彝：**古代盛酒的器具。**鼎：**古代烹煮用的器物，一般是三足两耳。**罍**（léi）**：**古代一种盛酒的容器。小口，广肩，深腹，圈足，有盖，多用青铜铸成。**洗：**古代盛水盥洗的器皿。

5 **釜：**古代的一种锅。**甑**（zèng）**：**古代蒸饭的一种瓦器。底部有许多透蒸汽的孔格，置于鬲上蒸煮。**炊爨**（cuàn）**：**烧火煮饭。爨，灶。

6 **纂组：**赤色绶带，亦泛指精美的织锦。这里用作编织之意。

7 **中馈：**酒食。

8 **梁园：**汉代梁孝王所营建的园囿，在今河南省开封市东南。**金谷：**晋石崇所建金谷园，位于今河南省洛阳市西。

鬼亦大佳

原文

朱青雷言：尝与高西园散步水次[1]。时春冰初泮[2]，净绿瀛溶[3]。高曰："忆晚唐有'鱼鳞可怜紫，鸭毛自然碧'句，无一字言春水，而晴波滑笏[4]之状，如在目前。惜不记其姓名矣。"朱沉思未对间，老柳后有人语曰："此初唐刘希夷[5]诗，非晚唐也。"趋视无一人，朱悚然曰："白日见鬼矣。"高微笑曰："如此鬼，见亦大佳，但恐不肯相见耳。"对树三揖而行。

归检刘诗，果有此二语。余偶以告戴东原[6]，东原因言：有两生烛下对谈，争《春秋》周正夏正，往复甚苦。窗外忽太息言曰："左氏周人，不容

译文

朱青雷说：曾和高西园一同在水边散步。时值早春，河冰刚刚融化，洁净的绿水波纹荡漾。高西园说："记起晚唐有'鱼鳞可怜紫，鸭毛自然碧'的诗句，没有一个字提及春水，而晴日里水波荡漾的样子就好像在眼前。可惜记不得作诗者的姓名来了。"朱青雷沉思一会儿也没有回答出来，听到老柳树后有人说："这是初唐刘希夷的诗，不是晚唐的。"走过去看，并无一人，朱青雷害怕地说："大白天见鬼了。"高西园微笑着说："这样的鬼，见一见倒也好，只是担心不肯相见。"说罢，高西园对着树作了三个揖离开。

回去后检索刘希夷诗，果真有这两句。我偶然将这件事告诉了戴东原，戴东原接着这个话说：有两个书生在烛下交谈，争论《春秋》的历

不知周正朔，二先生何必词费也。”出视窗外，惟一小僮方酣睡。观此二事，儒者日谈考证，讲“曰若稽古”，动至十四万言。安知冥冥之中，无在旁揶揄者乎？（《滦阳消夏录五》）

法是周代的还是夏代的，来来回回，僵持不下。窗外忽然有叹息的声音说：“左丘明是周人，不会不知道周代的历法，两位先生何必费那么多话。”到窗外查看，只见一个小书僮正在酣睡。从这两件事来看，儒学者每日谈考证，讲《尚书》中的“曰若稽古”，动辄十四万言。怎么知道冥冥之中，没有人在旁边嘲笑呢？

注释

1 **水次**：水边。

2 **泮**(pàn)：散，解。

3 **瀛溶**：水波浮动貌。

4 **滑笏**：水波动荡不定貌。

5 **刘希夷**：唐朝诗人。一名庭芝，字延之，汝州（今河南汝州）人。高宗上元二年(675)进士，善弹琵琶。其诗以歌行见长，多写闺情，辞意柔婉华丽，且多感伤情调。

6 **戴东原**：戴震，字东原，安徽休宁隆阜人。清代乾隆年间百科全书式的著名学者、大思想家。

鬼尚好名

原文

董曲江前辈言：顾侠

译文

董曲江前辈说：顾嗣立刻《元诗选》刚

君刻《元诗选》[1]成，家有五六岁童子，忽举手外指曰："有衣冠者数百人，望门跪拜。"嗟乎！鬼尚好名哉！余谓剔抉[2]幽沉，搜罗放佚，以表章之力，发冥漠[3]之光，其衔感九泉，固理所宜有。至于交通[4]声气，号召生徒，祸枣灾梨[5]，递相神圣，不但有明末造[6]，标榜多诬，即月泉吟社[7]诸人，亦病未离乎客气矣。盖植党者多私，争名者相轧，即盖棺以后，论定犹难；况乎文酒流连，唱予和汝之日哉。《昭明文选》以何逊见存[8]，遂不登一字。古人之所见远矣。（《滦阳消夏录六》）

刚完工，家里有个五六岁的孩子，忽然举着手指向外面说："有几百个衣冠整齐的人，对着门跪拜。"哎呀！鬼尚且好名啊！我认为精选被埋没的诗人，搜集散失的诗作，来让死者的作品发扬光大，他们在九泉之下感念不尽，这是理所应当的事情。至于互相联络，号召门徒，胡乱刻印，互相吹捧为神圣，不但是明代末期彼此标榜的多半名不副实，即便是月泉吟社的那些人，也摆脱不了客套虚夸的毛病。大概结党的人多有私心，争名的相互倾轧，就是盖棺以后，也难下定论；何况是一起喝酒论文，我唱你和的时候。《昭明文选》因何逊而得以流传，他自己的文章一个字也没有留在里面。古人的见地可谓深远。

注释

1 **顾侠君：**即顾嗣立，清代学者。字侠君，号闾丘，江苏长洲（今常熟）人。《元诗选》为顾嗣立所编，为保存元诗最丰富的总集，共收作家2600多人，书中所收录各家都有小传，并附评语，对于研究元诗，颇为有用。

2 **剔抉：**经由筛选后，择取精良的。

3 **冥漠：**昏暗看不清。

4 **交通：**沟通。

5 **祸枣灾梨：**从前印书用梨木或枣木刻板。形容滥刻不好的书。

6 **末造：**指朝代末期。

7 **月泉吟社：**是元初宋遗民创立的人数最多、规模最大、影响最深的遗民诗社，其作品《月泉吟社诗》是中国现存最早的一部诗社总集。

8 **《昭明文选》：**又称《文选》，是现存的最早一部诗文总集，由南朝梁武帝的长子萧统组织文人共同编选。萧统死后谥“昭明”，所以他主编的这部文选称作《昭明文选》。**何逊：**南朝梁诗人，字仲言，东海郯（今山东兰陵长城）人。其诗善于写景，工于炼字，为杜甫所推许。

鬼亦有雅俗

原文

王菊庄言：有书生夜泊鄱阳湖，步月纳凉，至一酒肆，遇数人，各道姓名，云皆乡里。因沽酒小饮，笑言既洽，相与说鬼。搜异抽新，多出意表。一人曰：“是固皆奇，然莫奇于我所见矣。曩在京师，避嚣寓丰台花匠家，邂逅一士共谈。吾言此地花事殊胜，惟墟墓间多鬼可憎。士曰：‘鬼亦有雅俗，未可概弃。吾曩游西山，遇一人论诗，殊多精诣。自诵所作，有曰“深山迟见日，古寺早生秋”，又

译文

王菊庄说：有个书生夜里停泊在鄱阳湖，在月下散步纳凉，走到一家酒店，遇到几个人，各自说了姓名，后来知道都是同乡。于是他们一起买酒小酌，谈笑融洽，就一起讲起故事来。纷纷收罗奇闻异事，大多在意料之外。一个人说：“这些怪异故事果然新奇，但是都没有我所听到这个更奇异。从前我在京城丰台的一个花匠家住，邂逅了一个读书人，和他攀谈。我说这里的花养得很好，只是坟墓间有鬼，太讨厌了。读书人说：‘鬼也有雅俗，不可一概而否定。从前我游览西山，遇到一个人谈论诗歌，有很多精辟见

曰“钟声散墟落，灯火见人家”，又曰“猿声临水断，人语入烟深”，又曰“林梢明远水，楼角挂斜阳”，又曰“苔痕侵病榻，雨气入昏灯”，又曰“鸺鹠[1]岁久能人语，魍魉[2]山深每昼行”，又曰“空江照影芙蓉泪，废苑寻春蛱蝶魂”，皆楚楚[3]有致。方拟问其居停，忽有铃驮琅琅，欻然灭迹。此鬼宁复可憎耶？’吾爱其脱洒，欲留共饮。其人振衣起曰：‘得免君憎，已为大幸，宁敢再入郇厨[4]？’一笑而隐。方知说鬼者即鬼也。”

书生因戏曰：“此等奇艳，古所未闻。然阳羡鹅笼[5]，幻中出幻，乃转辗相生，安知说此鬼者，不又即鬼耶？”数人一时变色，微风飒起，灯光黯然，并化为薄雾轻烟，蒙蒙四散。（《如是我闻一》）

解。他吟诵自己的诗，如“深山迟见日，古寺早生秋”，又如“钟声散墟落，灯火见人家”，又如“猿声临水断，人语入烟深”，又如“林梢明远水，楼角挂斜阳”，又如“苔痕侵病榻，雨气入昏灯”，又如“鸺鹠岁久能人语，魍魉山深每昼行”，又如“空江照影芙蓉泪，废苑寻春蛱蝶魂”，都很有情致。我正想问他住在哪里，忽然听到铃铎琅琅作响，这人忽然不见了。这个鬼难道可恶吗？’我喜欢这位读书人的洒脱，想把他留下来一起喝酒。读书人抖抖衣服站起来说：‘能让您不讨厌已经很幸运了，怎么还敢留下来享受您的美味佳肴呢？’一笑间就不见了。才知道说鬼的人原来也是鬼。”

书生听了开玩笑地说：“这个奇异的故事前所未闻。然而正如鹅笼书生的故事，幻中生幻，能辗转相生，怎么知道你这个说鬼的人，不就是鬼呢？”几个人一下子变了脸色，忽然一阵风吹过，灯光昏暗，那些人化作薄雾轻烟，一下子就散去了。

注释

1 **鸺鹠**（xiū liú）：猫头鹰的别名。

2 **魍魉**（wǎng liǎng）：传说中的一种鬼怪。

3 **楚楚：**整洁鲜明的样子。

4 **郇(huán)厨：**唐代韦陟袭封郇国公。他性侈纵，穷治馔馐，厨中多美味佳肴，见《新唐书·韦陟传》。后也以"郇公厨"称膳食精美的人家。

5 **阳羡鹅笼：**典出南朝梁吴均《续齐谐记》。阳羡人许彦背着鹅笼行走，遇到一书生以脚痛为由请求寄居在笼中。到了一棵树下书生从口中吐出器具肴馔，与彦共饮，又吐一女子共坐。书生醉倒，女子又吐出一男子。女子醉卧，男子又吐出一女子共酌。书生欲觉，女子又吐出锦帐遮掩，书生即入内共眠。男子另吐一女子酌戏。此后又逐一收回。情节是据《旧杂譬喻经》改头换面而成。

故老之词

原文

江宁王金英，字菊庄，余壬午[1]分校[2]所取士也。喜为诗，才力稍弱，然秀削不俗，颇近宋末四灵[3]。尝画艺菊小照，余戏仿其体格题之，有"以菊为名字，随花入画图"句，菊庄大喜，则所尚可知矣。撰有诗话数卷，尚未成书，霜凋夏绿，其稿不知流落何所。

译文

江宁人王金英，字菊庄，是乾隆壬午年我出任会试同考官时所录取的举人。喜欢写诗，但才气稍弱，然而他的诗风清秀削刻而不俗，很接近宋末永嘉四灵的风格。他曾画过一幅艺菊画像，我有意模仿他的诗风在画上题诗，有"以菊为名字，随花入画图"这样一句，王菊庄很高兴。由此可知他的爱好。他撰写了几卷诗话，还没有成书，不幸早逝，他的书稿现在不知流落在哪儿了。

犹记其中一条云：江宁一废宅，壁上微有字迹。拂尘谛视，乃绝句五首。其一曰："新绿渐长残红稀，美人清泪沾罗衣。蝴蝶不管春归否，只趁菜花黄处飞。"其二曰："六朝燕子年年来，朱雀桥圮花不开。未须惆怅问王谢，刘郎[4]一去何曾回？"其三曰："荒池废馆芳草多，踏青年少时行歌。谯楼鼓动人去后，回风袅袅吹女萝。"其四曰："土花[5]漠漠围颓垣，中有桃叶桃根魂。夜深踏遍阶下月，可怜罗袜终无痕。"其五曰："清明处处啼黄鹂，春风不上枯柳枝。惟应夹阤[6]双石兽，记汝曾挂黄金丝。"字极怪伟，不著姓名，不知为人语鬼语。余谓此福王[7]破灭以后，前明故老之词也。（《槐西杂志一》）

我还记得其中有一条说：江宁有一座废弃的宅院，墙上隐约有字迹。拂去尘土仔细看，乃是绝句五首。第一首："新绿渐长残红稀，美人清泪沾罗衣。蝴蝶不管春归否，只趁菜花黄处飞。"第二首："六朝燕子年年来，朱雀桥圮花不开。未须惆怅问王谢，刘郎一去何曾回？"第三首："荒池废馆芳草多，踏青年少时行歌。谯楼鼓动人去后，回风袅袅吹女萝。"第四首："土花漠漠围颓垣，中有桃叶桃根魂。夜深踏遍阶下月，可怜罗袜终无痕。"第五首："清明处处啼黄鹂，春风不上枯柳枝。惟应夹阤双石兽，记汝曾挂黄金丝。"字迹雄健怪异，也不写姓名，不知道是人语还是鬼语。我认为这是福王被执杀后，明朝遗老写的诗。

注释

1 **壬午：**乾隆二十七年(1762)。

2 **分校：**会试分校官，亦称同考官。明、清乡试、会试中协同主考或总裁阅卷之官。因在闱中各居一房，又称房考官，简称房官。

3 **宋末四灵：**即永嘉四灵。永嘉四灵是当时生长于浙江永嘉(今浙江温州)的四位诗人：徐照、徐玑、翁卷、赵师秀，因彼此志趣相投，诗格相类，工唐律，专以晚唐贾岛、姚合为法，谓之唐体，字号中都带有"灵"字，遂称之为“永嘉四灵”。代表南宋后期诗歌创作上的一种倾向。

4 **刘郎**:指南朝宋武帝刘裕。

5 **土花**:苔藓。

6 **戺**(shì):台阶两旁所砌的斜石。

7 **福王**:朱常洵,亦称福忠王,明神宗第三子,南明弘光帝朱由崧之父。崇祯十四年(1641)李自成攻克洛阳,被执杀。

见鬼诗

原文

钱塘俞君祺偶忘其字,似是佑申也。乾隆癸未[1],在余学署。偶见其《野泊不寐》诗曰:“芦荻荒寒野水平,四围唧唧夜虫声。长眠人亦眠难稳,独倚枯松看月明。”余曰:“杜甫诗曰:‘巴童浑不寝,夜半有行舟。’张继诗曰:‘姑苏城外寒山寺,夜半钟声到客船。’均从对面落笔,以半夜得闻,写出未睡,非咏巴童舟、寒山寺钟也。君用此法,可谓善于夺胎[2]。然杜、张所言是眼前景物,君忽

译文

钱塘人俞祺君,一下子想不起他的名字,好像叫佑申。乾隆癸未年,在我的学署中任职。偶然见他的一首《野泊不寐》诗云:“芦荻荒寒野水平,四围唧唧夜虫声。长眠人亦眠难稳,独倚枯松看月明。”我说:“杜甫诗云:‘巴童浑不寝,夜半有行舟。’张继诗云:‘姑苏城外寒山寺,夜半钟声到客船。’都是从对面落笔,以半夜听到声音,写出一个人没有睡着,而并非是吟咏巴童之舟、寒山寺的钟。您用这样的写诗方法,可以说是善于创新。但是杜甫、张继所说的是眼前景物,

然说鬼，不太鹘兀[3]乎？”俞君曰：“是夕实遥见月下一人倚树立，似是文士。拟就谈以破岑寂，相去十余步，竟冉冉没，故有此语。”钟忻湖戏曰：“‘云中鸡犬刘安过，月里笙歌炀帝归。’唐人谓之见鬼诗，犹嫌假借。如公此作，乃真不愧此名。”（《槐西杂志一》）

您忽然说到鬼，是不是太突兀了？”俞祺君说：“当天晚上我确实远远看见月下有一个人靠着树站立着，好像是个文人。我想过去和他攀谈解闷，距离他十几步远的时候，他竟然慢慢地消失了，所以写了这首诗。”钟忻湖说笑道：“‘云中鸡犬刘安过，月里笙歌炀帝归。’唐人认为这是见鬼诗，还觉得是假借。像您这首诗，真不愧是名副其实的见鬼诗了。”

注释

1 **乾隆癸未**：乾隆二十八年(1763)。

2 **夺胎**：本为道家语，指夺人之胎以转生。后比喻学习前人不露痕迹，并能创新。黄庭坚以为晚唐的弊病主要在于作者读书不多和缺乏艺术技巧，于是他倡导多读书，多学韩愈、杜甫，要以学问为诗。落实到诗歌创作上，他倡导以故为新、变俗为雅，有“夺胎换骨”之说。

3 **鹘(hú)兀**：犹糊涂。

鬼论诗文

原文

周书昌曰：“昔游鹊华，借宿民舍。窗外老树森翳，直接

译文

周书昌说：“当年游历鹊华山时，借住在民家屋舍。窗外老树枝

冈顶。主人言时闻鬼语，不辨所说何事也。是夜月黑，果隐隐闻之，不甚了了。恐惊之散去，乃启窗潜出，匍匐草际，渐近窃听。乃讲论韩、柳、欧、苏文，各标举其佳处，一人曰：'如此乃是中声[1]，何前后七子[2]，必排斥不数，而务言秦汉，遂启门户之争？'一人曰：'质文递变，原不一途。宋末文格猥琐，元末文格纤秾[3]，故宋景濂[4]诸公力追韩、欧，救以春容大雅。三杨[5]以后，流为台阁之体，日就肤廓，故李崆峒[6]诸公，又力追秦汉，救以奇伟博丽。隆、万以后，流为伪体，故长沙一派[7]又反唇焉。大抵能挺然自为宗派者，其初必各有根柢，是以能传；其后亦必各有流弊，是以互诋。然董江都、司马文园[8]文格不同，同时而不相攻也。李、杜、王、孟诗格不同，亦同时而不相攻也。彼所得者深焉耳。后之学者，论甘

叶茂盛，一直绵延至山岗顶上。主人说时常听到附近有鬼说话，不知它们在说什么。当天晚上，没有月亮，果真隐隐听到有说话声音，只是听不太清。我怕惊散它们，于是便打开窗户悄悄出来，趴在草地里，慢慢接近它们，偷听它们说些什么。原来，它们是在谈论韩愈、柳宗元、欧阳修、苏轼的文章，各自标举他们文章的妙处，一个人说：'这样的评论才是中肯之言，为什么前后七子排斥他们的作品，还一定要标榜秦汉之文，由此挑起门户之争呢？'另一个人说：'质文代变，原本就不是按着一条途径。宋末的文风格调猥琐卑下，元末的诗文风格纤巧秾丽，所以宋濂等人主张学习韩、欧之文，以雍容大雅的风格来救元末诗文的弊习。明初杨士奇、杨荣、杨溥之后，文坛流行台阁体，文章日趋肤浅，所以李梦阳等人，又主张学习秦汉之文，用奇伟博丽来救台阁体的弊端。明代隆庆、万历之后，这种文风流于模仿，所以茶陵文人又反唇相讥。大抵能在文坛上自立宗派的人，当初必定有学习的根柢，所以其诗派能够传承；发展到后来也必然会出现流弊，所以又互相诋毁。但是董仲舒、司马相如的文章风格不同，他们同处一个时代却不相攻击。李白、杜甫、王维、孟浩然的诗歌风格也不同，他

则忌辛，是丹则非素，所得者浅焉耳。’语未竟，我忽作嗽声，遂乃寂然。惜不尽闻其说也。”余曰：“此与李词畹记饴山事均以平心之论托诸鬼魅，语已尽，无庸歇后[9]矣。”书昌微愠曰：“永年百无一长，然一生不能作妄语。先生不信，亦不敢固争。”（《槐西杂志四》）

们也同处一个时代却不相攻击。这是因为他们的学识渊博、修养深厚啊。后来的学者，谈论甘甜就忌讳辛辣，肯定是红色就非议白色，这是因为他们的见识浅薄。’他的话还没说完，我忽然咳嗽了一声，于是再也没有动静了。可惜没能听全他们的议论。”我说：“这和李词畹所记的饴山之事，都是将平心公正之论借鬼魅的话说出来，这些话已经讲透了，后面的不必再说了。”周书昌有些不高兴地说：“我周永年平生一无所长，但是一辈子不说谎话。先生不信，我也不和您硬争了。”

注释

1 **中声：**平和中肯之论。

2 **前后七子：**明代中期文学复古思潮发轫于前七子的文学活动，成员有李梦阳、何景明、王九思、边贡、康海、徐祯卿、王廷相。至嘉靖中期，以李攀龙、王世贞为首的后七子重新在文坛举起了复古的大旗，声势赫然，为众人所瞩目。其成员除李、王外，还有谢榛、吴国伦、宗臣、徐中行、梁有誉。前后七子提出“文必秦汉，诗必盛唐”的口号。这种复古，实为拟古。这群作家凭着少年锐气，起身反抗箝制士人思想，迂腐不通的八股文，以及雅正有余、生气缺乏的台阁体。

3 **纤秾：**浮华。

4 **宋景濂：**即宋濂，初名寿 ，字景濂，号潜溪，别号龙门子、玄真遁叟等 。明初著名政治家、文学家、史学家、思想家。与高启、刘基并称为“明初诗文三大家”，又与章溢、刘基、叶琛并称为“浙东四先生”。被明太祖朱元璋誉为“开国文臣之首”。

5 **三杨：**指杨士奇、杨荣、杨溥，为明代“台阁体”诗文的代表人物。三人均历仕永乐、洪熙、宣德、正统四朝，先后位至台阁重臣，正统时加大学士衔辅政，人称“三杨”。以“三杨”为代表的台阁体诗文，内容上歌功颂德，粉饰太平；艺术上追求雅正，流于平实。

6 **李崆峒：**即李梦阳，字献吉，号空同，前七子的领袖人物。

7 **长沙一派：**即茶陵派，是明成化、正德年间的一个诗歌流派。因该派领袖李东阳为湖南茶陵（长沙）人，故名。主要成员有谢铎、张泰、邵宝、鲁铎、石珤等人。

8 **董江都：**即董仲舒。**司马文园：**即司马相如。

9 **歇后：**谓隐去句末之词，暗示其义。

文人好名

原文

郑太守慎人言：尝有数友论闽诗，于林子羽[1]颇致不满。夜分就寝，闻笔砚格格有声，以为鼠也。次日，见几上有字二行，曰：“如‘檄雨古潭暝，礼星寒殿开’，似钱、郎[2]诸公都未道及，可尽以为唐摹晋帖[3]乎？”时同寝数人，书皆不类；数人以外，又无人能作

译文

太守郑慎人说：曾经有几位朋友一起评论福建诗人之诗，对明初福建籍诗人林鸿的诗很不满意。半夜就寝后，听到笔砚等物发出格格的声音，以为是进了老鼠。第二天，看到几案上有两行字，写着：“像‘檄雨古潭暝，礼星寒殿开’这样的诗句，好像唐代钱起、郎士元等人也没有写过，你们能说我的诗全是‘唐摹晋帖’吗？”当时一同就寝的有好几个人，笔迹与桌子上的字都不同；除了这几

此语者。知文士争名，死尚未已，郑康成为厉之事，殆不虚乎？（《姑妄听之一》）

个人，又没有别人能写出这样的话来。才明白这是文士喜欢争名，死了还不罢休，传说东汉时的郑玄死了以后还化为恶鬼为自己争名，这种事也许是真的吧？

注释

1 **林子羽：**即林鸿，字子羽，福建福清人。洪武初年，以《龙池春晓》和《孤雁》两诗得到明太祖赏识，荐授将乐训导，洪武七年(1374)拜礼部精膳司员外郎。年未四十自免归。善作诗，诗法盛唐，为“闽中十才子”之首。

2 **钱、郎：**指唐代钱起、郎士元。他们诗名甚盛，当时有“前有沈宋，后有钱郎”（高仲武《中兴间气集》）之说。

3 **唐摹晋帖：**明初林鸿诗歌宗法唐人，绳趋尺步，时人评以“唐摹晋帖”。

翰林院鬼论诗

原文

景少司马[1]介兹官翰林时，斋宿[2]清秘堂，此因乾隆甲子[3]御题“集贤清秘”额，因相沿称之，实无此堂名。积雨初晴，微月未上，独坐廊下，闻瀛洲亭中语曰：“今日楼上看西山，知杜紫微[4]‘雨余山

译文

兵部侍郎景介兹在翰林院任职时，斋戒独宿在清秘堂，这是因为乾隆甲子年御题“集贤清秘”的匾额，后来人们就这么叫，其实没有这样的堂名。连绵阴雨刚刚放晴，月牙儿还没有上来，独自坐在廊庑下，听到瀛洲亭中有人说话：“今天在楼上看西山，才知道杜牧‘雨余山态活’一句，真是神来之笔。”一个人说：“这句诗好在‘活’字上，又好在‘态’字烘托出

态活’句，真神来之笔。”一人曰：“此句佳在‘活’字，又佳在‘态’字烘出‘活’字，若作山色、山翠，则兴象俱减矣。”疑为博晰之等尚未睡，纳凉池上，呼之不应；推户视之，阒无人迹。次日，以告晰之。晰之笑曰：“翰林院鬼，故应作是语。”（《姑妄听之二》）

‘活’字，如果写作山色、山翠，那么兴象都减少了。”他怀疑这是博晰之等人还没有睡觉，在池边纳凉，叫他们也不答应；推开门一看，静悄悄地一个人也没有。第二天，把这件事告诉博晰之。他笑着说：“翰林院的鬼，当然应该谈论这些话题。”

注释

1 **少司马：**司马，古代职官名称。殷商时代始置，位列三公，与六卿相当，与司徒、司空、司士、司寇并称五官，掌军政和军赋；春秋、战国沿置；汉武帝时置大司马，作为大将军的加号；后亦加于骠骑将军；后汉单独设置，皆开府；隋唐以后，为兵部尚书的别称。少司马即兵部侍郎。

2 **斋宿：**指在祭祀或典礼前，先一日斋戒独宿，表示虔诚。

3 **乾隆甲子：**乾隆九年(1744)。

4 **杜紫微：**即杜牧，字牧之，号樊川居士，京兆万年(今陕西西安)人。唐代杰出的诗人。因曾写过《紫薇花》咏物抒情，借花自喻，人称其为“杜紫薇”。

鬼唱曲

原文

李义山[1]诗“空闻子夜鬼悲歌”，

译文

李商隐诗“空闻子夜鬼悲

用晋时鬼歌子夜事也。李昌谷[2]诗“秋坟鬼唱鲍家诗”，则以鲍参军[3]有《蒿里行》，幻窅[4]其词耳。然世固往往有是事。田香沚言：尝读书别业，一夕，风静月明，闻有度昆曲者。亮折清圆，凄心动魄。谛审之，乃《牡丹亭》“叫画”一出也。忘其所以，静听至终。忽省墙外皆断港荒陂[5]，人迹罕至，此曲自何而来？开户视之，惟芦荻瑟瑟而已。（《姑妄听之三》）

歌”一句，用的是晋朝时鬼唱《子夜歌》的典故。李贺诗“秋坟鬼唱鲍家诗”一句，则是化用鲍照《蒿里行》，他再加以想象发挥。然而世上往往有这种事。田香沚说：他曾在别墅读书，一天晚上，风静月明，听见有人在唱昆曲。腔高调亮，清丽圆润，听后让人伤心动魄。仔细去听，唱的是《牡丹亭》“叫画”一出。田香沁听得入神，忘了想别的，一直静静地听完。忽然醒悟墙外都是荒废的水岸码头，人迹罕至，这歌声是从哪里来的？打开门看，只有芦苇在秋风中瑟瑟摇动而已。

注释

1 **李义山**：即李商隐，晚唐著名诗人，字义山。

2 **李昌谷**：即李贺，字长吉，河南福昌（今河南宜阳）人，家居福昌昌谷，后世称李昌谷，是唐宗室郑王李亮后裔。有“诗鬼”之称。

3 **鲍参军**：即鲍照，字明远，东海郡人（今属山东），南朝宋著名诗人。

4 **窅**(yǎo)：本义为眼睛眍进去，喻深远。

5 **陂**(bēi)：水边，水岸。

鬼赌背诗

原文

香沚又言：有老儒授徒野寺。寺外多荒冢，暮夜或见鬼形，或闻鬼语。老儒有胆，殊不怖。其僮仆习惯，亦不怖也。一夕，隔墙语曰：“邻君已久，知先生不讶。尝闻吟咏，案上当有温庭筠诗，乞录其《达摩支曲》一首焚之。”又小语曰：“末句‘邺城风雨连天草’，祈写‘连’为‘粘’，则感极矣。顷争此一字，与人赌小酒食也。”

老儒适有温集，遂举投墙外。约一食顷，忽木叶乱飞，旋飚怒卷，泥沙洒窗户如急雨。老儒笑且叱曰：“尔辈勿劣相，我筹之已熟：两相角赌，必有一负；负者必怨，事

译文

田香沚又说：有个老儒在一所野寺中教授生徒。寺外有很多荒坟，黄昏夜晚，有时能看到鬼影，有时能听见鬼说话。老儒胆子很大，一点儿也不害怕。他的僮仆习惯了，也不害怕。一天晚上，有个鬼隔着墙对老儒说：“咱们做邻居很久了，我知道先生不害怕。曾听到您吟诵诗句，书桌上一定有温庭筠的诗，想求您抄录那本《达摩支曲》诗烧掉。”接着又小声说：“末句‘邺城风雨连天草’，请您把‘连’字写成‘粘’，我就感激不尽了。刚才为了争论这个字，和人打赌输赢酒菜。”

老儒刚好有本温庭筠诗集，于是便随手把它扔到墙外。约莫过了一顿饭的时间，忽然树枝树叶乱飞，狂风怒吼，泥沙打在窗户上如同急雨。老儒笑着骂道：“你们不要这样

理之常。然因改字以招怨，则吾词曲；因其本书以招怨，则吾词直[1]。听尔辈狡狯，吾不愧也。”语讫而风止。褚鹤汀曰：“究是读书鬼，故虽负气求胜，而能为理屈。然老儒不出此集，不更两全乎？”王谷原曰：“君论世法[2]也。老儒解世法，不老儒矣。”（《姑妄听之三》）

子，我谋划得很周到：双方打赌，必定有一方输掉；输掉的人一定不高兴，这是事之常理。然而因为把诗中的字改掉招来怨恨，那么是我理亏；如果我用原文，即使受人怨恨，我也会理直气壮。任凭你们怎么狡诈，我也不会愧疚。”话说完风就停了。褚鹤汀说：“毕竟是个读书的鬼，所以尽管他们为一个字赌气求胜，仍然能明白事理。但是老儒如果不把那本诗集扔出墙外，不是更两全齐美了吗？”王谷原说：“您说的是世故应酬的做法。老儒如果懂这些，也就不是老儒生了。”

注释

1 **词曲**：理亏。**词直**：理直气壮。

2 **世法**：指人事上的交际应酬。即世故之法。

鬼论诗词

原文

李秋崖与金谷村尝秋夜坐济南历下亭，时微雨新霁，片月初生，秋崖

译文

李秋崖与金谷村曾经于秋夜里坐在济南历下亭，当时正值小雨过后，天气转晴，新月刚刚升起，李秋崖说：“韦应物‘流

曰："韦苏州[1]'流云吐华月'句气象天然，觉张子野[2]'云破月来花弄影'句便多少着力[3]。"谷村未答，忽暗中人语曰："岂但着力不着力，意境迥殊。一是诗语，一是词语，格调亦迥殊也。即如《花间集》[4]'细雨湿流光'句，在词家为妙语，在诗家则靡靡矣。"愕然惊顾，寂无一人。(《姑妄听之三》)

云吐华月'一句兴味意象得自天然，比较起来，张先'云破月来花弄影'一句便多少带有人工雕琢的痕迹。"金谷村没有应答，忽然黑暗中听到有人说："这不是雕琢不雕琢的事，两首诗意境不同。况且一个是诗歌语言，一个是词的语言，格调也很不一样。就像《花间集》中'细雨湿流光'一句，对于词作来说是妙语，对于诗作则太纤巧颓靡了。"两人惊讶地寻看四周，静悄悄地没有一个人。

注释

1 **韦苏州：**即韦应物，长安(今陕西西安)人。唐代著名诗人，因出任过苏州刺史，世称"韦苏州"。其诗风恬淡高远，以善于写景和描写隐逸生活著称。

2 **张子野：**即张先，字子野，乌程(今浙江湖州)人。宋代著名词人，"能诗及乐府，至老不衰"。

3 **着力：**人工雕琢。

4 **《花间集》：**五代十国时期编纂的一部词集，也是文学史上的第一部文人词选集，由后蜀人赵崇祚编辑。本书收录了温庭筠、韦庄等十八位花间词派诗人的经典作品，集中而典型地反映了早期词史上文人词创作的主体取向、审美情趣、体貌风格和艺术成就。

神仙谈艺

原文

王昆霞作《雁宕游记》一卷，朱导江为余书挂幅，摘其中一条云："四月十七日，晚出小石门，至北磵，耽玩忘返，坐树下待月上。倦欲微眠，山风吹衣，栗然[1]忽醒。微闻人语曰：'夜气澄清，尤为幽绝，胜罨[2]画图中看金碧山水。'以为同游者夜至也。俄又曰：'古琴铭云："山虚水深，万籁萧萧。古无人踪，惟石嶕峣[3]。"真妙写难状之景。尝乞洪谷子[4]画此意，竟不能下笔。'窃讶斯是何人，乃见荆浩？起坐听之。又曰：'顷东坡为画竹半壁，分柯布叶，如春云出岫，疏

译文

王昆霞写过《雁宕游记》一卷，朱导江为我写一幅书法挂轴时，摘录其中一段："四月十七日，我晚出小石门，到了北磵，贪玩忘记了回家，坐在树下等待月亮升起。困倦了想要眯一会儿，山风吹起衣服，感到战栗而惊醒。隐约听到有人说：'夜里气雾澄清，更加幽静，胜过图画中色彩斑斓的山水景象。'我以为这是同游之人夜里到了。过了一会儿又说：'古代的《琴铭》中说："山虚水深，万籁萧萧。古无人踪，惟石嶕峣。"这真是巧妙地写出难以描绘的景象。我曾请洪谷子将这一意境画为画，他竟无法下笔。'我很惊讶，暗想这是谁，竟然能够见到荆浩？于是坐起来听他们说话。一人又说道：'前不久苏东坡为我画了半面墙壁的竹子，枝叶伸展，就像春天山谷中的云雾飘涌而出，有疏有密，意趣神态十分自然，没有那种杈

疏密密，意态自然，无杈丫怒张之状。' 又一人曰：'近见其《西天目诗》，如空江秋净，烟水渺然；老鹤长唳，清飔远引，亦消尽纵横之气。缘才子之笔，务殚心巧；飞仙之笔，妙出天然，境界故不同耳。' 知为仙人，立起仰视。忽扑簌一声，山花乱落，有二鸟冲云去。" 其诗有 "蹑屐颇笑谢康乐[5]，化鹤亲见徐佐卿[6]" 句，即记此事也。(《姑妄听之四》)

丫怒张的形态。' 又有一人说：'近日我见他写的《西天目诗》，意境就像秋天空阔江面一样明净，烟水浩渺；又如老鹤长鸣，凄清嘹亮，传向远方，也消尽了他从前纵横傲岸的气势。这是因为才子之笔往往务尽巧思；飞仙之笔天然神妙，境界所以不同。' 我知道这两位一定是仙人，站起来仰视他们。忽然 '扑簌' 一声，山间野花纷纷散落，有两只鸟向天空飞去。" 王昆霞有两句诗说 "蹑屐颇笑谢康乐，化鹤亲见徐佐卿"，记的就是这件事。

注释

1 **栗然**：战栗的样子。

2 **罨**(yǎn)：覆盖，掩盖。

3 **嶕峣**(jiāo yáo)：峻峭、高耸。

4 **洪谷子**：即荆浩，五代后梁画家。字浩然，号洪谷子。山西沁水人，因避战乱，常年隐居太行山。擅画山水，师从张璪，吸取北方山水雄峻气格，作画"有笔有墨，水晕墨章"，勾皴之笔坚凝挺峭，表现出一种高深回环、大山堂堂的气势，为北方山水画派之祖。

5 **谢康乐**：即谢灵运，浙江会稽人，原为陈郡谢氏士族。因袭封康乐公，称谢康乐。他是刘宋时代著名山水诗人。谢灵运喜游山陟岭，特制一种前后齿可装卸的木屐。上山可去其前齿，下山则去其后齿。故称这种特制的木屐为"谢公屐"。

6 **徐佐卿**：青城道士，相传能化鹤在天空飞翔。安史之乱，玄宗避祸幸蜀，偶至明月观中，见挂箭为自己的御箭。因此询问明月观道士。道士将徐佐卿之言告诉了玄宗。此时玄宗突然记起了沙苑之猎和云端孤鹤，感到十分神奇，他命人到处寻找徐佐卿，却无人知道佐卿的去处。

第五编

鬼狐谈学问

《阅微草堂笔记》中鬼狐的世界一如人类社会，它们也重视对子弟的教育，要后代读书、识字、明理。《如是我闻一·狐教子弟》讲述王五贤夜过古墓听到狐精责骂子弟说："尔不读书识字，不能明理，将来何事不可为？上干天律时，尔悔迟矣。"拳拳深意，与世间塾师无异。《滦阳消夏录三·狐翁读书》讲述一狐翁在墟墓读书，旁边小狐皆捧书蹲坐。当问及读书何为时，狐翁对以"读圣贤之书，明三纲五常之理，心化则形亦化矣"。而其所读之书皆《五经》《论语》《孝经》《孟子》之类。

纪昀笔下的鬼狐，往往延续着生前的喜好，生前为儒生者，做了鬼也好谈论学问。《槐西杂志二·鬼友道殊》记述一位温雅的鬼士与塾师交往密切，相谈融洽。这些鬼狐所探讨的学问，往往亦阐述精深，深为人所赞识。《滦阳消夏录一·鬼谈理学》讲述两位老儒夜间散步遇一鬼翁，阐发程朱二气屈伸之理，疏通证明，词条流畅。两人听后都大为首肯。而每及鬼狐有不同流俗的新知卓见时，往往也不为那些固执一理、教条愚昧的讲学者理解。《滦阳消夏录三·狐翁读书》中狐翁发表一番为何经书不注的宏论后，书生"怪其持论乖僻，惘惘莫对"。其实，鬼狐所谈学问，很大程度上是纪昀本人对待学问的态度，只不过是通过鬼狐之口说出来，而这些独到之见亦往往与流俗相异。

《阅微草堂笔记》中借鬼狐之口所论学问集中于对汉学与宋学孰优孰劣的讨论，所持之论大致是褒汉贬宋。《滦阳消夏录三·狐翁读书》借狐翁之口言"唐以前，但有儒者。北宋后，每闻某甲是圣贤，为小异耳。"又《滦阳消夏录一·经香阁》中说建阁是因为"汉代诸儒，去古未远，训诂笺注，类能窥见先圣之心;又淳朴未漓,无植党争名之习,惟各传师说,笃溯渊源。沿及有唐,斯文未改。迨乎北宋,勒为注疏十三部,先圣嘉焉。诸大儒虑新说日兴,渐成绝学,建是阁以贮之”。纪氏认为宋学之妄,一者在于“植党争名之习”,由是“以讲经立门户,纷纭辨驳,其说愈详而经亦愈荒”。再者真伪颠倒,不知端绪,而偏重逻辑推理,“《易》之象数,《诗》之小序,《春秋》之三传,或亲见圣人,或去古未远,经师授受,端绪分明”。

然而纪氏对待汉、宋之学也并非完全拘泥在是非褒贬之间,而是通过细致比较,取其所长,不讳其所短,有较为公允客观的判断。《滦阳消夏录一·经香阁》中按语说:“汉儒以训诂专门,宋儒以义理相尚。似汉学粗而宋学精。然不明训诂,义理何由而知?”因此他也在《四库全书·诗部总叙》中表达此种见解说:“宋儒之攻汉儒,非为说经起见也,特求胜于汉儒而已;后人之攻宋儒,亦非为说经起见也,特不平宋儒之诋汉儒而已。”因而他认为汉学古义可据,非宋儒所能;宋儒积一生精力,字斟句酌,也非汉儒所及。汉、宋各自的优点在于汉儒重师传,渊源有自;宋儒尚心悟,研索易深。而汉、宋各自的缺点在于汉儒过于信传,宋儒或凭臆断。故而各明一义,各有所失,计其得失,亦复相当。进而无论汉学、宋学,还是佛家、儒家都异中有同,同中有异,各有品第,各修其业,不能一概而论。

鬼谈理学

原文

交河及孺爱、青县张文甫，皆老儒也，并授徒于献。尝同步月南村北村之间，去馆稍远，荒原阒寂[1]，榛莽翳然。张心怖欲返，曰："墟墓间多鬼，曷[2]可久留！"俄一老人扶杖至，揖二人坐，曰："世间安得有鬼，不闻阮瞻[3]之论乎？二君儒者，奈何信释氏之妖妄。"因阐发程朱二气屈伸之理，疏通证明，词条流畅。

二人听之，皆首肯，共叹宋儒见理之真。递相酬对，竟忘问姓名。适大车数辆远远至，牛铎铮然[4]，老人振衣急起曰："泉下之人，岑寂久矣。不持无鬼之论，不能留

译文

交河的及孺爱、青县的张文甫，都是老儒生，一同在献县教授学生。二人曾经月夜在南村与北村间散步，渐渐远离了学馆，来到一片草木丛生，寂静无人的荒野。张文甫心里害怕想回去，说："废墟坟墓间有鬼，怎么可以久留！"不一会儿有一老翁拄杖前来，向二人施礼后坐下说："世间哪有鬼，难道没听说过阮瞻的论述吗？二位是读书人，怎么能听信佛家的怪异荒诞之说。"接着老翁阐发宋代程朱学派的阴阳二气消长的理论，讲解通达，条贯清晰，文辞流畅。

二人听后都点头称赞，感叹宋儒理解得真切。彼此互相应答与老翁谈论理学，竟忘记了问他姓名。这时恰好有几辆大车过来，牛铃碰撞发出铮铮声响，老人立刻敛衣起身说："我这

二君作竟夕谈。今将别，谨以实告，毋讶相戏侮也。”俯仰之顷，欻然[5]已灭。是间绝少文士，惟董空如先生墓相近，或即其魂欤。（《滦阳消夏录一》）

黄泉之下的人，寂寞太久了。如果不说无鬼论，也不能留下二位先生长谈。现在马上要分别，谨以实话相告，望二位切勿惊讶，不要认为我是有意捉弄你们。”就在作揖抬头之间，老翁忽然就不见了。这一带很少有文士，只有董空如先生的墓离得近些，大概就是董先生的灵魂吧。

注释

1 **阒(qù)寂：**寂静无声。

2 **曷：**怎么，为什么。

3 **阮瞻：**晋代人，阮咸之子，持无鬼论。

4 **铮然：**金属碰撞声。

5 **欻(xū)然：**忽然，迅速的样子。

经香阁

原文

朱子颖运使[1]言：守泰安日，闻有士人到岱岳深处，忽人语出石壁中，曰：“何处经香，岂有转世人来耶？”剨然[2]震响，石壁中

译文

朱子颖运使说：他任泰安知府时，听说有个读书人到泰山深处，忽然听到从石壁中传来说话声：“是什么地方的经书香味，难道有转世的人来了？”随着“剨”的一声震响，石壁从中间裂开，峰顶上出

开，贝阙琼楼，涌现峰顶，有耆儒冠带下迎。士人骇愕，问此何地。曰："此经香阁也。"士人叩经香之义。曰："其说长矣，请坐讲之。昔尼山删定[3]，垂教万年，大义微言，递相授受。汉代诸儒，去古未远，训诂笺注，类能窥见先圣之心；又淳朴未漓，无植党争名之习，惟各传师说，笃溯渊源。沿及有唐，斯文未改。迨乎北宋，勒为注疏十三部，先圣嘉焉。诸大儒虑新说日兴，渐成绝学，建是阁以贮之。中为初本，以五色玉为函，尊圣教也；配以历代官刊之本，以白玉为函，昭帝王表章之功也，皆南面；左右则各家私刊之本，每一部成，必取初印精好者，按次时代，庋[4]置斯阁，以苍玉为函，奖汲古之勤也，皆东西面。并以珊瑚为签，黄金作锁钥。东西两庑以沉檀为几，锦绣为茵。诸大儒之神，岁一来视，相与列坐

现了紫贝、美玉装饰的宫阙楼阁，有位年老的儒者顶冠束带下来迎接。读书人惊怕奇怪，问这里是什么地方。老者回答说："这里是经香阁。"读书人叩问经香的意思。老者回答说："说来话长，请坐下听我慢慢道来。过去孔子删定经书，垂教万年，诸经要义、精微的言辞，一代代传授下来。汉代各位大儒，距离上古不远，训诂、笺注，大概还能够理解先圣的本意；而且当时风俗淳朴，尚未流于浇薄，没有培植党羽争名逐利的习气，只是各自传承老师的学问，诚笃地追溯学问的渊源。流传至唐代，斯文之气也没有改变。到了北宋，刻为注疏十三部，得到先圣的嘉许。各位大儒担心新说日渐兴盛，儒家经典学说将渐渐失传，所以建造这座阁楼来贮藏它们。中间陈列的是初刻本，装在五色玉做的书函里，表示尊崇先圣的遗教；再附以历代官刊的本子，装在白玉书函中，以彰显帝王倡导的功德，这些都放在南面；左右都是各家的私刻本，每一部书印成，必定选出初印精美的本子，以年代为序，收藏在这座阁子里，这些书以青色玉做成书函，奖励专研古籍辛勤之人，这些都放在东西两面。所有经书用珊瑚做成书签，用黄金做锁钥。东西两边廊屋里用沉香、檀木做小桌子，

于斯阁。后三楹则唐以前诸儒经义，帙以纂组[5]，收为一库。自是以外，虽著述等身，声华盖代，总听其自贮名山，不得入此门一步焉，先圣之志也。诸书至子刻午刻，一字一句，皆发浓香，故题曰经香。盖一元斡运[6]，二气絪缊[7]，阴起午中，阳生子半，圣人之心，与天地通。诸大儒阐发圣人之理，其精奥亦与天地通，故相感也。然必传是学者始闻之，他人则否。世儒于此十三部，或焚膏继晷，钻仰终身；或锻炼苛求，百端掊击，亦各因其性识之所根耳。君四世前为刻工，曾手刊《周礼》半部，故余香尚在，吾得以知君之来。"因引使周览阁庑，款以茗果。送别，曰："君善自爱，此地不易至也。"士人回顾，惟万峰插天，杳无人迹。

案，此事荒诞，殆尊汉学者之寓言。夫汉儒以训诂专门，宋儒以义理相尚。

用锦绣做垫子。各位大儒的神灵，每年都来视察一次，一起依次坐在书阁里。后面三排房子，放置唐以前各位大儒解释经书义理的书籍，依次编列，收入一个库房。除此以外，即便著述等身，声名超出当代，也只是由他们自己将著作藏匿深山，不得进入这座阁楼门一步，这是先圣的意旨。这些书每到子刻、午刻，一字一句，都能发出浓郁的香味，所以题名叫经香。因为事物的始端旋转运行，阴阳二气相互作用，阴气起于正午时，阳气生于夜半子时，圣人的心与天地相通。各位大儒阐发圣人的义理，精微深奥也与天地相通，因此能与天地相感应。但是必须是传承这门学问的人才能够闻得到这种香气，别人是闻不到的。世上的儒者对这十三部经书，有的夜以继日地钻研仰望一生；有的深推曲解，吹毛求疵，百般抨击，也是因为他们各自的性情学识的根柢不同。您四世前为刻字工，曾经手刻过半部《周礼》，所以余香还在，我知道您来了。"因此老者引导读书人周游浏览阁楼，用茶点、果品来款待他。送别时，老者对读书人说："您善于自爱，这个地方是不容易来的。"读书人回头一看，只有万峰直插天空，幽深不见人迹。

似汉学粗而宋学精。然不明训诂，义理何自而知？概用诋诽，视犹土苴[8]，未免既成大辂[9]，追斥椎轮[10]，得济迷川，遽焚宝筏。于是攻宋儒者，又纷纷而起。故余撰《四库全书·诗部总叙》有曰：宋儒之攻汉儒，非为说经起见也，特求胜于汉儒而已；后人之攻宋儒，亦非为说经起见也，特不平宋儒之诋汉儒而已。韦苏州诗曰："水性自云静，石中亦无声，如何两相激，雷转空山惊。"此之谓矣。

平心而论，《易》自王弼始变旧说，为宋学之萌芽。宋儒不攻《孝经》，词义明显。宋儒所争，只今文古文字句，亦无关宏旨，均姑置勿议。至《尚书》《三礼》《三传》《毛诗》《尔雅》诸注疏，皆根据古义，断非宋儒所能。《论语》《孟子》，宋儒积一生精力，字斟句酌，亦断非汉儒所及。盖汉儒重师传，渊源有自。宋儒尚心悟，研索易深。汉儒或执旧文，过于信传；宋

按，这件事荒唐怪诞，大概是尊汉学者的寓言。汉儒以训诂为专门学问，宋儒重在义理阐发。似乎汉学粗疏而宋学精要。但是不明白训诂，又怎能了解义理？一概诋毁排斥汉学，视之如粪土，未免就如同已经造好精美的大车，却返回来斥责早时没有安装辐条的车轮，就像渡过迷津，却立即焚烧丢弃宝贵的筏子。于是攻击宋儒的人，又纷纷而起。所以我在编撰《四库全书·诗部总叙》时说：宋儒攻击汉儒，不是为了说经，不过是想刻意胜过汉儒而已；后人攻击宋儒，也不是为了说经，不过是为宋儒诋毁汉儒鸣不平而已。韦应物诗曰："水性自云静，石中亦无声，如何两相激，雷转空山惊。"说的就是这个意思。

平心而论，《周易》从王弼开始改变旧说，是宋学的萌芽。宋儒不攻击《孝经》旧疏，是因为词义明显。宋儒所争的，只是今文、古文的字句，也无关于大旨，都可以暂且搁置不论。至《尚书》《三礼》《三传》《毛诗》《尔雅》各种注疏，都是根据古义，断然不是宋儒所能做到的。《论语》《孟子》，宋儒投入一生精力，字斟句酌，也断然不是汉儒所能达到的。一般说来，汉儒注重

儒或凭臆断，勇于改经。计其得失，亦复相当。惟汉儒之学，非读书稽古，不能下一语；宋儒之学，则人人皆可以空谈。其间兰艾同生，诚有不尽餍人心者，是嗤点[11]之所自来。此种虚构之词，亦非无因而作也。（《滦阳消夏录一》）

师传，学问都有渊源。宋儒崇尚心悟，认为研求容易深入。汉儒有时过于执着于旧文，过于相信师传；宋儒有时仅凭臆断，大胆改经。双方优劣得失，也差之不多。只是汉儒的学问，若不读书不查考古义，就一句话也说不到点子上；宋儒的学问，则人人皆可以高谈阔论。这中间好比兰草、艾草同生，确实有让人不能满足的地方，这就是宋学遭受讥笑指摘的地方。所以，这些虚构的故事，也不是无缘无故而起的。

注释

1 **运使**：古代官名。如转运使、漕运使等。

2 **割(huò)然**：破裂的声音。

3 **尼山删定**：尼山，指孔子。此处谓孔子删定经书。

4 **庋(guǐ)**：置放、收藏。

5 **帙以纂组**：帙，书、画的封套，用布帛制成。此处指整理书籍。纂组，赤色绶带。

6 **一元斡运**：事物的始端旋转运行。

7 **二气絪缊**：天地间阴阳二气相互作用。

8 **土苴(zhǎ)**：渣滓，糟粕。比喻微贱的东西。

9 **大辂(lù)**：古代君王乘坐的车子。

10 **椎轮**：无辐的车轮。

11 **嗤点**：嘲笑指摘。

狐翁读书

原文

何励庵先生言:相传明季有书生,独行丛莽间,闻书声琅琅,怪旷野那得有是。寻之,则一老翁坐墟墓间,旁有狐十余,各捧书蹲坐。老翁见而起迎,诸狐皆捧书人立。书生念既解读书,必不为祸。因与揖让,席地坐。

问:"读书何为?"老翁曰:"吾辈皆修仙者也。凡狐之求仙有二途:其一采精气,拜星斗,渐至通灵变化,然后积修正果,是为由妖而求仙。然或入邪僻,则干[1]天律。其途捷而危。其一先炼形为人,既得为人,然后讲习内丹,是为由人而求

译文

何励庵先生说:相传明末有位书生,独自在丛林草莽间赶路,听到有琅琅的读书声,很奇怪在旷野中怎么能有这样的声音。循声寻找,只见一位老翁坐在坟墓间,旁边有十多只狐狸,都捧着书蹲坐着。老翁看到书生起身相迎,那些狐狸也都捧着书像人一样站立。书生心想既然它们懂得读书,必定不会害人。于是相互施礼,席地而坐。

书生问:"读书为了什么?"老翁回答说:"我们都是修仙的。凡狐狸求仙有两条途径:一种是采精气,拜星斗,慢慢地达到通灵变化,然后再修炼成正果,这是由妖而求仙。但是如果入了邪僻,则触犯天条。这种方法快捷而危险。一种是先修炼成人性,既然修炼成人,然后再讲习内丹,这是由人而求仙。即使采用吐纳导引的方法,也并非一朝一

仙。虽吐纳导引，非旦夕之功，而久久坚持，自然圆满。其途纡而安。顾形不自变，随心而变。故先读圣贤之书，明三纲五常之理，心化则形亦化矣。”书生借视其书，皆《五经》《论语》《孝经》《孟子》之类，但有经文而无注。问：“经不解释，何由讲贯？”老翁曰：“吾辈读书，但求明理。圣贤言语，本不艰深，口相授受，疏通训诂，即可知其义旨，何以注为？”

书生怪其持论乖僻，惘惘[2]莫对。姑问其寿，曰：“我都不记。但记我受经之日，世尚未有印板书。”又问：“阅历数朝，世事有无同异？”曰：“大都不甚相远，惟唐以前，但有儒者。北宋后，每闻某甲是圣贤，为小异耳。”书生莫测，一揖而别。后于途间遇此翁，欲与语，掉头径去。案，此殆先生之寓言。先生尝曰：“以讲经求科第，支离敷衍，其词愈美而经愈荒；以讲经立门户，纷纭辩驳，其说

夕的功夫，要长时间坚持，自然而然达到圆满。这种修炼方式虽然曲折但是安全。但形体不能自然而变，是随心而变。所以先读圣贤的书，明白三纲五常的道理，心变化了，形体也就随着变化了。”书生借过它的书来看，都是《五经》《论语》《孝经》《孟子》之类，但只有经文而无注解。书生问：“经文不解释，怎么能够讲得通呢？”老翁回答说：“我们读书，只求明理。圣贤的语言，本来是不艰深的，口头讲授，将词义疏通，就可以知道书的义旨，要注解做什么？”

书生觉得他的议论怪僻，惘然不知所对。姑且问他的年寿，回答说：“我都不记得了。只记得我学习经书的时候，世上还没有刻板印刷的书。”书生又问：“经历了几个朝代，您觉得世事有没有同异？”老翁回答说：“大都差不太远，在唐以前，只有儒者。北宋后，常听说某甲是圣贤，这点小有差别罢了。”书生不懂他的意思，作揖告别。后来在路上偶然遇到这位老翁，想要和他说话，老翁却掉头径自离去。按，这大概是何励庵先生的寓言。先生曾说：“用讲解经文来求科第，把经书理解得支离模糊，言辞愈是精美，经文就

愈详而经亦愈荒。”语意若合符节。又尝曰：“凡巧妙之术，中间必有不稳处。如步步踏实，即小有蹉失，终不至折肱伤足。”与所云修仙二途，亦同一意也。（《滦阳消夏录三》）

愈是荒疏；用讲解经文来树立门户，众说纷纭，辩论驳杂，说法愈是周详，经文也就愈是荒疏。”他的说法与寓言中老翁的看法完全一致。又曾说：“凡是巧妙的方法，中间必然有不稳当的地方。如果步步踏实，即便小有差池，最终也不至于跌得折腿伤足。”这与老翁所说修仙的两种途径，也是一个意思。

注释

1 **干**：触犯，冒犯。

2 **惘惘**：失意的样子。

崔寅辨《易》

原文

牛公晦庵，尝与五公山人散步城南，因坐树下谈《易》[1]。忽闻背后语曰：“二君所论乃术家《易》，非儒家《易》也。”怪其适自何来，曰：“已先坐此，二君未见耳。”

问其姓名，曰：“江南崔

译文

牛晦庵公曾和五公山人在城南散步，走累了就坐在树下谈论《周易》。忽然听到背后有话音，说：“二位所论乃是术家的《易》，不是儒家的《易》。”两人觉得很奇怪他刚才是从哪儿来的，说：“我已经先坐在这里了，二位没看见罢了。”

问他的姓名，回答说：“江南崔寅。

寅。今日宿城外旅舍，天尚未暮，偶散闷闲行。”山人爱其文雅，因与接膝，究术家儒家之说，崔曰：“圣人作《易》，言人事也，非言天道也；为众人言也，非为圣人言也。圣人从心不逾矩，本无疑惑，何待于占？惟众人昧于事几，每两歧罔决[2]，故圣人以阴阳之消长，示人事之进退，俾知趋避而已。此儒家之本旨也。顾万事万物，不出阴阳，后人推而广之，各明一义。杨简、王宗传[3]阐发心学，此禅家之《易》，源出王弼[4]者也；陈抟、邵康节[5]推论先天，此道家之《易》，源出魏伯阳[6]者也；术家之《易》，衍于管、郭[7]，源于焦、京[8]，即二君所言是矣。《易》道广大，无所不包，见智见仁，理原一贯。后人忘其本始，反以旁义为正宗。是圣人作《易》，但为一二上智设，非千万世垂教之书，千万人共喻之理矣。经者常也，言常道也；经者

今天在城外旅店中住宿，天还没黑，偶尔闲走解解闷。”五公山人喜欢他的文雅，和他促膝交谈，推究术家、儒家的说法，崔寅说：“圣人作《易》，是说人事，不是说天道；是为众人言说，不是为圣人言说。圣人处事随心所欲但不会超越法度，本来没有疑惑，何必用占卜决定？只是一般人不了解行事时机，遇到分歧就很难解决，所以圣人用阴阳的消长，来显示人事的进退，让人们知道趋吉避凶罢了。这是儒家的本义。以此来看万事万物，都不出阴阳两端，后世人推广开来，各自发展了自己的学说。杨简、王宗传阐发心学，这是禅家《易》学，源出于王弼的学说；陈抟、邵康节推论先天，这是道家的《易》学，源出于魏伯阳的学说；方术家的《易》学，推演于管辂、郭璞，起源于焦延寿、京房的学说，就是您二位所说的。《易》所涉及的道理范围广大，无所不包，见仁见智，各有道理，道理原是一贯的。后世人忘了它的本义，反而以歧义为正宗。所以圣人作《易》，只是为了一两位上等智慧的人而设，并不是用以教育千秋万代大众的书，并不是要千万人共同理解的道理。经，是“常”的意思，说的是常理；经，也是“径”的意思，说的是所有人都要沿着走的道路。《易》曾是六经之首，把它

径也，言人所共由也。曾是六经之首，而诡秘其说，使人不可解乎？”

二人喜其词致，谈至月上未已，诘其行踪，多世外语。二人谢曰：“先生其儒而隐者乎？”崔微哂曰：“果为隐者，方韬光晦迹之不暇，安得知名？果为儒者，方返躬克己之不暇，安得讲学？世所称儒称隐，皆胶胶扰扰者也。吾方恶此而逃之。先生休矣，毋污吾耳！”剨然长啸，木叶乱飞，已失所在矣，方知所见非人也。（《滦阳消夏录六》）

说得神秘莫测，难道是为了让人不能理解吗？”

两位先生欣赏他的谈吐雅致，一直聊到月亮升起还没有尽兴，询问他的行迹，回答多是世外之话。二人施礼道：“先生是隐居的儒士吗？”崔寅微笑说：“果真是隐士的话，隐姓埋名掩藏踪迹都来不及，怎么还能让你们知道我的名字？果真为儒者的话，修养自身都来不及，怎么能讲学？世上所谓的儒者和隐士，都是庸庸碌碌，乱七八糟的角色。我正是厌恶这些人而躲避在此。先生别说了，不要弄脏了我的耳朵！”他忽然剨的一声长啸，树叶乱飞之间已消失在眼前，这才知道所见的不是人类。

注释

1 《**易**》**：**即《周易》。

2 **两歧：**两种意见不统一。**罔决：**不能决断。

3 **杨简：**南宋学者，字敬仲，号慈湖，孝宗乾道五年(1169)进士。授富阳主簿，任上兴学校，教生徒。时陆九渊过富阳，指示心学，虽陆仅长他二岁，仍向陆执师生礼。后调任绍兴府司理。**王宗传：**字景孟，宁德人。宗传之说，大概祧梁、孟而宗王弼，故其书唯凭心悟，力斥象数之弊。

4 **王弼：**字辅嗣，三国曹魏山阳郡（今河南焦作）人，经学家、哲学家，魏晋玄学的主要代表人物及创始人之一。

5 **陈抟：**字图南，亳州真源县人。是学以《老子》为主，兼融道家易。从《老子》等书中的宇宙人物生成论，又以道家反本说和《老子》返璞归真、归根复命的信念为旨归，将《周易》卦爻变化的节序性、规律性的思想与《老子》论道体的自然无为思想相结合，将道体的虚无自然看作是具象个体变化的本质。**邵康节：**北宋哲学家。字尧夫，谥号康节，自号安乐先生、伊川翁，后人称百源先生。其先范阳（今河北涿州）人，幼随父迁共城（今河南辉县）。少有志，读书于苏门山百源上。仁宗嘉祐及神宗熙宁中，先后被召授官，皆不赴。创"先天学"，以为万物皆由"太极"演化而成。

6 **魏伯阳：**名翱，字伯阳，号云牙子，会稽上虞（今属浙江）人。魏伯阳的思想对道教的炼丹术影响极大，著有《周易参同契》，由于该书主要谈外丹，兼及内丹，故《周易参同契》的注释分内、外丹两大派。被公认为是留有著作的最早的炼丹家。

7 **管、郭：**管，指管辂，字公明，平原（今山东平原）人。三国时期曹魏术士。年八九岁，便喜仰观星辰。成人后，精通《周易》，善于卜筮、相术，习鸟语，相传每言辄中，出神入化。郭，指郭璞，字景纯，河东郡闻喜县（今山西闻喜）人。两晋时期著名文学家、训诂学家、风水学者。郭璞除家传易学外，还承袭了道教的术数学，是两晋时代最著名的方术士，传说他擅长预卜先知并精通诸多奇异的方术。他好古文、奇字，精天文、历算、卜筮，长于赋文，尤以"游仙诗"名重当世。

8 **焦、京：**焦，指焦延寿，梁国睢阳（今河南商丘市睢阳区）人，西汉中期的著名哲学家。京，指京房，本姓李。汉元帝时为郎、魏郡太守。治易学，师从梁人焦延寿，详于灾异，开创了京氏易学，有《京氏易传》存世。

狐教子弟

原文

里人王五贤，幼时闻呼其字，是此二音，不知即此二字否也。老塾师也。尝夜过古墓，闻鞭朴声，并闻责数曰："尔不读书识字，不能明理，将来何事不可为？上干[1]天律时，尔悔迟矣。"谓深更旷野，谁人在此教子弟。谛听，乃出狐窟中。五贤喟然曰："不图此语闻之此间。"（《如是我闻一》）

译文

同村人王五贤，儿时听到叫他的字是这两个音，不知道是否就是这两个字。是个老塾师。曾在夜晚路过古墓，听到有抽鞭子的声音，还听到数落的话，说："你不读书识字，不能明白道理，将来什么事情干不出来呢？等到触犯天条的时候，你后悔也来不及了。"他想着在这更深夜静的旷野之中，是谁在教育子弟。仔细听，这声音是出自狐狸洞中。王五贤感叹地说："没有料到这样的话竟然在这里听到。"

注释

1 干：触犯。

萧客好古

原文

余布衣萧客言：有士人宿会稽山中，夜间隔涧有讲诵声。侧耳谛听，似谈古训诂[1]。次日，越涧寻访，杳无踪迹。徘徊数日，冀有所逢。

忽闻木杪人语曰："君嗜古乃尔，请此相见。"回顾之顷，石室洞开，室中列坐数十人，皆掩卷振衣，出相揖让。士人视其案上，皆诸经注疏。居首坐者拱手曰："昔尼山奥旨，传在经师；虽旧本犹存，斯文未丧；而新说叠出，嗜古者稀。先圣恐久而渐绝，乃搜罗鬼录，征召幽灵。凡历代通儒，精魂尚在者，集于此

译文

我的布衣朋友萧客说：有个读书人住在会稽山中，夜里隔着山涧听到对面有讲诵的声音。侧耳细听，好像在谈古代的训诂学。第二天，越过山涧去寻访，杳无人迹。这样徘徊往返了几天，希望能够碰见那些人。

忽然听到树梢有人说话："您那样爱好古学，就请您来此相见。"他回头一看，石室的门洞打开，室中排坐着几十个人，都合上书本站起身来整理衣服，出来行礼，请他进去。读书人看到桌子上都是儒家的经文注疏。坐在首座上的人拱手说道："以前孔子删定六书的奥秘，由历代经师传授；虽然旧本依然存在，文章还没有遗失；而新的解说层出不穷，爱好古学的人越来越少。先圣担心久而久之慢慢地绝迹，于是搜罗鬼录，征召幽灵。凡是历代的通儒，灵魂还在的，都聚集在这

地，考证遗文；以此转轮，生于人世，冀递修古学，延杏坛[2]一线之传。子其记所见闻，告诸同志，知孔孟所式凭，在此不在彼也。”士人欲有所叩，倏已梦醒，乃倚坐老松之下。

萧客闻之，裹粮而往，攀萝扪葛，一月有余，无所睹而返。此与朱子颖所述经香阁事，大旨相类。或曰：“萧客喜谈古义，尝撰《古经解钩沉》，故士人投其所好以戏之，是未可知。”或曰：“萧客造作此言，以自托降生之一，亦未可知也。”

（《如是我闻二》）

里，考证遗留下来的文章；然后按照次序转生到人世，希望他们来传递修治古学，延续孔圣人的学问。请您记住在这里的所见所闻，告诉志同道合的人，让他们知道孔孟之学的根据在这里，而不是在他们那里。”读书人还想询问一些其他的事情，忽然梦醒，原来是倚坐在老松下。

萧客听说了这件事，带着干粮前去，他攀爬藤萝，跋山涉水，找了一个多月，什么也没找到，无功而返。这个故事和朱子颖所讲的经香阁的故事，大旨是相同的。有人说：“萧客喜欢谈论古义，曾撰写《古经解钩沉》，所以读书人投其所好来戏弄他，也不是不可能。”有人说：“萧客编造这个故事，用来伪托他自己就是历代大儒的转生，也不是不可能。”

注释

1 **训诂：**指用较通俗的话去解释某个字义，如人言为信。

2 **杏坛：**相传为孔子聚徒授业讲学之处。泛指授徒讲学之处。

真伪颠倒

原文

后汉敦煌太守裴岑《破呼衍王碑》，在巴里坤海子上关帝祠中，屯军耕垦，得之土中也。其事不见《后汉书》[1]，然文句古奥，字画浑朴，断非后人所依托。以僻在西域，无人摹拓，石刻锋棱犹完整。乾隆庚寅[2]，游击刘存存此是其字，其名偶忘之矣。武进人也。摹刻一木本，洒火药于上，烧为斑驳，绝似古碑。二本并传于世，赏鉴家率以旧石本为新，新木本为旧。与之辩，傲然弗信也。以同时之物，有目睹之人，而真伪颠倒尚如此，况以千百年外哉！《易》之象数，《诗》之小序，《春秋》之三传，或亲见圣人，或去古

译文

后汉敦煌太守裴岑的《破呼衍王碑》，在巴里坤海子上游的关帝祠中，是屯军垦荒时，从土中挖到的。这件事《后汉书》没有记载，但碑文上的文词古奥，书法浑朴，肯定不是后人所伪造的。因为在偏僻的西域，没有人摹拓，石刻的刀痕笔画还完好无损。乾隆庚寅年，游击刘存存这是他的字，他的名偶然忘记了。武进人。摹刻一个木本，在上面洒上火药，烧成了斑斑驳驳的痕迹，像极了古碑。两个本子都有传世，赏鉴家大都以为旧石本是新的，新木本是旧的。与他们争辩，他们傲然不信。本来是同时代的东西，又有亲眼目睹的人，却还会如此的真伪颠倒，更何况千百年以外的事物呢！《周易》的象数，《诗经》的小序，《春秋》的三传，有的是和圣人同时，有的离古代不远，

未远，经师授受，端绪分明。宋儒曰："汉前人皆不知，吾以理知之也。"其类此夫。（《如是我闻四》）

师徒授受，头绪很清楚。宋儒说："汉代以前的都不懂，我凭借推理弄懂了。"这和此事也很相像。

注释

1 **《后汉书》：**南朝刘宋范晔著，与《史记》《汉书》《三国志》合称"前四史"。书中分十纪、八十列传和八志，记载了从王莽起至汉献帝183年的历史。

2 **乾隆庚寅：**乾隆三十五年(1770)。

宋学妄传

原文

相去数千里，以燕赵之人，谈滇黔之俗，而谓居是土者，不如吾所知之确，然耶否耶？晚出数十年，以髫龀[1]之子，论耆旧之事，而曰见其人者，不如吾所知之确，然耶否耶？左丘明身为鲁史[2]，亲见圣人，其于《春秋》，确有源委。至唐中叶，陆淳[3]辈始持异论，宋孙复[4]以后，哄

译文

相距几千里的燕赵之人，谈云南、贵州一带的风俗，却说居住在当地的人，不如我了解得真切细致，这种说法对不对呢？晚出生几十年，作为一个小孩儿，论前辈的事情，却对见过前辈的人说，你知道的不如我确切，这种观点对不对呢？左丘明身为鲁国史官，亲眼见过孔圣人，他对于《春秋》，的确了解它的源流始末。到了唐代中叶，陆质等人才开始有了不同见解，宋代孙复之

然佐斗，诸说争鸣，皆曰左氏不可信，吾说可信。何以异于是耶？

盖汉儒之学务实，宋儒则近名，不出新义，则不能耸听；不排旧说，则不能出新义。诸经训诂，皆可以口辩相争，惟《春秋》事迹厘然，难于变乱。于是谓左氏为楚人，为七国初人，为秦人，而身为鲁史，亲见圣人之说摇。既非身为鲁史，亲见圣人，则传中事迹，皆不足据，而后可惟所欲言矣。沿及宋季，赵鹏飞[5]作《春秋经筌》，至不知成风为僖公生母，尚可与论名分、定褒贬乎？元程端学[6]推波助澜，尤为悍戾。

偶在五云多处即原心亭检校端学《春秋解》，周编修书昌因言：有士人得此书，珍为鸿宝。一日，与友人游泰山，偶谈经义，极称其论叔姬归酅[7]一事，推阐至精。夜梦一古妆女子，

后，又有人一哄而起参与论争，都认为左氏观点不可信，只有自己的说法可信。为什么会有如此不同的观点呢？

大概是汉儒治学务实，宋儒则看重名声，如果不能生发新义，就不能耸人听闻；不推翻旧说，就不能重立新说。对各种经典的训诂解释，都可以争辩讨论，只有《春秋》记事井然有序，很难改动。于是宋儒们便提出左氏是楚人，是战国初年的人，是秦人等；而左丘明是鲁国史官，亲眼见过圣人的说法就被动摇了。既然左丘明不是鲁国史官，没有亲眼见过圣人，那么《左传》中解释《春秋》的史实记事也就不足为凭，而后宋儒们就可以畅所欲言了。这种学术风气一直延续至宋朝末年，赵鹏飞著《春秋经筌》时，竟然不知道成风就是鲁僖公的生母，这样还如何与他们讨论人物名分、褒贬历史人物呢？元代的程端学更是推波助澜，尤其粗暴荒谬。

我偶然在五云多处即原心亭校订程端学《春秋解》，编修周书昌和我说：有个书生得到这本书，把它当作稀世珍宝一样。一天，他与朋友游泰山，偶尔谈论经义，极力称赞程端学评论叔姬归酅一事，认为他推理阐述得十分精辟。夜里他梦到一位身穿古装的女子，仪仗和卫士都庄

仪卫尊严，厉色诘之曰："武王元女，实主东岳。上帝以我艰难完节，接迹共姜[8]，俾隶太姬为贵神，今二千余年矣。昨尔述竖儒之说，谓我归酅为淫于纪季，虚辞诬诋，实所痛心！我隐公七年归纪，庄公二十年归酅，相距三十四年，已在五旬以外矣。以斑白之嫠妇，何由知季必悦我？越国相从，《春秋》之法，非诸侯夫人不书，亦如非卿不书也。我待年之媵，例不登诸简策，徒以矢心不二，故仲尼有是特笔。程端学何所依凭而造此暧昧之谤耶？尔再妄传，当脔尔舌，命从神以骨朵[9]击之。"狂叫而醒，遂毁其书。

余戏谓书昌曰："君耽宋学，乃作此言！"书昌曰："我取其所长，而不敢讳所短也。"是真持平之论矣。（《槐西杂志二》）

重而威严，女子正颜厉色地诘问他："武王的长女太姬，是主宰东岳泰山的神。天帝认为我能经受艰难而保持贞节，事迹与共姜相似，因此让我归属太姬而成为贵神，如今有两千多年了。昨日你称赞那个竖儒的看法，认为我回到酅地是为了和纪季淫乱，真是胡说八道，实在让我痛心！我在隐公七年（前716）嫁给纪侯，庄公二十年（前674）回到酅地，相距三十四年，我已经是五十多岁的人了。我这样一个鬓发斑白的寡妇，你们怎么知道纪季会喜欢我？按《春秋》的写法，跨国远嫁，如果不是诸侯夫人就不记入史册，就像不是公卿不记入史册一样。当时我只是个待嫁的陪嫁女子，按《春秋》体例这件事是不应该载入史册的，只是因为我忠贞不贰，所以孔子才破例记了下来。程端学有什么根据捏造了这种男女之间不明不白的诽谤？你再敢乱传，小心割了你的舌头，命令随从的神吏用骨朵揍你。"书生狂叫着被吓醒，连忙毁掉《春秋解》这本书。

我开玩笑地对周书昌说："你沉迷在宋学中，才编造出这样的话！"周书昌说："我吸取宋学的长处，也不敢掩饰宋学的短处。"这才是公正之论。

注释

1 **髫龀(tiáo chèn):**指幼童。

2 **左丘明身为鲁史:**左丘明本名丘明,因其先祖曾任楚国的左史官,故在姓前添“左”字,称左史官丘明先生,世称“左丘明”,后为鲁国太史 。左氏世为鲁国太史,至丘明则约与孔子同时,而年辈稍晚。他是当时著名史家、学者与思想家,著有《春秋左氏传》《国语》等。

3 **陆淳:**即陆质,吴郡人,本名淳,避宪宗名改之。陆质通经学,尤深于《春秋》。

4 **孙复:**字明复,号富春,晋州平阳(今山西临汾)人,北宋理学家、教育家。

5 **赵鹏飞:**字企溟,号木讷。绵州巴西县(在今四川绵阳)人。北宋末期经学家。著有《诗故》《春秋经筌》两部专著。

6 **程端学:**元鄞县(今属浙江)人,字时叔,号积斋。端礼弟。泰定进士。授仙居县丞,改国助教,迁翰林编修,出为瑞州路经历。元统二年(1334),迁太常博士,命未下而卒。有《春秋本义》《春秋或问》《春秋三传辨疑》《积斋集》等。

7 **叔姬归酅(xī):**《左传》载:“庄公四年(前690),纪侯去国,叔姬至此归于酅者,纪侯方卒,故叔姬至此。然后归尔。归者,顺词。以宗庙在酅,归奉其祀也。”杜预注曰:“纪侯去国而死,叔姬归鲁。纪季自定于齐而后归之。全守节义以终妇道,故系之纪而以初嫁为文,贤之也。来归不书,非宁,且非大归。”

8 **共姜:**周时卫世子共伯之妻。共伯早死,她不再嫁。后常用指守节的女子。

9 **骨朵:**指古代的一种兵器。是一长棒,顶端缀一蒜形或蒺藜形的头,以铁或坚木制成。唐代以后用为刑杖,宋代以后并用为仪仗,俗称金瓜。

鬼友道殊

原文

李又聃先生言：有张子克者，授徒村落，岑寂寡俦[1]。偶散步场圃间，遇一士，甚温雅。各道姓名，颇相款洽。自云家住近村，里巷无可共语者，得君如空谷之足音也。因共至塾，见童子方读《孝经》。问张曰："此书有今文古文，以何为是？"张曰："司马贞[2]言之详矣。近读《吕氏春秋》[3]，见《审微》篇中引'诸侯'一章，乃是今文。七国时人所见如是，何处更有古文乎？"其人喜曰："君真读书人也。"自是屡至塾。

张欲报谒，辄谢以贫

译文

李又聃先生说：有个叫张子克的人，在偏僻村落教书，冷清寂寞，没有朋友。偶尔在晒谷场散步，遇到一位读书人，很是温文尔雅。互通姓名后，两人交谈融洽。读书人说自己住在邻村，村子里没有能谈得来的人，得遇张子克就如同空谷当中听到脚步声一样。随后两人一起来到私塾学堂，看到孩子们正在读《孝经》。读书人问张子克："这部书有今文与古文两种版本，您认为哪一部是真的呢？"张子克回答说："司马贞已经说得很详细了。近来读《吕氏春秋》，见到《审微》一篇中引'诸侯'一章，竟是今文。战国时人们能看到的就是这样，哪里还另外有古文呢？"读书人高兴地说："您是个真读书人。"从此以后便经常到私塾里来。

张子克打算到他家回访，读书人则

无栖止，夫妇赁住一破屋，无地延客，张亦遂止。一夕，忽问："君畏鬼乎？"张曰："人未离形之鬼，鬼已离形之人耳，虽未见之，然觉无可畏。"其人恧然[4]曰："君既不畏，我不欺君，身即是鬼。以生为士族，不能逐焰口争钱米。叨为气类，求君一饭可乎？"张契分既深，亦无疑惧，即为具食，且邀使数来。考论图籍，殊有端委。偶论太极无极之旨，其人怫然曰："于传有之：'天道远，人事迩。'六经所论皆人事，即《易》阐阴阳，亦以天道明人事也。舍人事而言天道，已为虚杳；又推及先天之先，空言聚讼，安用此为？谓君留心古义，故就君求食。君所见乃如此乎？"拂衣竟起，倏已影灭。再于相遇处候之，不复睹矣。(《槐西杂志二》)

以家中贫困，没有栖息之地，夫妇俩租住在一间破房子中，实在没有接待客人的地方为由谢绝回访，张子克也没有再提回访的事了。一天晚上，读书人忽然问张子克："您害怕鬼吗？"张子克说："人是没有离形的鬼，鬼是已经离形的人，虽然没有见到过鬼，但是也觉得不可怕。"读书人很惭愧地说："您既然不怕鬼，我也不欺骗您，我就是鬼。因为我生在世家大族，不愿追着放焰口时争饭抢钱，求您赐我一顿饭行吗？"张子克与鬼情分已深也就不怀疑、不害怕他了，立即备下饭菜，而且邀请他常来。读书人考察议论古代经典，很有见地。偶然谈到"太极无极"的旨义时，读书人很不高兴地说："《左传》早就说过：'自然界的道理遥远，人世间的道理切近。'六经所谈论的都是人的问题，即使是《周易》阐明阴阳之说，也是以天道来阐述人事。抛弃人事来谈天道，已经是虚幻渺茫了；这里又谈到开天辟地以前的事，泛泛而谈，争论不休，又有什么用处呢？我本以为您注重古代经义，所以才到您这里要口吃的。您的见识原来就是这样啊？"说罢甩了甩衣袖站起来，转眼间便不知所踪了。张子克到相遇处等候，却再也没有见到他。

注释

1 **侪:**同辈。

2 **司马贞:**字子正,唐河内(今河南沁阳)人。唐代开元中官至朝散大夫,宏文馆学士,主管编纂、撰述和起草诏令等。著名的史学家,著《史记索隐》三十卷,世号“小司马”。

3 **《吕氏春秋》:**是在秦国丞相吕不韦主持下,集合门客们编撰的一部著作。此书以儒家学说为主干,以道家理论为基础,以名、法、墨、农、兵、阴阳家思想学说为素材,熔诸子百家学说为一炉,闪烁着博大精深的智慧之光。

4 **恧(nǜ)然:**惭愧貌。

佛儒本无可争

原文

许文木言:老僧澄止,有道行。临殁,谓其徒曰:“我持律精进,自谓是四禅天[1]人。世尊嗔我平生议论,好尊佛而斥儒,我相未化[2],不免仍入轮回矣。”其徒曰:“崇奉世尊,世尊反嗔乎?”曰:“此世尊所以为世尊也。若党同而

译文

许文木说:老僧澄止很有道行。临终前和他的徒弟们说:“我坚持佛门戒律,很是精进,自己认为是四禅天的人了。但世尊责怪我一生的议论,过分尊崇佛理而排斥儒学,所以可以证实自身存在的习气在本质上没有变化,死后仍不免进入轮回之列。”徒弟们说:“您崇奉佛祖,世尊怎么会反过来怪罪呢?”老僧说:“这就是世尊之所以为世尊的原因。如果党同伐异,

伐异，扬己而抑人，何以为世尊乎？我今乃悟，尔见犹左耳。”

因忆杨槐庭言：乙丑上公车[3]时，偕同年数人行。适一僧同宿逆旅，偶与闲谈，一同年目止之曰：“君奈何与异端语？”僧不平曰：“释家诚与儒家异，然彼此均各有品地。果为孔子，可以辟佛，颜、曾[4]以下弗能也；果为颜、曾，可以辟菩萨，郑、贾[5]以下弗能也；果为郑、贾，可以辟阿罗汉，程、朱以下弗能也；果为程、朱，可以辟诸方祖师，其依草附木，自托讲学者弗能也。何也？其分量不相及也。先生而辟佛，毋乃高自位置乎？”同年怒且笑曰：“惟各有品地，故我辈儒可辟汝辈僧也。”几于相哄而散。

余谓各以本教而论，譬如居家，三王[6]以来，儒道之持世久矣，虽再有圣人弗能易，犹主人也。佛自西域而来，其空虚清净之义，可使驰骛[7]者息营求，忧愁者得排遣；其因

扬己抑人的话，那么还怎么会是世尊呢？我如今开悟了，你们却糊涂着。”

由此我想到杨槐庭说过的一个故事：乾隆乙丑年进京赶考的时候，他和几个同年赶考的人同行。正好碰到一个僧人也一同住在一起，偶尔与僧人闲谈，一位同年使眼色制止说：“您怎么和一个异端之人闲谈呢？”僧人愤愤不平地说：“释家的确与儒家不同，但是彼此都各有品第。如果是孔子，可以批评佛，颜回、曾参以下的人就没有资格了；如果是颜回、曾参，可以批评菩萨，郑兴、贾逵以下的人就没有资格了；如果是郑兴、贾逵，可以批评阿罗汉，程氏兄弟、朱熹以下的人就没有资格了；如果是程氏兄弟、朱熹，可以批评各方祖师，那些攀龙附凤，自称是道学家的人就没有资格了。为什么呢？因为他们彼此的分量不相称。您批评佛，不是抬高自己的地位了吗？”那位同年又气又笑地说：“正因为各有品第，所以我就可以批评你这个僧人了。”双方几乎争吵起来，不欢而散。

我认为，分别以本教而论，就好像居家过日子，夏禹、商汤、周文武王以来，儒家思想居于统治地位很久

果报应之说，亦足警戒下愚，使回心向善，于世不为无补。故其说得行于中国，犹挟技之食客也。食客不修其本技，而欲变更主人之家政，使主人退而受教，此佛者之过也。

各以末流而论，譬如种田，儒犹耕耘者也。佛家失其初旨，不以善恶为罪福，而以施舍不施舍为罪福。于是惑众蠹财，往往而有，犹侵越疆畔，攘窃禾稼者也。儒者舍其耒耜[8]，荒其阡陌，而皇皇持梃荷戈，日寻侵越攘窃者与之格斗，即格斗全胜，不知己之稼穑如何也。是又非儒者之傎耶？夫佛自汉明帝后，蔓延已二千年，虽尧、舜、周、孔复生，亦不能驱之去。儒者父子、君臣、兵刑、礼乐，舍之则无以治天下，虽释迦出世，亦不能行彼法于中土。

本可以无争，徒以缁徒[9]不胜其利心，妄冀儒

了，即便再有其他圣人都不能改变这种现状，这就跟一家的主人一样。佛教从西域传来，它那种空虚清净的教义，可以使钻营者停止忙乱，忧愁的人也能得以排遣；佛教因果报应的学说，也足以警戒那些愚昧的众生，让他们回心向善，这对于世道人情不是没有补益的。所以佛教学说得以流行于中国，就像掌握了某种技能的食客。食客不修炼自己的技能，却想变更主人的家政，让主人放弃其地位而接受食客的意见，这就是佛家的过错了。

以两家发展状况而论，就好像种田，儒家如同耕耘之人。佛家却失去了初衷，不以善恶来定罪福，而以施舍不施舍来定罪福。于是蛊惑大众，侵吞钱财的事情往往发生，就像越过田界，偷抢人家庄稼一样。于是儒者也舍弃了它的农具，任凭田地荒芜，却匆匆忙忙手持棍棒，天天寻找越界抢夺的人与之格斗，即便格斗全胜，却不知道自己的庄稼怎么样了。这不又是儒家的错了吗？佛教自汉明帝以后，在中国流传了两千年，纵然尧、舜、周公、孔子等人重生，也不能把它赶走。儒家倡导父子、君臣、兵刑、礼乐，舍弃了这些就无法治理天下，即便佛主出世，也不能在中国推行他的主张。

绌佛伸，归佛者檀施当益富。讲学者不胜其名心，著作中苟无辟佛数条，则不足见卫道之功。故两家语录，如水中泡影，旋生旋灭，旋灭旋生，互相诟厉而不止。然两家相争，千百年后，并存如故；两家不争，千百年后，亦并存如故也。各修其本业可矣。（《槐西杂志四》）

两家本可以不争，只是在僧徒们求利心的指使下，排斥儒家，光大佛教，妄想着皈依佛门的人越多，布施也越多。而道学家求名心切，在著作中如果没几条批判佛教的内容，就好像显示不出他们卫道的功劳。所以两家的语录，就像水中泡影，忽生忽灭，忽灭忽生，互相骂个不停。但是两家相争，在千百年后，还像以前那样并存；两家不争，在千百年后，两家也还像以前那样并存。所以各自修行自己本来的教义就好了。

注释

1 **四禅天：**佛教修行的最高境界。修第四禅定者，可得生无云天、福生天、广果天。

2 **相化：**自身存在的习气在本质上的变化。

3 **乙丑：**乾隆十年(1745)。**上公车：**进京参加会试。

4 **颜、曾：**指颜回、曾参。

5 **郑、贾：**指郑兴、贾逵。

6 **三王：**指夏禹、商汤、周文王及周武王。

7 **驰骛：**钻营奔走。

8 **耒耜**(lěi sì)**：**古代的一种翻土农具，形如木叉，上有曲柄，下面是犁头，用以松土，可看作犁的前身。

9 **缁徒：**指僧侣。

第六编

道学之鄙

《阅微草堂笔记》中对道学家的批评比比皆是。所谓道学家，即以圣贤自居，宣扬理学，抑或那些职业的理学教育家。纪昀通过鬼狐对道学家的解嘲挖苦，揭露道学家种种鄙陋之态。

纪昀痛鄙道学家，首先是因为他们往往歪曲儒家经典的本义。《滦阳消夏录二·嘲俗儒》中借颜回的鬼魂说："君小儿所诵(《孝经》)，漏落颠倒，全非我所传本。我亦无可着语处。"纪昀激烈地批评道学家一味空谈，将毕生精力用在讲经求科第上，因而导致经典支离敷衍，词愈美而经愈荒。《滦阳消夏录一·鬼嘲夫子》中亡友坦言"昨过君塾，君方昼寝。见君胸中高头讲章一部，墨卷五六百篇，经文七八十篇，策略三四十篇，字字化为黑烟，笼罩屋上"。大胆批评老学究一生所读之书的无用与鄙陋。道学家只在应试文章上下功夫，不研究治国理政的可行策略，也不探求抵御灾难的实际方案，因而平生所学一旦到了实际的运用中，就显示出道学的一无是处。

《滦阳消夏录三·泥古者愚》讲述沧州刘羽冲迂阔之事，他偶得古代兵书，自言可领兵十万，等到与土贼角力则全队溃覆；又得古代水利书，自言可使千里之土成沃野，但实际用于修理一村的沟洫时却遭到水灌。又《滦阳消夏录四·妖叱道学》中某公以道学自任，大谈万物一体之理，遭到狐精厉声叱骂："时方饥疫，百姓颇有死亡。汝为乡宦，既不思早倡义举，施粥舍药"，"乃虚谈高论，在此讲民胞物与，不知讲至天明，还可作饭餐，可作药服否？"道学无用，然而在道学家的高谈阔论之下却包藏着不可推测的祸心与争名逐利的私欲。儒家经典的扼要在诚意，诚意的扼要在慎独。《滦阳消夏录四·耆儒词穷》揭露了道学家的一言一行则在于求名好胜，标榜门户，故而“私欲之不能克，所讲何学乎？”

也正因道学家鄙陋的姿态，在纪昀笔下道学家成为鬼狐揶揄、捉弄的重点对象，在群鬼为正一文而求教于道学家时，老儒只能嗫嚅叩枕而对曰：“鸡肋不足以当尊拳。”（《滦阳消夏录五·李玉典寓言》）；当狐女为解“姊妹共一婿”是否合礼时，士人也只好模棱两可推诿偾事（《槐西杂志三·模棱书生》）。道貌岸然的道学家在与鬼狐的交往中丑态毕露，出尽洋相。

鬼嘲夫子

原文

爱堂先生言：闻有老学究夜行，忽遇其亡友。学究素刚直，亦不怖畏，问："君何往？"曰："吾为冥吏，至南村有所勾摄[1]，适同路耳。"因并行。至一破屋，鬼曰："此文士庐也。"问何以知之。曰："凡人白昼营营[2]，性灵汩没[3]。唯睡时一念不生，元神[4]朗彻，胸中所读之书，字字皆吐光芒，自百窍而出，其状缥缈缤纷，烂如锦绣。学如郑、孔，文如屈、宋、班、马者[5]，上烛霄汉，与星月争辉；次者数丈，次者数尺，以渐而差；极下者亦荧荧如一灯，照映户牖[6]。人不能见，唯

译文

爱堂先生说：听说有一位老学究夜里赶路，忽然遇到了他死去的朋友。学究一向性情刚直，也不害怕，问其亡友："你到哪里去？"亡友回答："我在阴间当差，到南村去勾人，恰好与你同路。"于是一起行走。到了一间破屋子前，鬼说："这是文人的屋子。"学究问鬼是怎么知道的。鬼说："一般人白天都在忙碌奔走，人的性灵被埋没。只有在睡觉的时候，什么也不想，灵魂清朗明彻，胸中读过的书，字字都射出光芒，从全身的窍孔照射出来，那样子缥缈绰约，色彩缤纷，灿烂如锦绣。学问像郑玄、孔安国，文章如屈原、宋玉、班固、司马迁的文人，他们发出的光芒直冲云霄，与星星、月亮争辉；不如他们的，光芒也有几丈高，再不济的有几尺高，依次递减；最次的人也有如荧光闪烁的小灯，能照见门窗。这种光芒

鬼神见之耳。此室上光芒高七八尺,以是而知。”

学究问:“我读书一生,睡中光芒当几许?”鬼嗫嚅[7]良久曰:“昨过君塾,君方昼寝。见君胸中高头讲章[8]一部,墨卷[9]五六百篇,经文七八十篇,策略[10]三四十篇,字字化为黑烟,笼罩屋上。诸生诵读之声,如在浓云密雾中。实未见光芒,不敢妄语。”学究怒叱之,鬼大笑而去。(《滦阳消夏录一》)

人是看不见的,只有鬼神才可以看见。这间屋子上,光芒高达七八尺,因此知道这是文人的屋子。”

学究问:“我读了一辈子书,睡着后光芒有多高?”鬼欲言又止,支吾了好久才说:“昨天到你的私塾去,你正在午睡。见到你胸中有经文讲义一部,选刻他人的程文五六百篇,经文七八十篇,应试策文三四十篇,字字都化成黑烟,笼罩在屋顶上。那些学生的朗读声,就好像在浓云密雾之中。实在没有看到一丝光芒,我不敢乱说。”学究听了后非常生气怒斥亡友,鬼大笑着走了。

注释

1 **勾摄:**逮捕,拘捕。

2 **营营:**忙碌奔走。

3 **汩(gǔ)没:**沉沦,埋没。

4 **元神:**道家语,指称人的灵魂。

5 **郑、孔:**指郑玄、孔安国,两位为汉代经学家。**屈、宋、班、马:**分别指屈原、宋玉、班固、司马迁,前二人为战国时期文学家,后二人为汉代史学家。

6 **户牖(yǒu):**门窗。

7 **嗫嚅(niè rú):**有话想说又不敢说,吞吞吐吐的样子。

8 **高头讲章:**八股时文家解释经书的讲义,因这些讲解文字列于经书正文书眉(高头)上,故名。后泛指这类格式的经书。

9 **墨卷:**科举时代乡试、会试时,应试者用墨笔书写的试卷。后专指刻录的程文中取中者的试卷,不包括试官的按题自作。

10 **策略:**科举考试中的一种文体。

嘲俗儒

原文

相传有塾师，夏夜月明，率门人纳凉河间献王祠外田塍[1]上，因共讲《三百篇》拟题[2]，音琅琅如钟鼓。又令小儿诵《孝经》，诵已复讲。忽举首见祠门双古柏下，隐隐有人。试近之，形状颇异，知为神鬼。然私念此献王祠前，决无妖魅，前问姓名，曰：毛苌、贯长卿、颜芝[3]，因谒王至此。塾师大喜，再拜，请授经义。

毛、贯并曰："君所讲，适已闻，都非我辈所解，无从奉答。"塾师又拜曰："《诗》义深微，难授下愚。请颜先生一讲《孝经》可乎？"颜回面向内曰："君小儿所诵，漏落颠倒，全非我所传本。我

译文

相传有位塾师，趁着夏夜月光明朗，领着学生在河间献王祠外的田埂上纳凉，他一面讲《三百篇》押题，声音琅琅如同钟鼓之声。又叫小孩儿诵读《孝经》，诵读完再讲解。忽然抬头看见祠门前两棵古柏树下，隐隐约约有人。走近一看，面貌与常人很不一样，知道这是鬼神。但心中思量这是献王祠前，肯定没有妖怪鬼魅，上前问他们姓名，回答说是毛苌、贯长卿和颜芝，因为要拜见献王而到这里来。塾师很高兴，再次叩拜请求传授经义。

毛、贯两人齐声回答："您所讲的，刚才我们已经听到，都不是我们所能理解的，我们不能回答。"塾师又拜请说："《诗经》义理深奥精微，难以传授像我这样愚笨的人。请颜先生讲一讲《孝经》可以吗？"颜芝转过脸去面向祠堂门里说："您的小孩儿刚才所诵《孝经》，句子

亦无可着语处。”俄闻传王教曰：“门外似有人醉语，聒耳[4]已久，可驱之去。”余谓此与爱堂先生所言学究遇冥吏事，皆博雅之士，造戏语以诟俗儒也。然亦空穴来风，桐乳来巢[5]乎？（《滦阳消夏录二》）

漏落，次序颠倒，全然不是我所传的版本。我也不知从何讲起。”忽然听到献王传出话：“门外好像有人醉酒说话，吵闹很久了，可以赶走了。”我认为这个故事与爱堂先生所讲的学究遇冥吏的故事，都是博雅之士编笑话嘲笑那些俗儒的。但是门户有缝就有风，桐乳引鸟雀来筑巢，这些小故事也不是凭空而来的吧？

注释

1 **献王祠**：西汉景帝刘启之子，武帝刘彻之异母兄刘德，封为河间献王。明嘉靖间立祠。**田塍**(chéng)：田间的土埂子，小堤。

2 **拟题**：指科举时请名家在经书上押题，事先写好熟读，以备考试。

3 **毛苌**：西汉经学家，相传是古文诗学的传授者。**贯长卿**：西汉经学家，与毛苌一同学《诗》于毛亨。**颜芝**：西汉经学家，传说秦始皇焚书坑儒时，他将《孝经》藏起来。

4 **聒**(guō)**耳**：声音嘈杂刺耳。

5 **桐乳来巢**：桐子似乳，附着在叶上生长，形状如箕，鸟儿喜欢当作鸟窝。比喻流言蜚语并不是凭空而来。

泥古者愚

原文

刘羽冲，佚其名，沧州人。

译文

刘羽冲，不知其名，沧州人。我的

先高祖厚斋公多与唱和。性孤僻，好讲古制[1]，实迂阔不可行。尝倩[2]董天士作画，倩厚斋公题，内《秋林读书》一幅云："兀坐秋树根，块然[3]无与伍。不知读何书，但见须眉古[4]。只愁手所持，或是《井田谱》[5]。"盖规之也。

偶得古兵书，伏读经年，自谓可将十万。会有土寇，自练乡兵与之角，全队溃覆，几为所擒。又得古水利书，伏读经年，自谓可使千里成沃壤，绘图列说于州官，州官亦好事，使试于一村，沟洫甫成[6]，水大至。顺渠灌入，人几为鱼。由是抑郁不自得，恒独步庭阶，摇首自语曰："古人岂欺我哉！"如是日千百遍，惟此六字。不久，发病死。

后风清月白之夕，每见其魂在墓前松柏下，摇首独步。侧耳听之，所诵仍此六字也。或笑之，则欻[7]隐。次日伺[8]之，复然。泥古者愚，何愚乃至是欤！阿文勤

高祖厚斋公常与他诗歌唱和。他性格孤僻，喜欢讲古代的章法规则，但理解迂腐，实际上都不能实施。他曾经请董天士作画，请厚斋公题诗，其中《秋林读书》一幅的题画诗道："兀坐秋树根，块然无与伍。不知读何书，但见须眉古。只愁手所持，或是《井田谱》。"大概是规劝他。

他偶尔得到古代兵书，伏案攻读了一年多，自称能带兵十万打仗。正好赶上有土匪，自己操练乡兵与土匪较量，全队溃败，他也差点被土匪所擒。又得到古代水利书籍，伏案攻读了一年多，自称可以使千里之地成为沃土，画了图游说州官，州官也好事，让他在一个村子里试验，沟渠刚刚修成，洪水就来了。顺着沟渠灌进来，百姓差点成了鱼。从此他闷闷不乐想不开，常常在庭院里独自散步，摇着头自言自语道："古人难道骗我！"就这样每天只念叨这六个字成千遍。不久后，发病死了。

后来在风清月白的夜晚，常常能见到他的魂魄在墓前的松柏树下，摇着头独自散步。仔细去听，念叨的还是这六个字。有人笑他，他的魂魄就突然消失了。第二天再去看，还是这样。拘泥于古的人愚蠢，怎么能愚蠢到这种地步

公尝教昀曰:"满腹皆书能害事,腹中竟无一卷书,亦能害事。国弈不废旧谱,而不执旧谱;国医不泥古方,而不离古方。故曰:'神而明之,存乎其人。'[9] 又曰:'能与人规矩,不能使人巧。'[10]"
(《滦阳消夏录三》)

呢!阿文勤公曾劝导我说:"满肚子都是书本知识能害事,肚子里一点知识没有也能害事。下棋高手不忽视旧棋谱,但不照搬旧棋谱;名医不迷信古方,但不离古方。所以说:'要真正明白某一事物的奥秘,在于个人的领会。'又说:'书本只能教会人规矩法则,不能教会人如何有智慧。'"

注释

1 **古制:**古时的章法、规则。

2 **倩(qìng):**请,央求。

3 **块然:**孤独的样子。

4 **须眉:**古时男子以胡须眉毛稠秀为美,故以为男子的代称。这里指胡须和眉毛,概指容颜。

5 **《井田谱》:**书名,宋代夏休撰。

6 **沟洫:**水道,沟渠。**甫:**刚刚,才。

7 **欻(xū):**忽然,迅速。

8 **伺:**观察,侦候。

9 **神而明之,存乎其人:**语出《周易·系辞上》。要真正明白某一事物的奥秘,在于个人的领会。

10 **能与人规矩,不能使人巧:**语出《孟子·尽心下》。这里指书本只能教人规矩法则,不能教会人如何有智慧。

妖叱道学

原文

武邑某公，与戚友[1]赏花佛寺经阁前。地最豁厂，而阁上时有变怪。入夜，即不敢坐阁下。某公以道学自任，夷然[2]弗信也。酒酣耳热，盛谈《西铭》[3]万物一体之理，满座拱听，不觉入夜。

忽阁上厉声叱曰："时方饥疫，百姓颇有死亡。汝为乡宦，既不思早倡义举，施粥舍药，即应趁此良夜，闭户安眠，尚不失为自了汉[4]。乃虚谈高论，在此讲民胞物与[5]，不知讲至天明，还可作饭餐，可作药服否？且击汝一砖，听汝再讲邪不胜正！"忽一城砖飞下，声若霹雳，杯盘几案俱碎。某公仓皇走

译文

武邑县某公与亲友在一所佛寺的经阁前赏花。阁前场地豁亮宽阔，而阁上经常有怪异之事发生。一到晚上，人们就不敢坐在阁下了。某公以道学自命，神情坦然，不相信这些怪异之谈。趁着酒酣耳热，大谈张载《西铭》所谓的万物一体的道理，满座亲友拱手倾听，不知不觉到了晚上。

忽然阁上有声，厉声骂道："眼下正闹饥荒、瘟疫，百姓死了很多。你作为乡宦，既然不想着早点倡导义行，施舍粥、药，就应该趁这个好的夜晚，闭门睡觉，还不失为一个只顾自己的自了汉。可是你却在这里高谈阔论，在这里讲什么"民胞物与"，不知道这样讲到天亮，是可以拿来做饭吃呢，还是可以拿来当药服呢？暂且打你一砖，听你再讲什么邪不胜正！"忽然飞来一块城砖，声响

出曰："不信程朱之学，此妖之所以为妖欤！"徐步太息而去。（《滦阳消夏录四》）

似霹雳，杯盘几案都被砸得粉碎。某公仓皇跑出寺院，说："不信程朱道学，这就是妖之所以是妖的原因！"他放慢步子，叹息着走开了。

注释

1 **戚友：**亲戚朋友。

2 **夷然：**平静淡定的样子。

3 **《西铭》：**北宋张载著。

4 **自了汉：**只顾自己，不顾大局者。

5 **民胞物与：**泛指爱人和一切物类。出自宋代张载《西铭》。

耆儒词穷

原文

李孝廉存其言：蠡县有凶宅，一耆儒与数客宿其中。夜间窗外拨剌声，耆儒叱曰："邪不干正，妖不胜德。余讲道学三十年，何畏于汝！"窗外似有女子语曰："君讲道学，闻之久矣。余虽异类，亦颇涉儒书。《大学》扼要在

译文

举人李存其说：蠡县有处凶宅，一位老儒生与几个客人住在里面。夜间窗外有"扑棱"响声，老儒生骂道："邪不能侵正，妖不能胜德。我讲了三十年道学，还怕你么！"窗外似乎有女子的声音说："您讲道学，我早就听说了。我虽是异类，也读了不少儒学书籍。《大学》的要义在于诚意，诚意的关键在于慎独。

诚意，诚意扼要在慎独。君一言一动，必循古礼，果为修己计乎？抑犹有几微近名者在乎？君作语录，龂龂[1]与诸儒辩，果为明道计乎？抑犹有几微好胜者在乎？夫修己明道，天理也；近名好胜，则人欲之私也。私欲之不能克，所讲何学乎？此事不以口舌争，君扪心清夜，先自问其何如，则邪之敢干与否，妖之能胜与否？已了然自知矣，何必以声色相加乎？”耆儒汗下如雨，瑟缩不能对，徐闻窗外微哂[2]曰：“君不敢答，犹能不欺其本心。姑让君寝。”又拨剌一声，掠屋檐而去。(《滦阳消夏录四》)

您的一言一行，必定要遵循古礼，果真是为了自己修身吗？也许是有点为了好名声吧？您著书立说，与诸位儒生争辩，果真是为了明道吗？也许还有点为了好胜的心思吧？修身与明道，是天理；为了名声而争强好胜，则是人欲的自私。私欲不能克制，还讲什么学？这件事我不跟你争论，您在寂静的夜里扪心自问，先自问一下自己怎么样，那么邪敢不敢侵犯您，妖能不能胜过德？您就该完全明白了，何必对我这样声嘶力竭呢？”老儒生汗流如雨，哆嗦得说不出话来，过了一会儿，听到窗外嘲笑道：“您不敢回答，说明您还能不欺骗自己的本心。我暂且让你睡吧。”又是“扑棱”一声，妖怪掠过屋檐离开了。

注释

1 **龂龂**：争辩的样子。

2 **哂**(shěn)：讥笑。

李玉典寓言

原文

海阳李玉典前辈言：有两生读书佛寺，夜方媟狎[1]，忽壁上现大圆镜，径丈余，光明如昼，毫发毕睹。闻檐际语曰："佛法广大，固不汝嗔。但汝自视镜中，是何形状？"余谓幽期密约，必无人在旁，是谁见之？两生断无自言理，又何以闻之？然其事为理所宜有，固不必以子虚乌有视之。

玉典又言：有老儒设帐[2]废圃中。一夜闻垣外吟哦声，俄又闻辩论声，又闻嚣争声，又闻诟詈声，久之遂闻殴击声。圃后旷无居人，心知为鬼，方战栗

译文

海阳人李玉典前辈说：有两个书生在佛寺读书，夜里两人正在亲热调戏，忽然墙壁上出现一面大圆镜，直径一丈多，亮得像白天一样，连一根根头发都能看得很清楚。听到屋檐边有声音说："佛法广大，自然不会惩罚你们。但你们自己朝镜子里看看，是什么样子？"我认为幽期密约的勾当，肯定没有人在场，是谁看见的呢？两个书生绝对没有主动向人宣传的道理，李玉典又是如何得知的呢？然而这件事是情理中应该有的，所以也不能当成子虚乌有。

李玉典又说：有个老儒生在一个荒废的院子中设馆教书。一夜听到墙外有吟诵声，过一会儿又听到辩论声，接着又听到激烈的争吵声，接着又听到诟骂声，过了一会儿又出现殴打声。院子后空旷没有人居住，老儒生心里知道这是鬼，正

间，已斗至窗外。其一盛气大呼曰："渠[3]评驳吾文，实为冤愤！今同就正于先生。"因朗吟数百言，句句手自击节。其一且呻吟呼痛，且微哂之。老儒惕息不敢言。其一厉声曰："先生究以为如何？"老儒嗫嚅久之，以额叩枕曰："鸡肋不足以当尊拳。"其一大笑去，其一往来窗外，气咻咻然，至鸡鸣乃寂。云闻之胶州法黄裳。余谓此亦黄裳寓言也。（《滦阳消夏录五》）

在他害怕发抖的时候，打斗声已到了窗外。其中一个鬼气呼呼地高声叫道："他评驳贬斥我的诗文，实在让人生气！现在就请先生来评一评。"随后朗诵了几百字，一边朗诵，一边自己打着拍子。另一个鬼一边喊疼，一边嘲笑。老儒生吓得不敢吱声。朗诵诗文的鬼厉声问道："先生究竟以为怎么样？"老儒生嘴唇哆嗦了一会儿，在枕头上叩头说："我这把瘦骨头招架不住您的一拳头。"另一个鬼大笑着离开，朗诵诗文的鬼气哼哼地在窗外来回走动，直到天亮才安静下来。李玉典说他是从胶州法黄裳那儿听到的故事。我认为这也是黄裳编的寓言。

注释

1 **媟狎**：过于亲近而态度不庄重，此处指亲热。

2 **设帐**：汉代马融施绛帐，授生徒。后以设帐指建教馆教授学生。

3 **渠**：方言，他。

老儒骂狐

原文

刘香畹言：曩客山西时，闻有老儒经古冢，同行者言中有狐。老儒詈之，亦无他异。老儒故善治生，冬不裘，夏不絺[1]，食不肴[2]，饮不茶[3]，妻子不宿饱。铢积锱累，得四十金，镕为四铤，秘缄之。而对人自诉无担石。

自詈狐后，所储金或忽置屋颠树杪，使梯而取；或忽在淤泥浅水，使濡[4]而求；甚或忽投圊溷[5]，使探而濯；或移易其地，大索乃得；或失去数日，从空自堕；或与客对坐，忽纳于帽檐；或对人拱揖，忽铿然脱袖。千变万化，不可思议。一

译文

刘香畹说：以前客居山西时，听说有个老儒生经过古墓时，同行的人说墓中有狐精。老儒生便大骂狐精，当时也没有发生什么怪异。老儒生平常很善于持家，冬天不穿皮衣，夏天不穿细布，吃饭没有荤菜，喝水不饮茶，妻子儿女都饿着肚子。慢慢积累，存了四十两银子，铸成四锭大元宝，偷偷藏起来。对外人则说自己家中没有一担粮。

自从他骂了狐精后，他所藏的元宝有时忽然放在房顶或树梢上，要搬梯子去取；有时忽然被放在淤泥浅水处，需要弄湿衣服去捞；甚至被扔在厕所里，需要探着身拿出来清洗；有时被挪动了藏匿地点，需要费很大劲才能找到；有时丢了好几天，又会自己从空中坠落；有时他正与客人说话，元宝忽然塞在他的帽檐里；有时对人拱手作揖，元宝忽然“哐啷”一

日，忽四铤跃掷空中，如蛱蝶飞翔，弹丸击触，渐高渐远，势将飞去。不得已，焚香拜祝，始自投于怀。自是不复相嬲，而讲学之气焰已索然尽矣。

说是事时，一友曰："吾闻以德胜妖，不闻以詈胜妖也，其及也固宜。"一友曰："使周、张、程、朱[6]詈，妖必不兴。惜其古貌不古心也。"一友曰："周、张、程、朱必不轻詈。惟其不足于中，故悻悻于外耳。"香畹首肯曰："斯言洞见症结矣。"（《如是我闻四》）

声从袖中掉出。千变万化，不可思议。一天，四个元宝忽然跳起来飞上天，如同蝴蝶飞舞，又如弹弓打出的弹丸，越来越高，越来越远，眼看就要飞走。老儒生不得已，只好焚香拜祝，元宝才又回到他的怀里。从此以后，狐精不再捉弄老儒，而老儒生讲学的气势一下子跌落殆尽。

讲述这个故事的时候，一位朋友说："我听说以德胜妖，从没有听说过以骂胜妖的，老儒受狐精戏谑，那是活该。"一位朋友说："假如周敦颐、张载、二程、朱熹来骂妖，妖必定不会兴风作怪。可惜这位老儒生貌古而心不古。"一位朋友说："周敦颐、张载、二程、朱熹也必定不会轻易来骂。只有内心修养不够，才会整天一副气哼哼的样子。"刘香畹赞同他的说法，说："这话说得一针见血。"

注释

1 **絺**(chī)：细葛布。

2 **肴**：做熟的鱼肉等。

3 **荈**(chuǎn)：茶的老叶，即粗茶。

4 **濡**：沾湿，润泽。

5 **圊溷**(qīng hùn)：厕所。

6 **周、张、程、朱**：指周敦颐、张载、二程、朱熹。

模棱书生

原文

朱定远言：一士人夜坐纳凉，忽闻屋上有噪声。骇而起视，则两女自檐际格斗堕，厉声问曰："先生是读书人，姊妹共一婿，有是礼耶？"士人噤[1]不敢语。女又促问，战栗嗫嚅曰："仆是人，仅知人礼，鬼有鬼礼，狐有狐礼，非仆之所知也。"二女唾曰："此人模棱不了事，当别问能了事人耳。"仍纠结而去。苏味道模棱[2]，诚自全之善计也。然以推诿偾事[3]，获谴者亦在在有之。盖世故太深，自谋太巧，恒并其不必避者而亦避，遂于其必当为者而亦不为，往往坐失事机，留为祸本，决裂有不可收拾

译文

朱定远说：有一读书人夜晚坐着乘凉，忽然听到屋子上面有吵闹的声音。他惊骇地起身察看，见到两个女子从房檐上打斗掉下来，女子厉声问道："先生是个读书人，我们姊妹共有一个丈夫，有这样的礼法吗？"读书人吓得不敢说话。女子又追问，读书人战战栗栗，吞吞吐吐地说："我是人，只知道人的礼法，鬼有鬼的礼法，狐有狐的礼法，不是我所了解的范围。"两位女子唾骂道："这人模棱两可不明事，我们应当再问个明白人。"于是互相拉扯着走了。唐代的苏味道办事模棱两可，倒算得上是一个自我保全的妙计。但是因为推诿责任坏了事而遭到惩罚的人也比比皆是。因为太过谙于世故，算计太巧妙的人，不该回避的事也回避了，应当做的事也不做，往往坐失机

者。此士人见诮[4]于狐，其小焉者耳。（《槐西杂志三》）

会，留为祸根，到了祸患爆发，就一发不可收拾了。这个读书人遭到狐精嘲笑，还是小事罢了。

注释

1 **噤：**闭口不作声。

2 **苏味道：**唐代人，武则天当政时官至同凤阁鸾台平章事，即跻身相位。当时强权当政，他为避免得罪各方，而处事模棱两可，故有“苏模棱”之称。

3 **偾(fèn)事：**败事。

4 **诮(qiào)：**责备，嘲讽。

死而无悔

原文

河豚[1]惟天津至多，土人食之如园蔬；然亦恒有死者，不必家家皆善烹治也。姨丈惕园牛公言：有一人嗜河豚，卒中毒死，死后见梦于妻子曰：“祀我何以无河豚耶？”此真

译文

河豚只有在天津最多，当地人吃河豚就像吃园子里的蔬菜一样；但也常有中毒的，不是每家都善于烹饪这种鱼。姨父牛惕园先生说：有一个人吃河豚中毒而死，死后托梦给他的妻子说：“祭祀我为什么没有河豚呢？”这是死而无悔啊。姚安公又说：家乡有个人勉强能够维持温饱，后来因为赌博败了家。临死前，和他的儿子说：“一定要把赌具放在我

死而无悔也。又姚安公言：里有人粗温饱，后以博[2]破家。临殁，语其子曰："必以博具置棺中。如无鬼，与白骨同为土耳，于事何害？如有鬼，荒榛蔓草之间，非此何以消遣耶？"

比大殓，佥曰："死葬之以礼，乱命不可从也。"其子曰："独不云事死如事生乎？生不能几谏，殁乃违之乎？我不讲学，诸公勿干预人家事。"卒从其命。姚安公曰："非礼也，然亦孝子无已之心也。吾恶夫事事遵古礼而思亲之心则漠然者也。"（《槐西杂志四》）

棺材里。如果没有鬼的话，就让它与我的白骨一同化为土，也大可无妨。如果有鬼这一说，在荒草丛中，没有这些赌具拿什么来消遣？"

等到殓棺时，装殓之人说："要根据礼法下葬，胡乱的嘱咐不可以听从。"他的儿子说："你们难道没有听说伺奉死者要和伺奉活着的人一样吗？他生前我不能劝阻，死了我还能违背他吗？我不是道学家，诸位也别干预我们家的事。"最终还是遵从了死者的遗愿。姚安公说："这种做法不合礼仪，但体现了他儿子的孝心。我讨厌那些事事都遵从古礼，亲情却很淡薄的人。"

注释

1 **河豚：**俗称"气泡鱼"，有毒。但河豚鱼肉质细嫩鲜美，曾有"吃了河豚，百味不鲜"以及"拼死吃河豚"之说，中国沿海某些地区有吃河豚鱼的习惯。

2 **博：**赌博。

习儒之狐

原文

相传魏环极先生尝读书山寺，凡笔墨几榻之类，不待拂拭，自然无尘。初不为意，后稍稍怪之。一日晚归，门尚未启，闻室中窸窣有声；从隙窃觇，见一人方整饬书案。骤入掩之，其人瞥穿后窗去。急呼令返，其人遂拱立窗外，意甚恭谨。问："汝何怪？"磬折[1]对曰："某狐之习儒者也。以公正人，不敢近，然私敬公，故日日窃执仆隶役，幸公勿讶。"先生隔窗与语，甚有理致。自是虽不敢入室，然遇先生不甚避，先生亦时时与言。

一日，偶问："汝视我能作圣贤乎？"曰："公所讲者

译文

相传魏环极（象枢）先生曾在山间寺庙读书，凡是笔墨几榻之类，不用擦拭，自然没有灰尘。开始时也没有在意，后来才渐渐感到奇怪。一日晚上回来，门还没开，听到屋子里有窸窸窣窣的声音；他悄悄从门缝往里看，看到一个人正在整理书桌。他突然冲进去关上门，那个人一转眼穿过后窗出去了。魏先生急忙叫他回来，那个人马上拱手站在窗外，看上去极为恭谨。魏先生问："你是什么怪物？"那个人躬身回答："我是学习儒学的狐精。因为您是正人君子，所以不敢靠近，但是心里敬重您，所以每天偷偷地给您做一些杂役所做的事情，请您不要惊讶。"魏先生隔着窗户和他说话，对方谈吐很有条理。从此以后那个人虽然不敢进屋，但遇到魏先生也不怎么躲

道学，与圣贤各一事也。圣贤依乎中庸，以实心励实行，以实学求实用。道学则务语精微，先理气，后彝伦[2]，尊性命，薄事功，其用意已稍别。圣贤之于人，有是非心，无彼我心；有诱导心，无苛刻心。道学则各立门户，不能不争；既已相争，不能不巧诋以求胜。以是意见，生种种作用，遂不尽可令孔孟见矣。公刚大之气，正直之情，实可质鬼神而不愧，所以敬公者在此。公率其本性，为圣为贤亦在此。若公所讲，则固各自一事，非下愚之所知也。”公默然遣之。后以语门人曰：“是盖因明季党祸，有激而言，非笃论也。然其抉摘情伪，固可警世之讲学者。”（《姑妄听之二》）

避了，魏先生也经常和他说话。

一天，魏先生偶然问：“你看我能当圣贤吗？”狐精回答说：“您讲的是道学，和圣贤的理论是两回事。圣贤的依据是中庸，以诚信来激励实际行为，用实学来求实用。道学则讲求精微，首先重视理气，其次才讲人伦道德，重视性命，鄙薄功利，其宗旨是各有区别的。圣贤对于人，有是非心，没有分别你我之心；有诱导心，没有苛责他人之心。道学则是各立门户，因此不能不相争；既然已经相争，就不可能不相互诋毁以压倒对方。由此产生种种不同的见解，造成种种后果，于是有很多东西就见不得孔孟了。先生宏大的气魄，正直的性情，可以面对鬼神而无愧，我敬重您的原因就在这里。先生的行为源自本性，这也是当圣贤的条件。至于您讲习的道学学说，则是另外一回事，不是我这样愚昧的人所知晓的。”魏先生一言不发把狐精打发走了。后来和他的门人们说：“这大概是因为明末党争，狐精有感于此而发，并不是公正中肯之论。然而他揭露某些人的真实心理，可以说是给道学家敲了警钟。”

注释

1 **磬折：**弯腰，表示谦恭。

2 **彝伦:**指伦常。

河中寻石

原文

沧州南一寺临河干,山门圮于河,二石兽并沉焉。阅十余岁,僧募金重修,求二石兽于水中,竟不可得,以为顺流下矣。棹数小舟,曳铁钯,寻十余里无迹。一讲学家设帐寺中,闻之笑曰:“尔辈不能究物理。是非木杮,岂能为暴涨携之去?乃石性坚重,沙性松浮,湮于沙上,渐沉渐深耳。沿河求之,不亦颠乎?”

众服为确论,一老河兵闻之,又笑曰:“凡河中失石,当求之于上流。盖石性坚重,沙性松浮,水不能冲石,其反激之力,必于石下迎水处,啮沙为坎穴[1]。渐激[2]渐深,至石之半,石必倒掷坎穴中。如是

译文

沧州南有座寺庙靠着河岸,寺庙山门塌陷在河中,两个石兽一起沉到水里。过了十多年,僧人募捐重修山门,在河中找两个石兽,却没有找到,以为是顺着流水被冲到了下游。驾着几条小船,拿着铁钯子,找了十多里也没找到。一位讲学家在寺中讲学,听到后笑着说:“你们这些人不懂其中道理。石兽不是木片,怎么能够被河水冲走?石头又硬又重,而河沙是松软轻浮的,石兽压在沙上,越沉越深。你们沿河去找,不是太荒谬了么?”

大家都认为他说的有道理,一位老河兵听到后又笑着说:“凡是河中丢了石头,应当去上流寻找。因为石头又重又硬,河沙松软轻浮,水冲不动石头,反激的力量,必然在石头下面迎着

再啮，石又再转。转转不已，遂反溯流逆上矣。求之下流，固颠；求之地中，不更颠乎？”如其言，果得于数里外。然则天下之事，但知其一不知其二者多矣，可据理臆断欤！（《姑妄听之二》）

水的地方，冲动沙子，形成坑穴。越冲越深，等到超过石头一半时，石头一定会倒在沙坑中。水再冲，石头再翻倒。如此翻倒不已，石头便逆流而上了。去下游找它，当然荒谬；去地下找，不更是荒谬？”人们按照老兵的话去上游找，果真在几里外找见了。由此可见，世间的事，只知其一不知其二的情况多的是，怎么能臆断呢！

注释

1 **坎穴**：坑穴。

2 **溅**：冲刷。

外有余中不足

原文

董曲江前辈言：有讲学者，性乖僻，好以苛礼绳生徒。生徒苦之，然其人颇负端方名，不能诋其非也。塾后有小圃，一夕，散步月下，见花间隐隐有人影。时积

译文

董曲江前辈说：有个道学家生性乖僻，总是用苛刻的礼法来约束学生。学生们受不了，但是他一向有着端庄方正的名声，所以不能找他什么毛病。私塾后面有一个小花园，一天晚上，他在月下散步，看见花丛中隐隐约约有个人影。当时连绵阴雨刚刚放晴，土墙稍微有些坍塌，他怀疑是邻居来

雨初晴，土垣微圮，疑为邻里窃蔬者。迫而诘之，则一丽人匿树后，跪答曰：“身是狐女，畏公正人不敢近，故夜来折花。不虞[1]为公所见，乞曲恕。”言辞柔婉，顾盼间百媚俱生。讲学者惑之，挑与语，宛转相就。且云妾能隐形，往来无迹。即有人在侧，亦不睹，不至为生徒知也。

因相燕昵，比天欲晓，讲学者促之行。曰：“外有人声，我自能从窗隙去，公无虑。”俄晓日满窗，执经者麇至，女仍垂帐偃卧。讲学者心摇摇，然尚冀人不见。忽外言某媪来迓[2]女。女披衣径出，坐皋比[3]上，理鬓讫，敛衽谢曰：“未携妆具，且归梳沐。暇日再来访，索昨夕缠头锦[4]耳。”乃里中新来角妓[5]，诸生徒贿使为此也。讲学者大沮，生徒课毕归早餐，已自负衣装遁矣。外有余必中不足，岂不信乎！（《姑妄听之二》）

偷菜的。追过去质问，却是一个美女藏在树后，美女跪下来答话说：“我是狐女，害怕你为人公正，不敢靠近，所以夜里来折花。不料被你看到，请饶恕我。”她言辞柔婉，顾盼之间百媚丛生。道学家被迷惑了，就用语言挑逗她，女子便投怀送抱。并且说她能隐形，来来往往没有踪迹。即便有人在旁边，也看不到，不至于被你的学生们知道。

两人缠绵亲热，快到天亮了，道学家敦促她赶快走。女子说：“外面有人声，我能从窗缝出去，你不必担心。”不一会儿，早晨的阳光就已经照满窗户，学生们拿着经书成群到来，女子仍然挂着帐子躺在床上。道学家心神不宁，还指望别人看不见。忽然听外面说某某老妈子来接女儿。女子披上衣服径直出去，坐在讲台上，整了整头发和衣服致歉说：“我没带梳妆用具，暂且回去梳洗。有时间再来探望，要昨天的嫖资。”原来她是乡里新来的妓女，几个学生买通她演了这出戏。道学家沮丧极了，学生们听完课回去吃早餐，他已经背着行李逃走了。外表装得过分，内心必然有所欠缺，难道不是这样么！

注释

1 **不虞**:不料。

2 **迓(yà)**:迎接。

3 **皋比**:古人坐虎皮讲学。后因以指讲席。

4 **缠头锦**:指用作缠头的罗锦。借指买笑寻欢的费用。

5 **角妓**:艺伎。

食而不化

原文

奴子傅显,喜读书,颇知文义,亦稍知医药。性情迂缓,望之如偃蹇[1]老儒。一日,雅步[2]行市上,逢人辄问:“见魏三兄否?”奴子魏藻,行三也。或指所在,复雅步以往。比相见,喘息良久。魏问相见何意,曰:“适在苦水井前,遇见三嫂在树下作针黹[3],倦而假寝。小儿嬉戏井旁,相距三五尺耳,似乎可虑。男女有别,不便呼三嫂使

译文

奴仆傅显,喜欢读书,懂得一点文义,也稍微知道些医药常识。性情迂腐迟缓,看起来就像是一个上了年纪的老儒生。一天,他在街上从容悠闲地行走,逢人就问:“看见魏三兄了吗?”奴仆魏藻,排行老三。有人告诉他魏三在哪,他又不紧不慢地走去。等见到魏三,喘息了很久。魏三问他为什么找自己,傅显说:“刚才在苦水井前,遇见三嫂在树下做针线活,累了就睡着了。小儿子在井边嬉戏,离井也就三五尺,似乎令人担心。但是男女有别,我也不方便喊醒三嫂,所以跑来找你。”魏三大吃一惊,急忙跑回家,妻

醒，故走觅兄。”魏大骇，奔往，则妇已俯井哭子矣。夫僮仆读书，可云佳事。然读书以明理，明理以致用也。食而不化，至昏愦僻谬，贻害无穷，亦何贵此儒者哉！（《姑妄听之四》）

子却已经趴在井边哭儿子了。仆人读书，可谓是好事。但读书是用来明理的，明理是用来致用的。傅显读书食而不化，以至于糊涂荒谬怪癖，带来无穷的危害，这样的儒者又有什么价值呢！

注释

1 **偃蹇：**骄横，傲慢，盛气凌人。

2 **雅步：**从容安闲地行走。

3 **针黹（zhǐ）：**指缝纫、刺绣等针线工作。

第七编

鬼狐由人兴

在纪的意识中，鬼狐的世界是怎样一番情景呢？纪昀认为鬼亦每天营营碌碌，也有喜怒哀乐，也有竞争，这些都和人一样。那么人与鬼狐如何才能相遇？纪氏以为鬼狐的现世“皆由人之自召”，“若夫欲心所感，淫鬼应之；杀心所感，厉鬼应之；愤心所感，怨鬼应之”。人若不去招惹鬼，那么以鬼狐之微阴不足敌人之盛阳(《槐西杂志一·视鬼者言》)。

在纪氏看来，鬼的出现，一是因为人衰气已露。《滦阳消夏录二·鬼戏刘四》中鬼之所以能捉弄刘四夫妇是因为“乘其衰气”；二是由于无故造作，景城酒徒陈双醉酒后无故骂狐，遭遇狐精的百般戏弄，应是“自取之道”(《滦阳消夏录二·陈双詈狐》)；三是由于人本身萌发的邪念，事由自取，招致鬼狐报复、戏弄。《如是我闻一·咎由自取》讲述一书生与狐女相昵，死后其妻责骂狐女“死魅害人”，狐女则以“男求女者，是为情感，耽玩过度，以致伤生”予以回应。《如是我闻三·假名猎财》中田氏媪贪财求利，诡言其家事狐神，遭遇群狐索食捣乱。诸此皆反映了鬼狐之妖人心自召的道理。四是因为以前存在着某种孽缘而招致鬼狐作乱，《槐西杂志一·劫数人所为》中襄阳僧讲述明末流寇事，一世家子被流寇所缚受尽折磨侮辱，乃是因为其祖曾调戏仆妇。

妖由人兴才去做魅，然而人魅却往往胜过妖魅，淮镇老儒贿赂盗贼以鬼狐之事贱价购得马氏宅院，纪氏感叹“魅亦不过变幻耳。老儒之变幻如是，即谓之真魅可矣”(《滦阳消夏录三·老儒真魅》)。再如“借尸还魂”之事，京师各类欺诈机巧之事，等等。在《姑妄听之一·天下惟同类可畏》中纪昀借狐精之口指出“凡争产者,必同父之子;凡争宠者,必同夫之妻;凡争权者,必同官之士;凡争利者,必同市之贾”。这些都是同类倾轧的人性恶习。鬼狐之魅在那些阴暗的人性和狙诈的人情面前可能也只是小巫见大巫而已。

鬼戏刘四

原文

奴子刘四，壬辰[1]夏乞假归省，自御牛车载其妇。距家三四十里，夜将半，牛忽不行。妇车中惊呼曰："有一鬼，首大如瓮，在牛前。"刘四谛视[2]，则一短黑妇人，首戴一破鸡笼，舞且呼曰："来！来！"惧而回车，则又跃在牛前呼"来！来！"如是四面旋绕，遂至鸡鸣。忽立而笑曰："夜凉无事，借汝夫妇消闲耳，偶相戏。我去后慎勿詈[3]我，詈则我复来。鸡笼是前村某家物，附汝还之。"语讫，以鸡笼掷车上去。天曙抵家，夫妇并昏昏如醉。妇不久病死，刘四亦流落无人状。鬼盖乘其衰气也。（《滦阳消夏录二》）

译文

奴仆刘四，乾隆壬辰年夏天告假回家探亲，自己赶着牛车载着妻子。离家三四十里时，已经快半夜，牛忽然不走了。妻子在车中惊呼道："在牛前有一个鬼，头如瓮大。"刘四仔细察看，看到一个矮黑的妇人，头上戴着一个破鸡笼，边舞边叫："来！来！"刘四恐惧地拉回牛车，妇人又跳到牛前呼喊"来！来！"就这样在四面旋绕折腾，一直到鸡鸣时刻。妇人忽然站住笑道："深夜凉快，无所事事，拿你夫妇二人消遣，偶尔开开玩笑。我离开后你千万不要骂我，如果骂我我还会再来。鸡笼是前村某家的东西，请你捎上还给人家。"话说罢，便把鸡笼扔到车上。刘四天亮后到家，夫妇二人都昏昏沉沉像喝醉一样。刘四妻子不久后便病死，刘四也流落街头没个人样。大概是鬼乘着人的气数将尽时来捉弄他们吧。

注释

1 **壬辰：**乾隆三十七年(1772)。

2 **谛视：**仔细查看。

3 **詈(lì)：**骂。

陈双詈狐

原文

景城有刘武周墓[1]，《献县志》亦载。按，武周山后马邑人，墓不应在是，疑为隋刘炫墓[2]。炫，景城人。《一统志》载其墓在献县东八十里。景城距城八十七里，约略当是也。旧有狐居之，时或戏嬲[3]醉人。里有陈双，酒徒也。闻之愤曰："妖兽敢尔！"诣[4]墓所，且数且詈。时耘者满野，皆见其父怒坐墓侧，双跳踉叫号，竞前呵曰："尔何醉至此，乃詈尔父？"双凝视，果父也，大怖叩首。

译文

景城有刘武周的墓，《献县志》也有记载。按，刘武周是太行山北马邑人，墓不应该在这里，所以疑为隋代刘炫的墓。刘炫，景城人。《一统志》记载他的墓在献县东八十里。景城距献县八十七里，估计这种说法差不多。过去墓里住着狐狸，经常戏弄醉酒之人。有个叫陈双的乡民，是个酒徒。听到了这个传言很气愤地说："妖兽胆敢这样！"前去墓地，边数落边詈骂。当时地里都是干活的人，都看见他的父亲生气地坐在墓旁，陈双跺脚大骂，大伙竞相前来呵斥他："你醉成什么样了，敢骂你父亲？"陈双仔细一看，果真是他父亲，吓得赶紧叩头。

父径趋归。双随而哀乞，追及于村外。方伏地陈说，忽妇媪环绕，哗笑曰："陈双何故跪拜其妻？"双仰视，又果妻也，愕而痴立，妻亦径趋归。双惘惘[5]至家，则父与妻实未尝出。方知皆狐幻化戏之也，惭不出户者数日，闻者无不绝倒。余谓双不詈狐，何至遭狐之戏，双有自取之道焉；狐不嬲人，何至遭双之詈，狐亦有自取之道焉。颠倒纠缠，皆缘一念之妄起。故佛言一切众生，慎勿造因。（《滦阳消夏录二》）

父亲没理他，径直回去。陈双跟随着并苦苦哀求父亲原谅，一直追到村外。他趴到地上解释原委，忽然听到一群妇女围着他笑道："陈双为什么要跪拜妻子？"陈双抬起头一看，又果真是他妻子，他惊讶地呆立着，妻子也径直回家。陈双失意地回到家，得知父亲与妻子根本没有出去过。才知道刚才都是狐精幻化后戏弄他，羞愧得好几天不出门，听说这件事的人都笑得前仰后合。我认为陈双如果不骂狐狸，也不至于遭戏弄，陈双是自取其辱；狐狸如果不戏要人，也不至于遭陈双詈骂，狐狸也是自取其辱。颠倒错乱，恩怨纠缠，都是因为一念之妄。所以佛家说，一切众生，千万不要惹弄是非，制造结怨的因由。

注释

1 **刘武周**：祖籍河间景城（今河北沧县西），迁居马邑（今山西朔州）。隋末群雄竞起，刘武周率先起兵，依附突厥，图谋帝业，在与李唐王朝的交战中，曾大破李元吉，席卷晋阳，但不久为李世民所败，刘武周弃并州，北奔突厥，后被突厥杀死。

2 **刘炫**：字光伯。河间景城（今河北沧县西）人。隋代经学家。

3 **嬲**（niǎo）：纠缠、戏弄。

4 **诣**：到，特指到尊长那里去。

5 **惘惘**：失意的样子。

老儒真魅

原文

淮镇在献县东五十五里处，即《金史》所谓槐家镇也。有马氏者，家忽见变异，夜中或抛掷瓦石，或鬼声呜呜，或无人处突火出。嬲岁余不止，祷禳[1]亦无验。乃买宅迁居。有赁居者嬲如故，不久也他徙。以是无人敢再问。有老儒不信其事，以贱价得之，卜日迁居，竟寂然无他。颇谓其德能胜妖。既而有猾盗登门与诟争，始知宅之变异，皆老儒贿盗夜为之，非真魅也。先姚安公曰："魅亦不过变幻耳。老儒之变幻如是，即谓之真魅可矣。"（《滦阳消夏录三》）

译文

淮镇在献县城东五十五里处，即《金史》所说的槐家镇。有户姓马的人家，家中忽然出现怪事，夜里有时抛瓦掷石，有时鬼叫呜呜，有时在没有人的地方突然冒出火来。这样闹了一年多也没有消停，请术士祈祷消灾也不灵验。于是马家在别处买了房子搬走了。有人租住马家这处宅院仍然不得安宁，不久也另迁他处了。从此，没人再敢来住。有个老儒说不相信这等事，用很便宜的价格把这座宅院买了下来，选了个好日子搬进去住，竟然安安静静，没发生任何异常。很多人都说老儒德高望重，能够镇住妖魅。不久，有个狡猾的盗贼登门与老儒争吵，人们才知道之前这座宅院的各种怪异，都是老儒买通盗贼在夜里干的，并不是真的妖魅。先父姚安公说："鬼魅也不过是善于变幻罢了。老儒耍的这些变幻手段，说他是真正的妖魅也可以。"

注释

1 禳(ráng):祈祷消除灾殃。

县令明察

原文

雍正壬子[1]六月,夜大雷雨,献县城西有村民为雷击。县令明公晟往验,饬[2]棺敛矣。越半月余,忽拘一人讯之曰:“尔买火药何为?”曰:“以取鸟。”诘曰:“以铳击雀,少不过数钱,多至两许,足一日用矣。尔买二三十斤何也?”曰:“备多日之用。”又诘曰:“尔买药未满一月,计所用不过一二斤,其余今贮何处?”其人词穷,刑鞫[3]之,果得因奸谋杀状,与妇并伏法。

或问:“何以知为此人?”曰:“火药非数十斤不能伪为雷,合药必以硫磺。

译文

雍正壬子年六月,一夜下大雷雨,献县城西有村民被雷击中。县令明晟公去现场勘验,命令将尸体殓棺埋葬。半个多月后,忽然抓了一个人讯问:“你买火药想干什么?”回答说:“用来打鸟。”县令诘问道:“用火铳打鸟,火药也不过用几钱,至多也就一两多,足够一天的用量。你买二三十斤想干什么?”回答说:“预备用很多天。”县令又诘问道:“你买药还没有一个月,总计用了也不过一两斤,其余的火药现在藏在哪儿?”这个人词穷,拷打审问,果然审出了因奸谋杀的案子,与情妇一并伏法。

有人问:“怎么知道是这个人干的呢?”县令说:“不用几十斤火药不能伪装成雷击的现场,配药必须用硫黄。现在才盛夏时节,并非年节放爆竹的时候,

今方盛夏，非年节放爆竹时，买硫磺者可数。吾阴[4]使人至市，察买硫磺者谁多。皆曰某匠。又阴察某匠卖药于何人。皆曰某人。是以知之。”又问：“何以知雷为伪作？”曰：“雷击人，自上而下，不裂地。其或毁屋，亦自上而下。今苫草、屋梁皆飞起，土炕之面亦揭去，知火从下起矣。又此地去城五六里，雷电相同，是夜雷电虽迅烈，然皆盘绕云中，无下击之状。是以知之。尔时其妇先归宁[5]，难以研问，故必先得是人，而后妇可鞫。”此令可谓明察矣。（《滦阳消夏录四》）

买硫黄的人屈指可数。我暗地里派人到市场上去，查问谁买的硫黄多。都说是某匠人。又暗查某匠人把药卖给谁。都说是某人。所以知道凶手就是他。”又问县令：“怎么知道雷击是伪造的呢？”县令说：“雷击人，是自上而下，不会炸裂地面。也许有毁坏房屋的情况，也是自上而下。现在苫草和屋梁都飞起来，土炕面也揭去了，知道火是从下面起来的。而且这个地方离城有五六里远，雷电应该和城里一样，那天夜里雷电虽然迅速而猛烈，然而都在云中盘绕，没有下击的样子。所以知道是伪造的雷击现场。那时，死者的妻子已经回娘家，难以审问，所以一定要先捉住这个人，然后才能审讯那个女人。”这个县令可谓是明察秋毫啊。

注释

1 **雍正壬子**：雍正十年(1732)。

2 **饬**：告诫，命令。

3 **鞫**(jū)：审问犯人。

4 **阴**：暗地里。

5 **归宁**：回家省亲。

缢鬼魅人

原文

乌鲁木齐虎峰书院，旧有遣犯妇缢窗棂上。山长、前巴县令陈执礼，一夜，明烛观书，闻窗内承尘[1]上窸窣有声。仰视，见女子两纤足，自纸罅[2]徐徐垂下，渐露膝，渐露股。陈先知是事，厉声曰："尔自以奸败，愤恚[3]死，将祸我耶？我非尔仇，将魅我耶？我一生不入花柳丛，尔亦不能惑，尔敢下，我且以夏楚[4]扑尔。"乃徐徐敛足上，微闻叹息声。

俄从纸罅露面下窥，甚姣好。陈仰面唾曰："死尚无耻耶？"遂退入。陈灭烛就寝，袖刃以待其来，竟不下。次日，仙游陈题桥访之，话及是

译文

乌鲁木齐虎峰书院，曾有个流放犯人的妻子吊死在窗棂上。山长、前巴县令陈执礼一天夜里点灯看书，听到窗内天花板上有窸窣之声。抬头看到女子的两只小脚，从纸缝里慢慢垂下来，渐渐地露出膝盖，又渐渐地露出大腿。陈执礼知道内情，厉声骂道："你因奸情败露，含恨而死，还想害我吗？我不是你的仇人，你想迷惑我吗？我一生都不去花柳之地，你也不能迷惑我，你敢下来，我就用教鞭打你。"于是女鬼慢慢地把腿收了上去，之后听见微微的叹息声。

不一会儿她又从纸缝中露出脸来往下看，长相很漂亮。陈执礼抬头唾骂道："你死了还这么不知羞耻吗？"于是女鬼退了回去。陈执礼吹灯就寝，袖藏刀刃等女鬼来，女鬼却没有下来。

事，承尘上有声如裂帛，后不再见。然其仆寝于外室，夜恒呓语，久而渐病瘵[5]。垂死时，陈以其相从两万里外，哭甚悲。仆挥手曰："有好妇尝私就我，今招我为婿，此去殊乐，勿悲也。"陈顿足曰："吾自恃胆力，不移居，祸及汝矣。甚哉！客气[6]之害事也！"后同年六安杨君逢源，代掌书院，避居他室，曰："孟子有言：'不立乎岩墙之下。'"（《滦阳消夏录四》）

第二天，仙游的陈题桥来访，说到此事，天花板上有声音像是撕布一样，此后女鬼再没有出现。但是陈执礼的仆人住在外屋，夜里经常说梦话，久而久之得了痨病。临死时，陈执礼因为他跟随自己不远万里而来，哭得很悲伤。仆人挥手说："有个漂亮的女人曾偷偷和我在一起，现在招我做丈夫，我去了很快活，你不要悲伤。"陈执礼跺着脚说："我自信有胆量，没有迁居，却给你带来祸害。太坏事了！一时的激愤之气能害事！"后来，与他同年的六安杨逢源，代任书院山长，避开这间屋子住到了别处，他说："孟子说过：'（君子）不站在危墙之下。'"

注释

1 **承尘：**古代天子出行时座位顶上，用以承接尘土的小帐子。后世指天花板。

2 **罅(xià)：**缝隙，裂缝。

3 **恚(huì)：**恨，怒。

4 **夏(jiǎ)楚：**夏，通"槚"。楚，荆条。《礼记·学记》中有"夏楚二物，收其威也"的句子，"夏楚"就是教师使用的教鞭，用来警惕鞭策学生，收到整肃威仪的效果。后泛指体罚学童的工具。

5 **瘵(zhài)：**指痨病。

6 **客气：**因一时冲动而产生的激愤之气。

负心当得报

原文

浙江有士人，夜梦至一官府，云都城隍庙也。有冥吏语之曰："今某公控其友负心，牵君为证。君试思尝有是事不？"士人追忆之，良是。俄闻都城隍升坐，冥吏白某控某负心事，证人已至，请勘断。都城隍举案示士人，士人以实对。都城隍曰："此辈结党营私，朋求进取。以同异为爱恶，以爱恶为是非。势孤则攀附以求援，力敌则排挤以互噬。翻云覆雨，倏忽万端，本为小人之交，岂能责以君子之道？操戈入室，理所必然。根勘已明，可驱之去。"顾士人曰："得无谓负心者有

译文

浙江有个读书人，夜里做梦到了一座官府，说是都城隍庙。有冥吏对他说："现在某公控告他的朋友对他负心，请您来作证。您想一想是否有这样的事呢？"读书人回忆了一下，的确有此事。不一会儿听到都城隍升堂，冥吏上前禀报某人控告某友负心之事，证人已经到了，请都城隍审讯。都城隍向读书人询问案情，读书人如实作答。都城隍说："这些人结党营私，互相拉拢，钻营进取。用是否与自己为一路判断爱、恶，以爱、恶来判断是非。势力单薄则攀附求援，势均力敌则排挤互吞。翻云覆雨，变化无常，本来就是小人之交，怎么能够用君子之道的标准衡量对方？操戈入室，窝里争斗，这是合乎道理的必然结局。缘由已经审查清楚，把他们都赶走吧。"都城隍又看着读书人说："你是

佚罚耶？夫种瓜得瓜，种豆得豆，因果之相偿也；花既结子，子又开花，因果之相生也。彼负心者，又有负心人蹑[1]其后，不待鬼神之料理矣。”士人霍然而醒，后阅数载，竟如神之所言。（《滦阳消夏录四》）

不是认为对负心人的处罚不当呢？种瓜得瓜，种豆得豆，这就是因果相偿；花结了子，子又开花，这就是因果相生。那个负心人身后，又有负心人跟随，不需要鬼神去打理了。”读书人猛然惊醒，几年后回头看发生过的事，竟然与神说的一样。

注释

1 **蹑：**追踪，跟随。

追原祸本

原文

田白岩言：康熙中，江南有征漕之案，官吏伏法者数人。数年后，有一人降乩于其友人家，自言方在冥司讼某公。友人骇曰：“某公循吏，且其总督两江，在此案前十余年，何以无故讼之？”乩又书曰：“此案非一日之故矣。方其初萌，褫[1]一官，窜流一二

译文

田白岩说：康熙年间，江南发生了征漕案，官吏有好几人伏法。几年后，其中一人的鬼魂降乩于他朋友家，自己说正在地府里告某公。友人惊道：“某公是个好官，况且他在总督两江漕运时，是在这个案子发生的十多年前，为什么要无故控告他呢？”鬼魂又在乩坛上写道：“这个案子并不是一日就促成的。在刚出现苗头的时候，如果

吏，即可消患于未萌。某公博忠厚之名，养痈[2]不治，久而溃裂，吾辈遂遘[3]其难。吾辈病民蛊国，不能仇现在之执法者也。追原祸本，不某公之讼而谁讼欤？”书讫，乩遂不动。迄不知九幽[4]之下，定谳[5]如何。《金人铭》[6]曰：“涓涓不壅，终为江河；毫末不札[7]，将寻斧柯[8]。”古圣人所见远矣。此鬼所言，要不为无理也。（《滦阳消夏录五》）

革职查办一个官员，流放一两个小吏，就可以防患于未然。某公为了博取一个忠厚之名，发现毒疮而不及时治疗，时间长了终于溃烂，我们都因触犯法律而被杀。我们祸害了百姓和国家，没有理由怀恨现在的执法者。追源至祸害的起由，不告他还能告谁？”写罢，乩也不动了。至今也不知道阴间是怎样结案的。《金人铭》有言：“涓涓细流不及时堵住，最终成为江河；细小的树苗不拔除，将来就得找斧子来砍掉。”古圣人真是有远见。这是鬼魂说的，不能说没有道理。

注释

1 **褫**(chǐ)：剥夺。

2 **痈**(yōng)：一种皮肤和皮下组织的化脓性炎症，易生于颈、背部，常伴有畏寒、发热等症状。

3 **遘**(gòu)：遭遇。

4 **九幽**：极深暗的地下。

5 **定谳**(yàn)：审判定案。

6 **《金人铭》**：据学者考证，《金人铭》即为《黄帝铭》六篇之一。周以前的箴铭以黄帝的《金人铭》最为有名。从金人铭载体的形式看，应该是座右铭的源头之一。

7 **札**：拔除。

8 **斧柯**：斧子的柄。这里指斧子。

学究触狐锋

原文

平原董秋原言：海丰有僧寺，素多狐，时时掷瓦石击人。一学究借东厢三楹授徒，闻有是事，自诣佛殿呵责之，数夕寂然，学究有德色[1]。一日，东翁过谈，拱揖之顷，忽袖中一卷堕地。取视，乃秘戏图也。东翁默然去，次日生徒不至矣。狐未犯人，人乃犯狐，竟反为狐所中。君子之于小人，谨备之而已；无故而触其锋，鲜不败也。（《滦阳消夏录五》）

译文

平原人董秋原说：海丰有座寺庙，素来多狐，常常扔瓦片石头戏弄人。一个学究借住在东厢的三间房内教授生徒，听说有这样的事，就走到佛殿上去大声呵斥责骂狐狸，此后几个晚上都寂静无声，学究洋洋得意。一天，房东老翁过来聊天，学究拱手作揖时，忽然袖子中的一个卷子掉在地上。拿起来一看，竟是一张春宫图。房东老翁一言不发地走了，第二天生徒也不来了。狐没有侵犯人，人却去冒犯狐，以至于反被狐算计。君子对小人，应当谨慎防备；无缘无故地去招惹，没有不自寻倒霉的。

注释

1 **德色**：自以为对别人有恩德而流露出来的神色。

咎由自取

原文

一宦家子，资巨万。诸无赖伪相亲昵，诱之冶游，饮博歌舞。不数载，炊烟竟绝，顑颔[1]以终。病革时，语其妻曰："吾为人蛊惑以至此，必讼诸地下。"越半载，见梦于妻曰："讼不胜也。冥官谓妖童娼女，本捐弃廉耻，借声色以养生；其媚人取财，如虎豹之食人，鲸鲵之吞舟也。然人不入山，虎豹焉能食？舟不航海，鲸鲵[2]乌能吞？汝自就彼，彼何尤焉？惟淫朋狎客，如设井以待兽，不入不止；悬饵以钓鱼，不得不休。是宜阳有明刑，阴有业报耳。"

又闻有书生昵一狐女，

译文

一个官宦子弟，家资万贯。一些无赖就假装和他亲近，引诱他到青楼玩乐，喝酒赌博，歌舞享乐。没过几年，竟然穷得揭不开锅，生病饥饿而死。病重时，他对妻子说："我被人迷惑才成了这个样子，到地府去一定要控告他们。"过了半年，托梦给妻子说："官司没有打赢。冥官认为那些妖童娼女，本来就不知廉耻，靠着声色来维持生计；他们诱惑人来获取财物，如同虎豹吃人，鲸鲵吞船一般。但是人不到山里去，虎豹怎能吃人？船不到海里航行，鲸鲵怎能吞了它？是你自己去那种地方，他们有什么错？只是那些邪淫亲近的狐朋狗友，设下圈套，直到让你进去；又像悬饵钓鱼，鱼不上钩不肯罢休。因此阳间有阳间的刑律，阴间有阴间的冤报。"

又听说有个书生亲昵一个狐女，最

病瘵[3]死。家人清明上冢，见少妇奠酒焚楮钱[4]，伏哭甚哀。其妻识是狐女，遥骂曰："死魅害人，雷行且诛汝，尚假慈悲耶？"狐女敛衽徐对曰："凡我辈女求男者，是为采补，杀人过多，天律不容也；男求女者，是为情感，耽玩过度，以致伤生。正如夫妇相悦，成疾夭折，事由自取，鬼神不追理其衽席[5]也，姊何责耶？"此二事足相发明也。（《如是我闻一》）

后得了痨病死去。家人清明上坟，见到一个少妇在坟上浇酒烧纸钱，趴在坟上哭得很伤心。他的妻子知道这就是那个狐女，远远地骂道："死妖精害人，雷公早晚会劈死你的，你还在这里假慈悲？"狐女整理衣服慢慢地说："我们这些狐女去追求男子，是为了采补阳气，如果杀人过多的话，天律是不容的；但是男子追求女子，是为了情感，沉迷过度，伤害了身体。正如夫妇间相亲，最后成疾而夭折，都是自己造成的，鬼神都不会追究男女色欲的责任，你又何必责备我呢？"这两件事可以互相阐发。

注释

1 **颇颔**(kǎn hàn)**：**吃不饱而面黄肌瘦的样子。

2 **鲸鲵：**凶猛吞食小鱼的鲸和鲵。比喻凶暴不义之人。

3 **瘵**(zhài)**：**病，多指痨病。

4 **楮**(chǔ)**钱：**冥钱。祭祀时所焚的纸钱。

5 **衽席：**睡卧的地方。

狐嘲道士

原文

京师某观，故有狐。道士建醮[1]，醵[2]多金。蒇[3]事后，与其徒在神座灯前，会计出入，尚阙数金。师谓徒干没[4]，徒谓师误算，盘珠格格，至三鼓未休。忽梁上语曰："新秋凉爽，我倦欲眠，汝何必在此相聒[5]？此数金，非汝欲买媚药，置怀中，过后巷刘二姐家，二姐索金指镮，汝乘醉探付彼耶？何竟忘也？"徒转面掩口。道士乃默然敛簿出。剃工魏福，时寓观内，亲闻之。言其声呦呦呦呦，如小儿女云。（《如是我闻一》）

译文

京城的某个道观里，一直有狐精出没。道士设坛做法事，募集了很多钱。法事做完后，和他的徒弟在神座灯前结算账目，发现缺了几两银子。师父说徒弟侵吞了，徒弟说师父算错了，算盘打得"格格"响，到了三更天还没有算完。忽然房梁上有声音说："初秋凉爽，我困了想睡觉，你们何必这样吵闹？这几两银子，不是你想买春药，藏在怀中，到后巷刘二姐家，她向你索要金戒指，你当时醉了信手掏出给了她么？怎么忘记了？"徒弟听后转过头去掩口而笑。道士一言不发，收起账簿就走了。剃头师傅魏福，当时住在观中，亲耳听到。他说那个声音呦呦呦呦，好像小孩子说话一样。

注释

1 醮(jiào)：道士设坛念经做法事。

2 醵(jù):泛指凑钱,集资。

3 蒇(chǎn):完成,解决。

4 干没:侵吞他人财物。

5 聒(guō):声音吵闹,使人厌烦。

好异陨生

原文

申铁蟾,名兆定,阳曲人。以庚辰[1]举人官知县。主余家最久。庚戌[2]秋,在陕西试用,忽寄一札与余诀。其词恍惚迷离,抑郁幽咽,都不省为何语。而铁蟾固非不得志者,疑不能明也。未几,讣音果至。既而见邵二云赞善[3],始知铁蟾在西安,病数月,病愈后,入山射猎,归而目前见二圆物如球,旋转如风轮,虽瞑目亦见之。

如是数日,忽暴然裂,二小婢从中出,称仙女奉邀。魂不觉随之往。至则琼楼贝

译文

申铁蟾,名兆定,阳曲人。乾隆庚辰年中举人,官任知县。在我家门下最久。乾隆庚戌年秋天,他在陕西试用,忽然寄来一封手札和我诀别。信中言辞恍惚迷离,抑郁幽咽,我都看不懂他说了些什么。而申铁蟾并不是不得志,因此这封信让我很疑惑,猜不透其中缘故。没过几天,果然传来他的讣讯。之后见到赞善邵二云,才知道申铁蟾在西安病了好几个月,病好后,曾入山打猎,归来时看见眼前有两个圆形的球状物体,像风轮一样旋转,即使闭着眼睛也能看见。

这样过了几天,忽然爆裂,有两个小婢女从球中出来,称是奉了仙女的旨

阙，一女子色绝代，通词自媒。铁蟾固谢，托以不惯居此宅。女子薄怒，挥之出，霍然而醒。越月余，目中见二圆物如前，爆出二小婢亦如前。仍邀之往。已别构一宅，幽折窈窕颇可爱。问："此何地？"曰佛桑，请题堂额。因为八分书[4]"佛桑香界"字，女子再申前请。意不自持，遂定情。自是恒梦游。久而女子亦昼至，禁铁蟾弗与所亲通，遂渐病剧。

时方士李某以赤丸饵之，呕逆而卒。其事甚怪，始知前札乃得心疾时作也。铁蟾聪明绝特，善诗歌，又工八分，驰骋名场，翛然[5]以风流自命。与人交，意气如云，邮筒[6]走天下。中年忽慕神仙，遂生是魔障，迷罔以终。妖以人兴，象由心造。才意高广，翻以好异陨生，可惜也夫。（《如是我闻二》）

意前来邀请他。魂魄不知不觉中就随着小婢女去了。到后发现这个地方琼楼贝阙，有一绝代佳人，寒暄之后亲口向他提亲。申铁蟾执意谢绝，以住在这里不习惯为托词。女子看上去有些发怒挥手让他出去，他猛然醒了。过了几个月，眼中又见到两个圆物和此前的一样，也同样爆出两个小婢女。又邀请他前往。这一次来到一处新的住宅，幽幽折折，漂亮可爱。申铁蟾问："这是什么地方？"说是佛桑，并请申铁蟾为堂额题字。申铁蟾随即用隶书写了"佛桑香界"四字，女子再次亲口提亲。申铁蟾不能自持，于是与女子定情。从此以后经常梦游。久而久之女子白天也来，还禁止申铁蟾跟亲友来往。就这样，申铁蟾的病情慢慢加剧。

当时方士李某给他红色的药丸吃，结果呕吐而死。这件事非常奇怪，才知道之前收到的手札是他得心病时写的。申铁蟾聪明绝顶，擅长写诗，又精通书法，驰名儒林和官场，洒然以风流自命。与人交往，潇洒如行云，和天下之才士结交通信。中年后忽然羡慕神仙，于是才得了这样的怪病，迷惘丧生。妖是因为人才兴起，幻象是由心造就。才情高远广阔，反而因为好奇送了命，实在可惜。

注释

1 **庚辰**:乾隆二十五年(1760)。

2 **庚戌**:乾隆五十五年(1790)。

3 **赞善**:官名,负责教授皇子读书。

4 **八分书**:是隶书的一种,人们把带有明显波磔特征的隶书称为“八分书”。亦称“分书”或“分隶”。

5 **翛(xiāo)然**:形容无拘无束,自由自在的样子。

6 **邮筒**:信件,信函。

刀笔

原文

古书字以竹简,误则以刀削改之,故曰“刀笔”。黄山谷名其尺牍曰“刀笔”,已非本义。今写讼牒[1]者称“刀笔”,则谓笔如刀耳,又一义矣。余督学闽中时,一生以导人诬告戍边。闻其将败前,方为人构词,手中笔爆然一声,中裂如劈;恬不知警,卒及祸。又文安王岳芳言:其乡有构陷善类者,方

译文

古代写字用竹简,有错误就用刀修改,所以叫“刀笔”。黄庭坚把自己的书信集称为“刀笔”,已经不是本义了。如今写诉状的人称“刀笔”,意思是说笔如同刀子,又是一种解释了。我在福建任督学时,一个学生因为唆使别人诬告,被发配边疆。听说在他败露前,正在写诉状给人编造罪名,手中的笔砰然从中间爆裂开来,像刀劈的一样;可他仍不以此为警戒,最后招来灾祸。又有文安人王岳芳说:他的家乡有人诬陷好人,

具草，讶字皆赤色。视之，乃血自毫端出。投笔而起，遂辍是业，竟得令终。余亦见一善讼者，为人画策，诬富民诱藏其妻。富民几破家，案尚未结，而善讼者之妻，竟为人所诱逃，不得主名，竟无所用其讼。（《如是我闻二》）

正在起草诉状，不料字忽然变成红色。仔细看，是血从笔端流出来。他吓得扔掉笔站起身，之后再也不以此为业了，最后得以善终。我也见到过一个擅长写诉状的人，给人写诉状编排诬陷一个富民藏匿自己的妻子。那个富人几乎因此破产，案子还没有结，而擅长写诉状的人的妻子竟被人拐走了，而且还无从得知拐主的姓名，他的诉状最终一无所用。

注释

1 **讼牒**：诉状的旧称。

假名猎财

原文

田氏媪诡言其家事狐神，妇女多焚香问休咎[1]，颇获利。俄而群狐大集，需索酒食，罄所获不足供。乃被击破瓮盎，烧损衣物，哀乞不能遣，怖而他投。濒行时，闻屋上大笑曰：

译文

田家老太太骗人说她家供奉着狐仙，很多妇女去烧香求问吉凶，田老太太得了不少钱。不久，来了一大群狐精聚集，要吃要喝，老太太花尽钱财也不够供应它们。于是被狐精打破盆罐，烧坏衣物，田老太太苦苦哀求，狐精们也不走，田老太太害怕了，想要投奔他处。临行

"尔还敢假名敛财否？"自是遂寂，亦遂不徙。然并其先有之赀，耗大半矣。此余幼时闻先太夫人说。

又有道士称奉王灵官[2]，掷钱卜事，时有验，祈祷亦盛。偶恶少数辈，挟妓入庙，为所阻。乃阴从伶人假灵官鬼卒衣冠，乘其夜醮，突自屋脊跃下，据坐呵责其惑众，命鬼卒缚之，持铁蒺藜[3]拷问。道士惶怖伏罪，具陈虚诳取钱状。乃哄堂一笑，脱衣冠高唱而出。次日，觅道士，则已窜矣。此雍正甲寅[4]七月事，余随先姚安公宿沙河桥，闻逆旅主人说。(《如是我闻三》)

时，听到屋上大笑道："你还敢假借我们的名义来敛财不？"从此以后恢复安静，田老太太也就不搬家了。但是连她原有的钱财，也损失了大半。这是我年少时听先太夫人说的。

还有一个道士声称供奉着王灵官，花钱占卜，常有灵验，去祈祷的人也就多了起来。有一次，几个恶少带着妓女进庙，被他阻挡。于是恶少就暗中向伶人借来王灵官和鬼卒的戏装，趁着道士夜间做道场的时候，突然从房顶跳下来，坐在祭坛上责骂他迷惑百姓，命令鬼卒把道士绑了，拿来铁蒺藜要拷问他。道士吓得连忙谢罪，把他骗人赚钱的情况全部说了出来。恶少们于是哄堂大笑，脱下衣帽高唱着走出去。第二天，去寻觅道士，早已逃走了。这是雍正甲寅年七月的事情，我跟随先父姚安公在沙河桥住宿时，听旅店主人说的。

注释

1 **休咎:**吉与凶，善与恶。

2 **王灵官:**灵官是道教最崇奉的护法尊神。道教有五百灵官的说法，王灵官是五百灵官之首，称号为"都天大灵官"。在明代成为享受国家祭祀的一位重要神仙。

3 **铁蒺藜:**古代一种军用的铁质尖刺的撒布障碍物。中国在战国时期已使用铁蒺藜。在战争中，将铁蒺藜撒布在地，用以阻滞敌军行动。有的铁蒺藜中心有孔,可用绳串连,以便敷设和收取。

4 **雍正甲寅:**雍正十二年(1734)。

梦与真

原文

伶人[1]方俊官,幼以色艺擅场[2],为士大夫所赏。老而贩鬻古器,时来往京师。尝览镜自叹曰:"方俊官乃作此状!谁信曾舞衫歌扇[3],倾倒一时耶!"倪余疆感旧诗曰:"落拓江湖鬓欲丝,红牙[4]按曲记当时。庄生蝴蝶归何处,惆怅残花剩一枝。"即为俊官作也。

俊官自言本儒家子,年十三四时,在乡塾读书。忽梦为笙歌花烛拥入闺闼,自顾则绣裙锦帔,珠翠满头;俯视双足,亦纤纤作弓弯样,俨然一新妇矣。惊疑错愕,莫知所为。然为众手挟持,不能自主,竟

译文

艺人方俊官,年少时容貌出众,演技高超,被士大夫们所欣赏。年老后贩卖古玩器具,时常往来于京城。曾照着镜子叹息道:"方俊官竟然成了这个样子!谁能相信曾经能歌善舞倾倒一时呢!"倪余疆感旧诗云:"落拓江湖鬓欲丝,红牙按曲记当时。庄生蝴蝶归何处,惆怅残花剩一枝。"就是为方俊官所作。

方俊官说他本是儒家子第,十三四岁时,在乡塾读书。忽然梦见在笙歌花烛中被拥入闺房,看见自己穿着绣裙,披着锦帔,满头珠翠;低头俯看双脚,也是纤纤细细的弓弯样子,俨然是一个新娘子。惊疑错愕间,不知该怎么办是好。但是他被许多人挟持着,不能自主,竟然被扶进了帏帐里,和一

被扶入帏中，与一男子并肩坐；且骇且愧，悸汗而寤。后为狂且所诱，竟失身歌舞之场，乃悟事皆前定也。

余疆曰："卫洗马问乐令梦[5]，乐云是想。汝殆积有是想，乃有是梦。既有是想是梦，乃有是堕落。果自因生，因由心造，安可委诸夙命耶？"余谓此辈沉沦贱秽，当亦前身业报受在今生，未可谓全无冥数。余疆所言，特正本清源之论耳。后苏杏村闻之，曰："晓岚以三生论因果，惕以未来。余疆以一念论因果，戒以现在。虽各明一义，吾终以余疆之论，可使人不放其心。"（《如是我闻三》）

个男子并坐在一起；又害怕又惭愧，出了一身冷汗，醒过来了。后来他被轻狂之徒引诱，竟然失身在歌舞场中，才醒悟出这是前世所定的。

倪余疆说："卫洗马问乐令梦是怎么回事，乐令说是因为心中所想而成。你大概平时就有这种想法，于是便有了这样的梦。既然有这样的想法这样的梦，才会有这样的堕落。结果产生于原因，原因是由心造出来的，怎么能够推给夙命呢？"我认为这种人沉沦下贱，应该是前生罪孽的报应，今生受罪，不能说完全没有冥冥中的定数。倪余疆所说的，只不过是正本清源的观点而已。后来苏杏村听到这个故事，说："纪晓岚以三生论因果报应，以警戒未来。倪余疆以一念论因果报应，警戒现在。虽然各自都有道理，我还是认为倪余疆的观点可以使人不敢随心妄为。"

注释

1 **伶人**：亦称优伶，古汉语里优和伶都是戏曲演员的意思。

2 **擅场**：指压倒全场，技艺高超出众。

3 **舞衫歌扇**：指歌舞的装束、用具，即指歌舞。也指能歌善舞的人。

4 **红牙**：指拍板。因多用象牙或檀木做成，再漆成红色，故称为"红牙"。

5 **卫洗马问乐令梦**：事见《世说新语》。卫玠还小的时候，曾经问乐广什么是梦。乐广说梦来源于想。卫玠说："从来没有见过的、接触过的东西，我们却梦到了，怎么是想的结果呢？”乐广说：“这才是我们所说的因由啊！我们从来不会梦见驾着车进入老鼠洞，或者把铁棍捣碎吃下去，这就是我们从来没想过这样的事，没有因由入梦。”卫玠为了解开这个谜团苦苦思考了一个多月，也没明白，结果还得了病，乐广听说了，赶紧去为卫玠条分缕析，卫玠的病很快就好了。

脔割之痛

原文

玛纳斯有遣犯之妇，入山樵采，突为玛哈沁所执。玛哈沁者，额鲁特之流民，无君长，无部族，或数十人为队，或数人为队。出没深山中，遇禽食禽，遇兽食兽，遇人即食人。妇为所得，已褫衣缚树上，炽火于旁。甫割左股一脔，倏闻火器一震，人语喧阗，马蹄声殷动林谷。以为官军掩至，弃而遁。盖营卒牧马，偶以鸟枪击雉子，误中马尾。一马跳掷，群马皆惊，相随逸入万山中，共噪

译文

玛纳斯有个流放犯的妻子，入山打柴，突然被玛哈沁抓住。玛哈沁是额鲁特的流民，没有君长，没有部族，或几十个人为一伙，或是几个人一伙。出没在深山中，遇禽吃禽，遇兽吃兽，遇人吃人。这个妇女被他们抓住，已然扒掉衣服绑在树上，一边篝火点起。刚从妇女左腿上割下一块肉，忽然听到火枪声响，人语喧哗，众多的马蹄声震动山谷。玛哈沁以为是官军追过来，丢下妇人逃走了。原来是军营的兵卒放马，偶尔用鸟枪打野鸡，误中了马尾。一匹马惊跳起来，一群马都跟着惊跳，相继跟着跑进山

而追之也。使少迟须臾，则此妇血肉狼藉矣，岂非若或使之哉！

妇自此遂持长斋[1]，尝谓人曰："吾非佞佛求福也。天下之痛苦，无过于脔割者；天下之恐怖，亦无过于束缚以待脔割者。吾每见屠宰，辄忆自受楚毒时；思彼众生，其痛苦恐怖，亦必如我。固不能下咽耳。"此言亦可告世之饕餮者也。(《如是我闻三》)

里，兵卒呐喊着追马，无意间惊吓了玛哈沁，救了妇人一命。假设他们迟到片刻，这个妇女就血肉狼藉了，这岂不是有什么神灵在暗中促使他们这么做吗！

妇女此后持了长斋，曾和人说："我并不是虚情假意地敬佛求福。天下的痛苦，没有比刀割更痛的了；天下的恐怖，也没有比得了被绑在那里等待宰割。我每次看见屠宰动物，就会想起自身经历过的痛苦；想到那些被宰杀的生灵，它们的痛苦和恐怖，也必定和我之前一样。因此我就咽不下饭。"这些话也可以告诫世上那些贪吃的人。

注释

1 **长斋**：佛教戒律中规定中午12时以后进食为非时食，称遵守过午不食戒者为持斋，长时如此则谓之持长斋。也指长期吃素，不食荤腥。

劫数人所为

原文

先曾祖润生公，尝于襄阳见一僧，本惠登相[1]

译文

先曾祖润生公，曾在襄阳遇见一个僧人，他本来是惠登相幕下宾客。讲述流

之幕客也。述流寇事颇悉，相与叹劫数难移。僧曰："以我言之，劫数人所为，非天所为也。明之末年，杀戮淫掠之惨，黄巢[2]流血三千里，不足道矣。由其中叶以后，官吏率贪虐，绅士率暴横，民俗亦率奸盗诈伪，无所不至。是以下伏怨毒，上干神怒，积百年冤愤之气，而发之一朝。以我所见闻，其受祸最酷者，皆其稔恶最甚者也。是可曰天数耶？昔在贼中，见其缚一世家子，跪于帐前，而拥其妻妾饮酒，问：'敢怒乎？'曰：'不敢。'问：'愿受役乎？'曰：'愿。'则释缚使行酒于侧。观者或太息不忍。一老翁陷贼者曰：'吾今乃始知因果。'是其祖尝调仆妇，仆有违言，棰而缚之槐，使旁观与妇卧也。即是一端，可类推矣。"座有豪者曰："巨鱼吞细鱼，鸷鸟搏群鸟，神弗怒也，何独于人而怒之？"僧掉头曰："彼鱼鸟耳，人鱼鸟

寇的故事很详细，大家都一起感叹劫数难逃。僧人说："以我来看，劫数是人造成的，并不是上天所为。明朝末年，杀人奸淫抢掠的惨状，连黄巢那时所谓的杀人流血三千里也不能相比。原因是明中叶以后，官吏都贪赃枉法，士绅都残暴横行，社会风气也都是奸诈盗窃欺骗成风，无所不至。所以下面百姓郁积着怨恨，上面引起天神愤怒，百年来积下的冤愤之气，一朝爆发。以我所见所闻，受到灾祸最残酷的人，都是作恶最多的人。这能说是天命吗？以前在流寇的据点里，见到他们绑了一个世家公子，让他跪在帐前，而他们则抱着他的妻妾饮酒，问他：'你敢怒吗？'回答说：'不敢。'又问：'愿意做奴才吗？'回答说：'愿意。'于是给他松绑，让他在旁边斟酒伺候。看到这些，有人感叹，觉得于心不忍。一个陷于流寇营中的老翁说：'我今天才知道因果了。'原来这个公子的祖父曾经调戏仆人的老婆，仆人发牢骚，就被主人鞭打一顿，绑在槐树上，让他在一旁看着主人和仆人老婆睡觉。从这一件事，就可以类推其他事了。"在座的一个富豪说："大鱼吃小鱼，老鹰抓群鸟，神灵也不发怒，为何只是谴责人呢？"僧人掉头说："那些是鱼是鸟，人是

也耶？”豪者拂衣起。明日，邀客游所寓寺，欲挫辱之。已打包去，壁上大书二十字曰：“尔亦不必言，我亦不必说，楼下寂无人，楼上有明月。”疑刺豪者之阴事也。后豪者卒覆其宗。（《槐西杂志一》）

鱼鸟吗？”富豪生气地站起来就走了。第二天，这个富豪邀人来到僧人借住的寺院，想羞辱僧人一番。僧人已经带着行李离开，墙上大写了二十个字说：“你也不必说，我也不必说，楼下寂无人，楼上有明月。”大家怀疑这是讽刺富人背地里干的坏事。后来这个富豪终于被灭了族。

注释

1 **惠登相：**外号过天星，陕西清涧人，明末农民起义军首领，骁勇善战，于1645年病故。

2 **黄巢：**曹州冤句（今山东曹县西北）人，唐末农民起义领袖。

视鬼者言

原文

里有视鬼者曰：“鬼亦恒憧憧扰扰，若有所营，但不知所营何事；亦有喜怒哀乐，但不知其何由。大抵鬼与鬼竞，亦如人与人竞耳。然微阴不足敌盛阳，故莫不

译文

老家有个能看得见鬼的人说：“鬼也经常忙忙碌碌，身心疲惫，好像在忙着什么事，但不知到底在忙什么；它们也有喜怒哀乐，但不知到底是因为什么。大概鬼与鬼竞争，也和人与人竞争一样。但是微弱的阴气抵挡不住旺盛

畏人。其不畏人者，一由人据所居，鬼刺促不安，故现变相驱之去；一由祟人求祭享，一由桀骜强魂，戾气未消。如人世无赖，横行为暴，皆遇气旺者避，遇运蹇[1]者乃敢侵。

或有冤魂厉魄，得请于神，报复以申积恨者，不在此数。若夫欲心所感，淫鬼应之；杀心所感，厉鬼应之；愤心所感，怨鬼应之。则皆由其人之自召，更不在此数矣。我尝清明上冢，见游女踏青，其妖媚弄姿者，诸鬼随之嬉笑；其幽闲贞静者，左右无一鬼。又尝见学宫有数鬼，教谕鲍先生出，先生讳梓，南宫人，官献县教谕。载县志《循吏传》[2]。则瑟缩伏草间；训导某先生出，则跳掷自如。然则鬼之敢侮与否，尤视乎其人哉！”（《槐西杂志一》）

的阳气，所以鬼没有不怕人的。那些不怕人的鬼，一是人占据了鬼住的地方，鬼惶恐不安，所以变成怪样子把人赶走；一是骚扰人们以求祭祀，一是强悍刚烈的鬼魂，戾气还没有消散。就像人世间的无赖，横行霸道，他们遇到阳气旺盛的人就躲避，遇到运气困顿的人才敢侵犯。

有些冤魂恶鬼，得到神的准许，报复某人，以发泄心中积累的怨恨，就不在这个范围内了。至于心中有淫邪的念头，就由淫鬼来回应；有杀人之心，就由厉鬼来回应；有怨愤之心，就由怨鬼来回应。鬼都是那些人自己召来的，就更不在这个范围内了。我曾在清明上坟，看见踏青的游女，她们妖媚而弄姿，鬼就跟着她们嬉笑；那些端庄稳重的，旁边一个鬼也没有。又曾看见学宫里有几个鬼，教谕鲍先生出来时，先生名梓，是南宫县人，担任献县教谕。事迹记载在县志《循吏传》中。就躲在草丛中发抖；训导某先生出来时，鬼就自如地蹦跳。所以鬼敢不敢欺侮人，还得看人是什么样子！”

注释

1 **蹇**(jiǎn)：不顺利。

2 **循吏**：奉公守法的官吏。

柳某负心

原文

舅氏安公介然言：有柳某者，与一狐友甚昵。柳故贫，狐恒周其衣食。又负巨室钱，欲质其女。狐为盗其券，事乃已。时来其家，妻子皆与相问答，但惟柳见其形耳。狐媚一富室女，符箓不能遣，募能劾治者予百金。柳夫妇素知其事，妇利多金，怂恿柳伺隙杀狐。柳以负心为歉。妇谇曰：“彼能媚某家女，不能媚汝女耶？昨以五金为汝女制冬衣，其意恐有在。此患不可不除也！”

柳乃阴市砒霜，沽酒以待。狐已知之。会柳

译文

我的舅舅安介然公说：有一个姓柳的人与一个狐精交朋友，关系很是亲密。柳某一向贫穷，狐精经常以衣食救济他。柳某又欠了一个大户的钱，大户打算用他的女儿抵债。狐精为他从大户家偷出了借据，事情才算了结。狐精经常到柳家，妻儿子女都能和他对话，但只有柳某能看到狐精的形状。后来狐精媚惑了一个富贵人家的女子，用符也赶不走，富家就用一百两银子招募能制服狐精的人。柳某夫妇一向知道狐精的情况，柳某妻子贪图赏金，便怂恿柳某找机会杀死狐精。柳某觉得那样做有负友情。妻子骂道：“他能媚惑人家女子，就不能媚惑你家女子吗？昨天他还用五两银子为女儿做了一身棉衣，恐怕他有这种意图吧。这个祸患不能不除掉！”

柳某于是暗地里买了砒霜，打了酒等狐精来喝。狐精已经知道柳某夫妇的打

与乡邻数人坐，狐于檐际呼柳名，先叙相契之深，次陈相周[1]之久，次乃一一发其阴谋。曰："吾非不能为尔祸，然周旋已久，宁忍便作寇仇！"又以布一匹、棉一束自檐掷下，曰："昨尔幼儿号寒苦，许为作被，不可失信于孺子矣。"众意不平，咸诮让柳。狐曰："交不择人，亦吾之过。世情如是，亦何足深尤？吾姑使知之耳。"太息而去。柳自是不齿于乡党，亦无肯资济升斗者。挈家夜遁，竟莫知所终。（《槐西杂志二》）

算。趁柳某与几个乡邻坐着的时候，狐精在房檐呼叫柳某的名字，先是叙说往日的交情之深，又陈述周济柳某一家很久，后来一一揭发柳某夫妇的阴谋。说："我并不是不能给你带来灾祸，但是我们交往时间长了，不忍心与你为敌！"说罢，又把一匹布、一束棉花从房檐上扔下来，说："昨天你的小孩儿哭着喊冷，我答应给他做条被子，我不能对小孩子失信。"大家听了狐精的话，都愤愤不平，讥笑谴责柳某。狐精说："我交友不慎，也是我的过错。世道人情如此，你们又何必过分指责他呢？我就是为了让他心里明白罢了。"狐精叹着气离开。柳某从此以后被乡人看不起，也没有人肯接济救助他了。他只能带着全家连夜逃走，最终不知到哪儿去了。

注释

1 **相周**：亦作"相赒"，相互救济。

画　妖

原文

霍养仲言：一旧家壁悬挂《仙女骑鹿图》，款题“赵仲穆”[1]，不知确否也。仲穆名雍，松雪之子也。每室中无人，则画中人缘壁而行，如灯戏之状。一日，预系长绳于轴首，伏人伺之。俟其行稍远，急掣轴出，遂附形于壁上，彩色宛然。俄而渐淡，俄而渐无，越半日而全隐。疑其消散矣。余尝谓画无形质，亦无精气，通灵幻化，似未必然；古书所谓画妖，疑皆有物凭之耳。

后见林登《博物志》载北魏元兆，捕得云门黄花寺画妖，兆诘之曰：“尔

译文

霍养仲说：有一大户人家墙上挂了一幅《仙女骑鹿图》，题款为“赵仲穆”，不知是不是他的真迹。仲穆名赵雍，是赵松雪的儿子。每当屋子里没有人的时候，画中的人就沿着墙壁走动，像走马灯一样。一天，人们事先用长绳系在画轴上，埋伏下等候者。等到画中人走得稍远一些，赶快把画轴拽到屋外，画中人只好将形象附在墙上，色彩还很鲜艳。过了一会儿就变淡了，再过一会儿就渐渐地消失了，半天以后连轮廓也没了。人们怀疑它消散了。我曾经认为画中的东西既没有质地也没有精气，如果说能通灵变幻，好像不大可能；古书中所谓的画妖，我怀疑都是妖怪借图像的形象来现形而已。

后来看见林登《博物志》记载北魏元兆抓住了云门黄花寺的画妖，元兆责问道：“你本来虚空，是人画出来的，为何

本虚空，画之所作，奈何有此妖形？”画妖对曰“形本是画，画以象真；真之所示，即乃有神。况所画之上，精灵有凭可通。此臣之所以有感，感而幻化，臣实有罪”云云。其言似亦近理也。（《槐西杂志二》）

有了你这样妖怪的形体？”画妖回答说“形体本来就是画，既然是画就应该形象逼真；逼真的形象显示出来，就有了神通灵性。何况把人画在图像上，精灵有了具体的依凭，就可以通灵。这就是我得到生活真实形象的感召，有感而幻化出形体的原因，我确实有罪”等等。它说的似乎有些道理。

注释

1 **赵仲穆：**即赵雍，元代书画家。字仲穆，湖州（今属浙江）人。父赵孟頫，为元代著名书画家、文学家。赵雍擅山水，尤精人物鞍马，亦作界画。书善正、行、草，亦长篆书。传世作品有《兰竹图》《溪山渔隐》等。

魅复遇魅

原文

骁骑校[1]萨音绰克图与一狐友。一日，狐仓皇来曰：“家有妖祟，拟借君坟园栖眷属。”怪问：“闻狐祟人，不闻有物更祟狐，是何魅欤？”曰：“天狐也，变化通神，不

译文

骁骑校萨音绰克图与一个狐精为友。一天，狐精慌慌张张跑来说：“家中有妖作祟，想借您家的坟地安顿我的家眷。”萨音绰克图奇怪地问：“听说狐精能作祟于人，没有听说过还有能作祟于狐的东西，这是什么妖魅呢？”狐精说：

可思议；鬼出电入，不可端倪。其祟人，人不及防；或祟狐，狐亦弗能睹也。”问：“同类何不相惜欤？”曰：“人与人同类，强凌弱，智绐[2]愚，宁相惜乎？”魅复遇魅，此事殊奇。天下之势，辗转相胜；天下之巧，层出不穷。千变万化，岂一端所可尽乎？（《槐西杂志二》）

“是天狐，变化神通，不可思议；进出有如鬼怪、闪电般迅速，谁也不知它们的踪迹。它们作祟于人，人来不及提防；有时作祟于狐，狐也不能看见。”萨音绰克图问：“你们是同类，为何不互相怜惜呢？”狐精回答说：“人与人也是同类，但也是强者欺凌弱者，聪明的人欺骗愚笨的人，难道人类彼此怜惜了吗？”狐魅又碰上了狐魅，这件事非常稀奇。天下的大势，都是一物降一物；天下之巧事，层出不穷。世间万物千变万化，怎么能持一端而穷事理呢？

注释

1 **骁骑校**：清代“骁骑营”将校名号，“骁骑营”有佐领，下设骁骑校，每佐领一人，正六品。骁骑营为受各旗都统直接统率的部队，佐领与骁骑校为直接受都统与副都统、参领管辖的军官。

2 **绐（dài）**：欺骗，欺诈。

自　戏

原文

董秋原言：东昌一书生，夜行郊外。忽见甲第

译文

董秋原说：东昌有个书生，夜晚在郊外赶路。忽然看见一座宅子十分高大华

甚宏壮，私念此某氏墓，安有是宅，殆狐魅所化欤？稔闻《聊斋志异》[1]青凤、水仙诸事，冀有所遇，踯躅不行。俄有车马从西来，服饰甚华，一中年妇女揭帏指生曰："此郎即大佳，可延入。"生视车后一幼女，妙丽如神仙，大喜过望。既入门，即有二婢出邀。生既审为狐，不问氏族，随之入。亦不见主人出，但供张甚盛，饮馔丰美而已。生候合卺[2]，心摇摇如悬旌。

至夕，箫鼓喧阗，一老翁搴帘揖曰："新婿入赘，已到门。先生文士，定习婚仪，敢屈为傧相，三党有光。"生大失望，然原未议婚，无可复语；又饫[3]其酒食，难以遽辞。草草为成礼，不别而归。家人以失生一昼夜，方四出觅访。生愤愤道所遇，闻者莫不拊掌曰："非狐戏君，乃君自戏也。"余因言有

丽，心想这是某家的墓地，怎么会有这么大的宅子，大概是狐精变化出来的吧？他听多了《聊斋志异》中青凤、水仙一类的故事，希望自己也有这样的艳遇，就故意磨蹭不前。过了一会儿有车马从西面过来，车马上的人服饰都很华丽，一位中年妇女揭开车帘指着书生说："这位郎君就很好，可以请他进去。"书生看到车子后面坐着一位少女，漂亮得有如神仙，于是高兴极了。车子进了宅院大门，就有两个婢女出来邀请他。书生知道这些是狐精，也不问她们姓名门第，就跟着进去了。也没有看到主人出来见面，只是陈设豪华，酒菜丰盛而已。书生盼望着入洞房，心思像挂着旗子一样摇摇晃晃。

到了晚上，箫鼓喧天，一位老翁掀开门帘行礼，说："新女婿入赘，已经到了门口。先生是个读书人，一定熟悉婚礼仪式，委屈您当一回傧相，我们整个家族都有光彩。"书生很是失望，但是原本就没有议过婚事，现在也不能再说什么；又吃了人家的酒菜，不好推辞。于是草草地主持了婚礼，不辞而别。书生家人因为他失踪了一天一夜，正在四处寻找。书生愤愤然讲述了所遇之事，听到的人都拍手大笑："不是狐精调戏你，是你自己捉弄自己。"我也接着说一个叫李二混的人，穷得过不下

李二混者，贫不自存，赴京师谋食。途遇一少妇骑驴，李趁与语，微相调谑。少妇不答亦不嗔。次日，又相遇，少妇掷一帕与之，鞭驴径去，回顾曰：“吾今日宿固安也。”李启其帕，乃银簪珥数事。适资斧[4]竭，持诣质库[5]。正质库昨夜所失。大受拷掠，竟自诬为盗。是乃真为狐戏矣。秋原曰：“不调少妇，何缘致此？仍谓之自戏可也。”（《槐西杂志三》）

去，就到京城去谋生。途中遇到一位骑驴的少妇，李二混趁同路与她说话，悄悄地跟她调笑。少妇不搭理他也不骂他。第二天，二人又相遇，少妇扔给他一块手帕，鞭打驴子径直离去，回头说：“我今天在固安住宿。”李二混打开手帕，手帕中包着几件银首饰。正好李二混没了盘缠，拿着首饰到当铺去当。正巧这些银首饰是当铺昨夜失火所丢之物。于是李二混受尽拷打，只好胡乱招认是偷盗。这才真的是被狐精戏弄了。董秋原说：“他不去调戏少妇，怎么会遭遇这样的事情？这仍然可以说是自己捉弄自己。”

注释

1 **《聊斋志异》**：是清代著名小说家蒲松龄创作的文言短篇小说集。

2 **合卺**(jǐn)：指新郎、新娘在结婚当天的新房内共饮交杯酒(合欢酒)。

3 **饫**(yù)：饱食。

4 **资斧**：指旅费、盘缠。

5 **质库**：古代进行押物放款收息的商铺，即当铺。

伪狐女

原文

鱼门又言：游士某，在广陵[1]纳一妾，颇娴文墨。意甚相得，时于闺中倡和。一日，夜饮归，僮婢已睡，室内暗无灯火。入视阒然[2]，惟案上一札曰："妾本狐女，僻处山林。以夙负应偿，从君半载。今业缘已尽，不敢淹留。本拟暂住待君，以展永别之意，恐两相凄恋，弥难为怀。是以茹痛竟行，不敢再面。临风回首，百结柔肠。或以此一念，三生石上，再种后缘，亦未可知耳！诸惟自爱，勿以一女子之故，至损清神。则妾虽去而心稍慰矣。"

某得书悲感，以示朋

译文

程鱼门又说：有一个游学的书生，在扬州纳了一个妾，女子娴熟于文墨之事。两人情投意合，经常在闺房中诗词唱和。一天，书生晚上喝完酒回去，仆人婢女已经睡熟，房间里没有灯光。进去发现静悄悄的，只有书案上放了一封手札说："我原本是狐女，住在偏僻的山林。因为前生欠债需要偿还，所以跟随您半年。如今缘分已尽，不敢再逗留。本来打算等您回来，述说永别之情，只怕两人悲哀留恋，难以割舍分开。只好忍痛先走，不敢再和您见面。迎着晚风，回头眺望，柔肠百结。或许因为有这一份心念，三生石上再结来世良缘也未可知啊！自爱最重要，您不要只因为一个女子伤害了精气。那么只有这样我走了以后心里才会稍稍得到安慰。"

书生拿着信十分悲伤，把信给朋友

旧,咸相慨叹。以典籍尝有此事,勿致疑也。后月余,妾与所欢北上,舟行被盗,鸣官待捕;稽留淮上者数月,其事乃露。盖其母重鬻于人,伪以狐女自脱也。周书昌曰:“是真狐女,何伪之云?吾恐志异诸书所载,始遇仙姬,久而舍去者,其中或不无此类也乎!”(《槐西杂志三》)

故旧们看,大家都相对叹息。因为书里曾记载过这样的事情,因此也没有怀疑。一个多月后,那个妾与她的相好北上,半路船上被盗,报官等待捉拿盗贼;因此滞留在淮上几个月,事情就败露了。原来她母亲把她重金卖给别人,她就假冒狐女脱身。周书昌说:“这是真正的狐女,怎么能说假的呢?那些志怪小说所记载的,开始遇到的仙女,不久就分手了,其中可能也不乏有此类女子吧!”

注释

1 **广陵:**即扬州。

2 **阒(qù)然:**形容寂静无声的样子。

乘机作巧计

原文

小人之计万变,每乘机而肆其巧。小时,闻村民夜中闻履声,以为盗,秉炬搜捕,了无形迹。知为魅也,

译文

小人的计谋千变万化,一有可乘之机就大施巧妙的计策。小时候,听说村民半夜听到脚步声,以为是盗贼,举着火把到处搜捕,却不见踪迹。大家知道

不复问。既而胠箧[1]者知其事，乘夜而往。家人仍以为魅，偃息弗省，遂饱所欲去。此犹因而用之也。

邑有令，颇讲学，恶僧如仇。一日，僧以被盗告。庭斥之曰："尔佛无灵，何以庙食？尔佛有灵，岂不能示报于盗，而转渎[2]官长耶？"挥之使去。语人曰："使天下守令用此法，僧不沙汰[3]而自散也。"僧固黠甚，乃阳与其徒修忏祝佛，而阴赂丐者，使捧衣物跪门外，状若痴者。皆曰佛有灵，檀施转盛。此更反而用之，使厄我者助我也。人情如是，而区区执一理与之角，乌有幸哉！（《槐西杂志四》）

这是鬼魅，就不再理会了。不久，小偷知道了这件事，夜里就又到这家去偷窃。家人还以为是鬼魅，就不声不响地不去理会，于是小偷便放心大胆地偷了一次。这件事是顺着人们的心理趁机而做的。

有个县令，很相信理学，视僧人如仇人一般。一天，僧人报告官府说被盗了。县令当堂训斥说："你供奉的佛不灵验的话，还凭什么让人供养？你供养的佛如有灵的话，难道不让盗贼得到报应，而还反过来需要麻烦长官吗？"说罢，挥手让人将僧人赶出。还对人说："假如天下的县令都用我的方法，僧人不用淘汰，就会自动解散。"僧人本来十分狡猾，于是表面上和徒弟们做佛事祈祷，暗地里却贿赂乞丐，让他们捧着衣物跪在庙门外，看上去就像痴呆了一样。大家都说这座寺院的佛有灵，布施之人越来越多。这件事反用计谋，把断我生路的人变成帮助我的人。人情就是这样，固执一个道理和小人争斗，又有什么好处呢！

注释

1 **胠箧**(qū qiè)**：**撬开箱箧，后亦用为盗窃的代称。

2 **渎**(dú)**：**本义是指水沟、小渠，亦泛指河川，此处指轻慢，对人不恭敬。

3 **沙汰：**指淘汰，拣选。

狼子野心

原文

沧州一带海滨煮盐之地，谓之灶泡。袤延数百里，并斥卤不可耕种，荒草粘天，略如塞外，故狼多窟穴于其中。捕之者掘地为阱，深数尺，广三四尺，以板覆其上，中凿圆孔如盂大，略如枷状。人蹲阱中，携犬子或豚子，击使嗥叫。狼闻声而至，必以足探孔中攫之。人即握其足立起，肩以归。狼隔一板，爪牙无所施其利也。然或遇其群行，则亦能搏噬，故见人则以喙据地嗥，众狼毕集，若号令然，亦颇为行客道途患。

有富室偶得二小狼，与家犬杂畜，亦与犬相安。稍

译文

沧州一带海边煮盐的地方，称之为“灶泡”。方圆几百里，都是盐碱地不能耕种，荒草连天，如同塞外，所以狼多在这里打窟造穴。捕狼的人在地上挖一个陷阱，有几尺深，三四尺宽，用板子盖在上面，中间凿一个圆孔有盆子大小，有点像枷锁的样子。人蹲在陷阱中，带上小狗或小猪，打它们，让它们叫。狼听到声音就来了，一定会用爪子伸到木板洞中探查。人马上抓住狼爪子站起来，背上回去。狼隔着一个木板，爪子和牙都无法咬住人。但有时遇到狼群，人也会被咬死，所以，狼一见人，就把嘴靠近地面嗥叫，狼群就集中过来，好像听到号令一样，这也成了赶路人在旅途中的祸患。

有个富人家偶尔得到了两只小狼，将它们和家犬一起养起来，狼与犬相安

长，亦颇驯，竟忘其为狼。一日，主人昼寝厅事[1]，闻群犬呜呜作怒声，惊起周视，无一人。再就枕将寐，犬又如前。乃伪睡以俟[2]，则二狼伺其未觉，将啮其喉，犬阻之不使前也。乃杀而取其革。此事从侄虞惇言。狼子野心，信不诬哉！然野心不过遁逸耳；阳为亲昵，而阴怀不测，更不止于野心矣。兽不足道，此人何取而自贻患耶！（《槐西杂志四》）

无事。等狼稍微长大，也很驯良，主人竟然忘了它们是狼。一天，主人白天在客厅睡觉，听到狗群发出“呜呜”的愤怒声，他吃了一惊，起来四处查看却没有一个人。当他靠着枕头又要睡时，狗又像之前那样叫。于是，他假装睡着，静静等待，原来是那两只狼趁主人没有发觉，要咬主人的喉咙，狗群阻止，不让狼靠近主人。于是主人就把两只狼杀了，剥下狼皮。这件事我是从堂侄虞惇那里听到，狼子野心，真是一点不假！不过，所谓野心也不过是说狼想要逃跑；表面亲热，背地里心怀不轨，就不仅仅是野心了。野兽的本性就不说了，这个人为什么给自己制造祸患呢！

注释

1 **厅事**：私人住宅的堂屋。

2 **俟**：等待。

木偶成精

原文

先祖光禄公，康熙中

译文

先祖父光禄公，于康熙年间在崔庄

于崔庄设质库，司事者沈玉伯也。尝有提傀儡者，质木偶二箱，高皆尺余，制作颇精巧。逾期未赎，又无可转售，遂为弃物，久置废室中。一夕月明，玉伯见木偶跳舞院中，作演剧之状。听之亦咿嘤似度曲。玉伯故有胆，厉声叱之，一时迸散。次日，举火焚之，了无他异。盖物久为妖，焚之则精气烁散，不能复聚。或有所凭亦为妖，焚之则失所依附，亦不能灵。固物理之自然耳。（《姑妄听之一》）

开了一家当铺，管事的是沈玉伯。曾经有个演傀儡戏的人，拿了两箱木偶来当，木偶都有一尺多高，制作颇为精巧。到期也没有赎回去，又转卖不出去，于是便成了弃掉之物，长久地放在一间废弃的屋子里。一天晚上夜色明朗，沈玉伯看见木偶在院中跳舞，好像在演剧。仔细听，也有咿咿呀呀的度曲之声。沈玉伯向来胆大，厉声斥骂，一时间所有木偶都散开消失了。第二天，点火将那些木偶全部烧掉，从此再无怪异之事。大概是物件放久了就成了精，把它烧掉精气也就消散了，不能再聚合成形。也许是别的妖精附在了物体上，把东西烧了依附的妖怪也就失去了依凭，不能显灵了。这就是事物本来的道理。

魔女诱僧

原文

吴僧慧贞言：有浙僧立志精进，誓愿坚苦，胁未尝至席。一夜，有艳女窥

译文

吴地僧人慧贞说：有个浙江僧人立志精进成佛，志向坚定，刻苦修炼，从来没有躺下来两胁靠着席子睡过。一天夜里，有

户，心知魔至，如不见闻。女蛊惑万状，终不能近禅榻，后夜夜必至，亦终不能使起一念。女技穷，遥语曰：“师定力如斯，我固宜断绝妄想。虽然，师忉利天[1]中人也，知近我则必败道，故畏我如虎狼。即努力得到非非想天[2]，亦不过柔肌着体，如抱冰雪；媚姿到眼，如见尘壒[3]，不能离乎色相也。如心到四禅天[4]，则花自照镜，镜不知花；月自映水，水不知月，乃离色相矣。再到诸菩萨天[5]，则花亦无花，镜亦无镜，月亦无月，水亦无水，乃无色无相，无离不离，为自在神通，不可思议。师如敢容我一近，而真空不染，则摩登伽一意皈依，不复再扰阿难矣。[6]”

僧自揣道力足以胜魔，坦然许之。偎倚抚摩，竟毁戒体。懊丧失志，侘傺[7]以终。夫“磨而不磷，

个娇艳的女子在窗户外偷窥，僧人知道是妖魔到了，就好像没听见没看见一样。美女千方百计诱惑，始终没有靠近他坐的蒲团，此后女妖每晚必到，也终究不能让僧人有一丝欲念。女妖伎俩用尽，远远地和僧人说：“师父坚守自己意志的能力到了这种地步，我确实应该断绝妄想了。不过，您只是达到了忉利天的境界，知道靠近我一定会败坏您的道行，所以像害怕虎狼一样害怕我。即使您进一步努力修行，能够达到非非想天的境界，也不过只能做到抱着女人柔软肌肤，就如同抱着冰雪；看到姣媚的姿态，就如同看到尘埃，还是不能摆脱色相。如果您修行到四禅天的境界，就如同花自然映照在镜子中，镜不知道花；月自然映照在水中，水不知道月，这样不受外物影响的境界，就摆脱色相了。再进一步达到诸菩萨天的境界，那花也无所谓花，镜也无所谓镜，月也无所谓月，水也无所谓水，没有颜色也没有物相，没有离也没有不离，这就是佛的自在神通，不可思议的神妙境界了。您如果能让我靠近一下，本心却不受影响，那么我就一心一意敬服您，就像摩登伽女后来一意皈依佛门，不再打扰阿难一样。”

僧人估量自己的道力足以战胜妖魔，就坦然答应了。女魔倚偎在僧人怀中，百

涅而不缁”[8],惟圣人能之,大贤以下弗能也。此僧中于一激,遂开门揖盗。天下自恃可为,遂为人所不敢为,卒至溃败决裂者,皆此僧也哉!(《姑妄听之一》)

般抚摩,僧人终于控制不住欲念。损坏了自己修行的清净身体。事后悔恨不已,失意恍惚而死。所谓“磨而不磷,涅而不缁”,只有圣人能做到,大贤以下的人都做不到。这个僧人中了魔女的激将法,于是开门请强盗进去。天下凡是以为自己达到了某种境界,于是就去做人们不敢做的事,最终一败涂地的人,都属于这一类僧人啊!

注释

1 **忉利天:**意译“三十三天”,以有三十三个天国而得名。居须弥山顶,中央为主国帝释天,为三十三天之主释提桓因(帝释)所居,四方各有八个天国,四角四峰,有帝释天保护神金刚手居止。

2 **非非想天:**佛学术语,界名,即三界中无色界第四天。

3 **壒(ài):**尘埃。

4 **四禅天:**指修习四禅定而得生色界天之处所,或成为色界天中的有情(天人界)。修第四禅定者,可得生无云天、福生天、广果天。四禅天亦仅有意识,但唯有舍受与之相应。

5 **诸菩萨天:**佛教修行更高一境界。

6 **摩登伽:**即摩登伽女。**阿难:**为佛陀十大弟子之一。全称阿难陀。意译为欢喜、庆喜、无染。系佛陀之堂弟,出家后二十余年间为佛陀之常随弟子,善记忆,对于佛陀之说法多能朗朗记诵,故誉为多闻第一。摩登伽女本是首陀罗种姓的年轻女子。有一天,阿难从祇园精舍出来,持钵到城内乞食。返回途中,见到路旁一个古井,摩登伽女正在井边汲水,阿难因为口渴便请她布施一钵水。从此摩登伽女爱上阿难,佛陀说,道行与阿难相当才能和阿难结婚。摩登伽女于是剃度出家,精进修道,最终醒悟,爱念、贪念都消除了。

7 **侘傺(chà chì):**失意而神情恍惚的样子。

8 **磨而不磷，涅而不缁：**典出《论语·阳货》。意谓磨了以后不变薄，染了以后不变黑。比喻意志坚定的人不会受环境影响。

借尸还魂

原文

虞倚帆待诏[1]言：有选人[2]张某，携一妻一婢至京师，僦居[3]海丰寺街。岁余，妻病殁。又岁余，婢亦暴卒。方治榇[4]，忽似有呼吸，既而目睛转动，已复苏。呼选人执手泣曰："一别年余，不意又相见。"选人骇愕，则曰："君勿疑谵语，我是君妇，借婢尸再生也。此婢虽侍君巾栉[5]，恒郁郁不欲居我下。商于妖尼，以术魇我，我遂发病死。魂为术者收瓶中，镇以符咒，埋尼庵墙下。局促昏暗，苦状难言。会尼庵墙圮，掘地重筑，圬者劚土破瓶，[6]我乃得出。茫茫

译文

虞倚帆待诏说：有个姓张的人，到京城候选官职，带着一妻一婢借住在海丰寺街。一年多后，妻子病死。又一年多后，婢女也暴死。正要打棺材时，婢女忽然好像有了呼吸，过了一会儿眼睛也开始转动，人已经复苏过来。她叫着张某的名字，拉着他的手哭着说："一别就是一年多，不曾料到我们又相见了。"张某很是吃惊害怕，女子说："您不要以为我在说胡话，我是你的妻子，借用婢女的尸体再生。这个婢女虽然服侍你，但常常愤愤不平，不愿居我之下。于是买通会兴妖作怪的尼姑，用妖术来镇魇我，我于是发病死了。魂魄被施妖术的尼姑收在瓶子中，用符咒镇压，埋在尼姑庵的墙下。瓶子内局促昏暗，我苦不堪言。正巧碰到尼姑庵的墙倒塌，挖地

昧昧，莫知所往，伽蓝神指我诉城隍。而行魔法者皆有邪神为城社[7]，辗转撑拄，狱不能成。达于东岳，乃捕逮术者，鞫治[8]得状，拘婢付泥犁。我寿未尽，尸已久朽，故判借婢尸再生也。”

阖家悲喜，仍以主母事之。而所指作魇之尼，则谓选人欲以婢为妻，故诈死片时[9]，造作斯语。不顾陷人于重辟，汹汹欲讦讼。事无实证，惧干妖妄罪，遂讳不敢言。然倚帆尝私叩其僮仆，具道妇再生后，述旧事无纤毫差；其语音行步，亦与妇无纤毫异。又婢拙女红，而妇善刺绣，有旧所制履未竟，补成其半，宛然一手，则似非伪托矣。此雍正末年事也。（《姑妄听之一》）

重建，泥瓦匠挖土的时候打破了瓶子，我才得以出来。但是眼前茫茫昧昧，不知道去哪儿，伽蓝神指示我去城隍告状。而行妖术的人也都有邪神作为靠山，因此辗转僵持着，案子不能了结。最后申告到东岳神那里，才下令逮捕施用妖术的人，审问清楚，将婢女抓起来送到泥犁地狱。我的寿数没有完，但是尸体早就腐烂，所以判我借用婢女的尸体再生。”

一家人又悲又喜，把复生的女子当作女主人来对待。而婢女指认的那个施妖术的尼姑，却认为是张某想要娶婢女为妻，所以让她装一会儿死，然后编造出这些谎话来。她将杀头的罪名栽赃到别人头上，尼姑气势汹汹想要告到官府。张某因为没有确实的证据，害怕官府以编造妖言治罪，于是也就不再提这件事了。但虞倚帆曾经私下里问他家的仆人，都说妇女再生后，讲述旧事没有一点差错；说话声音，走路步态，都和原来的女主人没有差异。又说婢女不会干针线活，而主妇擅长刺绣，有一双以前没有做完的鞋，复生后又补完了剩下的一半，完全像出自一人之手，这样看来，这件事又似乎不是假的。这是雍正末年的事了。

注释

1 **待诏：**明清时翰林院官职，掌校对章疏文史，但地位低微，秩从九品。

2 **选人:**候补、候选的官员。
3 **僦(jiù)居:**指租屋而居。
4 **槥(huì):**指小棺材。
5 **巾栉(zhì):**巾和梳篦。引申指盥洗。
6 **圬者:**即泥瓦匠。
7 **城社:**指城池和祭地神的土坛,比喻靠山。
8 **鞫(jū)治:**审理处治。
9 **片时:**指片刻,不多时。

天下惟同类可畏

原文

季沧洲言:有狐居某氏书楼中数十年矣,为整理卷轴,驱除虫鼠,善藏弆[1]者不及也。能与人语,而终不见其形。宾客宴集,或虚置一席,亦出相酬酢,词气恬雅,而谈言微中[2],往往倾其座人。一日,酒纠宣觞政[3],约各言所畏,无理者罚,非所独畏者亦罚。有云畏讲学者,有云畏名士者,有云畏富人

译文

季沧洲说:有个狐精住在某家书楼中已经有几十年了,为主家整理卷轴,驱除虫鼠,即便是善于收藏图书的人也不如他打理得好。他能和主人说话,但始终看不到形体。宴请宾客,有时也为他虚设一席,他也出来和人们应酬,谈吐文雅,说话委婉而切中肯綮,往往让宾客们大为倾倒。一天,监酒令宣布酒令规则,约定好大家都说出一个害怕的东西,不合情理的要罚,如果说的不是自己一个人所畏惧的也

者，有云畏贵官者，有云畏善谀者，有云畏过谦者，有云畏礼法周密者，有云畏缄默慎重、欲言不言者。最后问狐，则曰：“吾畏狐。”众哗笑曰：“人畏狐可也，君为同类，何所畏？请浮大白[4]。”

狐哂曰：“天下惟同类可畏也，夫瓯、越之人，与奚、狄不争地[5]；江海之人，与车马不争路。类不同也。凡争产者，必同父之子；凡争宠者，必同夫之妻；凡争权者，必同官之士；凡争利者，必同市之贾。势近则相碍，相碍则相轧耳。且射雉者媒以雉，不媒以鸡鹜；捕鹿者由以鹿，不由以羊豕。凡反间内应，亦必以同类；非其同类，不能投其好而入，伺其隙而抵也。由是以思，狐安得不畏狐乎？”座有经历险阻者，多称其中理。独一客酌酒狐前曰：“君言诚确。然此天下所同畏，非君所独畏，仍宜浮大白。”乃一笑而散。余谓狐之罚

要罚。有人说怕道学家，有人说怕名士，有人说怕富人，有人说怕大官，有人说怕善于拍马屁的人，有人说怕过分谦虚的人，有人说怕礼法太多的人，有人说怕谨小慎微欲言不言的人。最后问到狐怕什么，狐说：“我怕狐。”大家哗然大笑说：“人怕狐还说得过去，您和狐是同类，有什么怕的？请喝完一大杯酒。”

狐冷笑道：“天下只有同类才可怕，瓯、越的人与奚、狄的人不争夺土地；江海上的人与车马中的人不争路。他们不是同类。凡是争家产的，必定是同父之子；凡是争宠的，必定是同夫之妻；凡是争权的，必定是同在官场为官的人；凡是争利的，必定是同在一个市场的商人。势力接近就会相互妨碍，相互妨碍就会相互倾轧。猎人射野鸡时，要用野鸡作诱饵，不用鸡鸭；捕鹿的人以鹿为诱饵，而不用猪羊。凡是施用反间计作内应的，也一定是同类；不是同类的话，就不能投其所好，伺机而入。由此可以想见，狐怎么能不怕狐呢？”座中有经历过艰难险阻的人，大多称赞狐精的话合乎情理。只有一个客人到狐精座前敬酒说：“您说的确实对。但这是天下人所共同害怕的，不是您一个人所独怕的，还要罚一大杯。”众人一笑而散。我

觞，应减其半。盖相碍相轧，天下皆知之；至伏肘腋之间[6]，而为心腹之大患，托水乳之契，而藏钩距[7]之深谋，则不知者或多矣。（《姑妄听之一》）

认为罚狐精的酒，应该减半。同类人相碍相轧是天下人都知道的；至于那些潜伏在身边的心腹大患，假装是挚友亲朋而心藏机谋的，不知道的人也许就很多了。

注释

1 **弆(jǔ)**：收藏。

2 **谈言微中**：形容说话委婉而中肯。

3 **酒纠**：昔人饮宴时，劝酒监酒令的人。**觞政**：中国民间饮酒时一种助兴取乐的游戏。

4 **浮大白**：指罚饮一大杯酒后指满饮一大杯酒。出自汉代刘向《说苑·善说》："魏文侯与大夫饮酒，使公乘不仁为觞政，曰：'饮不釂者，浮以大白。'"

5 **瓯、越**：百越的分支，分布在今浙江瓯江流域一带。**奚、狄**：古代国家、部族名，分布在北方。

6 **肘腋之间**：比喻切近之地。

7 **钩距**：本指古代一种兵器，此处指机谋。

奸徒败事

原文

同年陈半江言：有道士善符箓，驱鬼缚魅，具有灵应。所至惟蔬食茗饮而已，不受铢

译文

同年陈半江说：有个道士擅长画符，驱鬼捉妖，都很灵验。每到一个地方，他只吃粗茶淡饭而已，从不接

金寸帛也。久而术渐不验，十每失四五。后竟为群魅所遮，大见窘辱，狼狈遁走。诉于其师。师至，登坛召将，执群魅鞫状。乃知道士虽不取一物，而其徒往往索人财，乃为行法；又窃其符箓，摄狐女媟狎。狐女因窃污其法器，故神怒不降，而仇之者得以逞也。

师拊髀叹曰："此非魅败尔，尔徒之败尔也；亦非尔徒之败尔，尔不察尔徒，适以自败也。赖尔持戒清苦，得免幸矣；于魅乎何尤！"拂衣竟去。夫天君[1]泰然，百体从令，此儒者之常谈也。然奸黠之徒，岂能以主人廉介，遂辍贪谋哉！半江此言，盖其官直隶时，与某令相遇于余家，微以相讽。此令不悟，故清风两袖，而卒被恶声，其可惜也已。（《姑妄听之二》）

受主人的丝毫钱财。但是时间长了，他的道术就慢慢地不灵验了，十次有四五次失手。后来竟然被妖怪围住，受到妖怪的戏弄侮辱，狼狈逃走。他去告诉自己的师父。师父赶来，登坛召唤神将，将妖怪全部抓起来审问。才知道道士虽然不收取任何财物，但是他的徒弟往往索要主人钱财，才肯为之行法术；还偷取道士的符箓，抓来狐女淫乐。狐女乘机弄脏了道士的法器，所以惹得神仙发怒不肯降临，而和他有仇的妖怪因此得逞。

师父拍着大腿叹息道："这不是妖怪们败坏你，是你的徒弟败坏你；但也不能怨你的徒弟败坏你，是你管教不严的缘故，自己败坏了自己。好在你清苦持戒，得以幸免；妖怪有什么可责备的呢！"说罢拂袖而去。人的头脑清醒，浑身都听使唤，这是儒者常说的。但奸诈狡猾的徒弟，难道会因为主人清廉耿介，就不贪婪吗！陈半江这些话，是因为他在直隶做官时与某县令在我家相遇，用这个故事暗示他。这个县令没有领悟，结果虽然他两袖清风，却背了个坏名声，真是可惜啊。

注释

1 **天君：**旧谓心为思维器官，称心为天君。

人情狙诈

原文

人情狙诈[1]，无过于京师。余尝买罗小华墨十六铤[2]，漆匣黯敝，真旧物也。试之，乃抟泥而染以黑色，其上白霜，亦盦[3]于湿地所生。又丁卯[4]乡试，在小寓买烛，爇之不燃，乃泥质而幂以羊脂。又灯下有唱卖炉鸭者，从兄万周买之。乃尽食其肉，而完其全骨，内傅以泥，外糊以纸，染为炙煿[5]之色，涂以油，惟两掌头颈为真。又奴子赵平以二千钱买得皮靴，甚自喜。一日骤雨，着以出，徒跣[6]而归，盖鞹[7]则乌油高丽纸揉作绉纹，底则糊粘败絮，缘之以布。其他作伪多类

译文

人情狡猾奸诈，伺机骗人，没有比京城更厉害的了。我曾买到罗小华墨十六锭，墨匣漆色暗旧，好像真是个旧物件。一试，原来是用泥巴捏成再染上黑色，表面的白霜也是捂在阴暗潮湿的地方长出来的霉。还有乾隆丁卯年参加乡试，在所住的小寓所买了蜡烛，点不着，原来也是用泥捏的，外面涂了一层羊油。又有夜里听到有吆喝声卖烤鸭的，堂兄万周买了一只。原来肉已经吃光了，只有一副完整的骨头架子，里面塞满泥，外面糊了一层纸，染成了经过烧烤的颜色，再涂上油，只有两只脚掌和头颈是真的。还有我的家奴赵平用两千文钱买了一双皮靴，很是高兴。一天下大雨，穿上这双靴子出去，却光着脚回来，原来鞋鞹是用乌油高丽纸揉出皱纹做成的，鞋底则是用浆糊把烂棉絮粘在一起，再用布包上。其他造假的情况

此，然犹小物也。

有选人见对门少妇甚端丽，问之，乃其夫游幕，寄家于京师，与母同居。越数月，忽白纸糊门，全家号哭，则其夫讣音至矣。设位祭奠，诵经追荐[8]，亦颇有吊者。既而渐鬻衣物，云乏食，且议嫁，选人因赘其家。又数月，突其夫生还，始知为误传凶问。夫怒甚，将讼官。母女哀吁，乃尽留其囊箧，驱选人出。越半载，选人在巡城御史处，见此妇对簿。则先归者乃妇所欢，合谋挟取选人财，后其夫真归而败也。黎丘[9]之技，不愈出愈奇乎？

又西城有一宅，约四五十楹，月租二十余金，有一人住半载余，恒先期纳租，因不过问。一日，忽闭门去，不告主人。主人往视，则纵横瓦砾，无复寸椽，惟前后临街屋仅在。盖是宅前后有门，居者于

大多与此类似，但还是一些小东西。

有个候选官员看到对门少妇长得很端庄秀丽，一问，才知道她的丈夫远出为人当幕僚，暂时将家眷寄在京城，与母亲同住。过了几个月，她家门口忽然糊上白纸，全家人号哭，原来是她丈夫的讣告送回。家人设起灵堂祭奠，请和尚念经超度，也有不少人来吊唁。之后，她渐渐地变卖衣物，说是没饭吃了，而且准备再嫁，候选官员于是入赘到她家。又过了几个月，她的丈夫突然活着回来了，这才知道是误传了死讯。她丈夫非常愤怒，打算告官。母女俩百般哀求，扣下候选官员所有行李财物，把他赶了出去。过了半年，候选官员在巡城御史处，见到这个妇人对簿公堂。原来先前回家来的那个人是女子的相好，合谋骗取了候选官员的财物，后来女子丈夫真的回来，他们败露被拘。真真假假的诡计，不是越变越奇异吗？

又，西城有一处宅院，约有四五十间房子，月租是二十多两银子，有个人租了半年多，总是在期限前将租金交来，房主也不过问。一天，租客忽然关门离开，并没有通知房主。房主前往察看，院子里瓦砾满地，连一寸椽子也没有留下，只有前后临街的屋子还在。原来是这座宅院前后都有门，租客在后门开了个木材店，贩

后门设木肆，贩鬻屋材，而阴拆宅内之梁柱门窗，间杂卖之。各居一巷，故人不能觉。累栋连甍[10]，搬运无迹，尤神乎技矣。然是五六事，或以取贱值，或以取便易，因贪受饵，其咎亦不尽在人。钱文敏公曰："与京师人作缘，斤斤自守，不入陷阱已幸矣。稍见便宜，必藏机械，神奸巨蠹，百怪千奇，岂有便宜到我辈。"诚哉是言也。（《姑妄听之三》）

卖建房木材，而悄悄地拆了这座宅院里的梁柱、门窗，夹杂着卖了。因为前后在不同的街巷，所以人们也没有察觉。院中一间间房屋的木料砖瓦，不动声色地都被搬运一空，这种骗术真可谓是神乎其神了。然而，这五六件事，受骗者或者是看中了低廉的价格，或者是因为方便，都是因为贪图小便宜而上当吃亏，过错也不完全在骗子身上。钱文敏先生说："与京城人打交道，时时刻刻得注意保护自己，不落入别人设的陷阱，就算走运了。稍微看起来是便宜的事情，其中必有圈套，京城人阴险狡猾，千奇百怪，哪有便宜落在我们身上。"这话说得很对。

注释

1 **狙诈**：伺机取诈，狡猾奸诈。
2 **铤**：同"锭"。
3 **盦**(ān)：覆盖。
4 **丁卯**：乾隆十二年(1747)。
5 **炙爆**(bó)：熏烤。
6 **徒跣**(xiǎn)：赤足步行。
7 **靿**(yào)：靴或袜子的筒儿。
8 **追荐**：为亡者修善事，祈求冥福。
9 **黎丘**：一种善于模仿人的鬼。
10 **甍**(méng)：屋脊。

人心自召

原文

门人郝瑗，孟县人，余己卯[1]典试所取士也。成进士，授进贤令。菲衣恶食，视民事如家事。仓库出入，月月造一册。预储归途舟车费，扃[2]一笥中，虽窘急不用铢两。囊箧皆结束室中，如治装[3]状，盖无日不为去官计。人见其日日可去官，亦无如之何。后患病乞归，不名一钱，以授徒终于家。

闻其少时，值春社[4]，游人如织，见一媪将二女，村妆野服，而姿致天然，瑗与同行，未尝侧盼。忽见妪与二女，踏乱石横行至绝涧，鹄立[5]树下。怪其不

译文

我的门生郝瑗，孟县人，是我在乾隆己卯年典试中录取的举人。后来他中了进士，被任命为进贤县令。他穿着普通衣服，粗茶淡饭，把老百姓的事看成是自己的家事。仓库物品的进出，每个月都登记造一本册子。他事先准备好回去的车马船费，锁在一个箱子中，即便是生活窘迫时也不动用一文钱。他的行囊箱子，都打包好放在屋里，就像打点行李要走的样子，看来他没有一天不为自己罢官时着想。人们见他天天打算着离任，对他也没有办法。后来他得病请求辞官回乡，一文钱也没有带回家，靠教书维持生活，直到去世。

听说他年轻的时候，有一年正值春社日，游人往来如织，他看见一位老太太带着两个女儿，虽是乡野装束，但女儿天生丽质，郝瑗与她们同行，一路上目不斜

由人径，若有所避，转凝睇视之。媪从容前致词曰："节物暄妍[6]，率儿辈踏青，各觅眷属。以公正人不敢近，亦乞公毋近儿辈，使刺促不宁。"瑗悟为狐魅，掉臂去之。然则花月之妖，为人心自召明矣。（《姑妄听之四》）

视。忽然看见老太太与两个女儿踩着乱石走到一处深涧旁，站在树下张望。郝瑗奇怪她们不走现成的路，好像在躲避什么，就转过头去察看。老太太从容地来到他面前说："节日里景物美好，我带着女儿们踏青，各自寻找对象。因为您是正人君子所以不敢靠近，也请您不要靠近她们，让她们惶恐不安。"郝瑗才知道她们是狐精，转身离开。这样来看就明白了，花月之妖，都是由人自己招来的。

注释

1 **己卯：**乾隆二十四年(1759)。

2 **扃：**指关门的闩。

3 **治装：**整理行装。

4 **春社：**在商周时期，是男女幽会的狂欢节日，而后来则主要用于祭祀土地神。

5 **鹄(hú)立：**如鹅延颈而立，形容盼望等待。

6 **暄妍：**景色明媚美好。

第八编

恩怨之间

在《阅微草堂笔记》中，纪昀的伦理判断大多浸乎于因果报应的范畴内。相对于“原心”，他希望通过“诛心”对人情社会起到威慑、劝惩的作用。《姑妄听之三 · 原心与诛心之法》中他讲述娈童献身救父为人称许事乃为“原心之法”，而纪氏批判说“此童与郭六事相类，惟欠一死耳”。而与夫狎昵无度以致夫死的少妇却是真节妇，而其姑婆不以节妇许之，此所谓“诛心”，纪氏认为“在上犹为有刑政，则在下犹为守礼法”，因而君子与人为善要在盖棺之后。

在纪氏的笔下，无论阳间还是冥界，善恶、恩怨都有明显的界限，通过因果报应的轮回运行，恩怨之间必然产生两种截然相反的结果。《槐西杂志三 · 恩怨之间》讲述两种对待牛的行为而产生的后果，屠者不以牛畏而悯恻，反以其畏而恚愤，终罹其祸；仪南公赎牛存豢而牛亦服辕。诸此种种，甚值长思。

一善延三世

原文

景城西偏，有数荒冢，将平矣。小时过之，老仆施祥指曰："是即周某子孙，以一善延三世者也。"盖前明崇祯末，河南、山东大旱蝗，草根木皮皆尽，乃以人为粮，官吏弗能禁。妇女幼孩，反接[1]鬻[2]于市，谓之菜人。屠者买去，如刲[3]羊豕。周氏之祖，自东昌商贩归，至肆[4]午餐。屠者曰："肉尽，请少待。"

俄见曳二女子入厨下，呼曰："客待久，可先取一蹄来。"急出止之，闻长号一声，则一女已生断右臂，宛转[5]地上。一女战栗无人色，见周并哀呼，一求速死，

译文

景城西郊，有几座荒坟，快要被踏平了。小时候路过这里，老仆人施祥指着荒坟说："这儿埋着周某子孙，因为一件善事而延嗣了三代。"大概在明朝崇祯末年，河南、山东大旱，蝗虫肆虐，草根木皮都被吃光了，就以人为粮食，官吏也不能禁止。妇女小孩，被反绑着在集市交易，称之为"菜人"。屠夫买去，像宰杀羊和猪一样。周氏的祖上，从东昌做生意回来，到店铺吃午餐。屠夫说："肉已经卖完了，请稍等。"

不一会儿看见他拖着两位女子进了厨房，大声喊道："客人久等了，可以先砍个蹄膀来。"周氏先人急忙出去制止，听到一声长嚎，一位女子的右臂被砍下来，疼得在地上打滚。另一女子吓得浑身颤抖，面无人色。见到周氏先人，两女子一起哀叫，一个乞求赶紧杀死自

一求救。周恻然心动，并出赀赎之。一无生理，急刺其心死；一携归，因无子，纳为妾。竟生一男，右臂有红丝，自腋下绕肩胛，宛然断臂女也。后传三世乃绝。皆言周本无子，此三世乃一善所延云。（《滦阳消夏录二》）

己，一个求救命。周氏先人动了恻隐之心，出钱把她们都赎了下来。一个已经没有生存的希望，只好急忙让人把她刺死；另一个带回去，因为自己没有子嗣，便纳女子为妾。竟然生了个儿子，右臂上有一条红线，从腋下一直绕到肩胛，与断臂女子极像。后来传了三代香火才断了。人们都说周氏祖上命中本无子，这三代香火是因为他做的这件善事而延续的。

注释

1 **反接：**反绑双手。
2 **鬻(yù)：**卖。
3 **刲(kuī)：**刺杀。
4 **肆：**店铺。
5 **宛转：**身体转动，翻来覆去。

捐金拒色

原文

献县史某，佚其名。为人不拘小节，而落落有直气，视龌龊者蔑如[1]也。偶从博场归，见村民夫妇子

译文

献县的史某，不知叫什么名字。他为人不拘小节，而且磊落正直，对龌龊之人不屑一顾。有一次他从赌场回来，看到一家村民夫妇和孩子抱头哭泣。村民

母相抱泣。其邻人曰："为欠豪家债，鬻[2]妇以偿。夫妇故相得，子又未离乳，当弃之去，故悲耳。"史问："所欠几何？"曰："三十金。""所鬻几何？"曰："五十金，与人为妾。"问："可赎乎？"曰："券甫[3]成，金尚未付，何不可赎！"即出博场所得七十金授之，曰："三十金偿债，四十金持以谋生，勿再鬻也。"

夫妇德史甚，烹鸡留饮。酒酣，夫抱儿出，以目示妇，意令荐枕以报。妇颔之，语稍狎。史正色曰："史某半世为盗，半世为捕役，杀人曾不眨眼。若危急中污人妇女，则实不能为。"饮啖讫，掉臂径去，不更一言。半月后，所居村夜火。时秋获方毕，家家屋上屋下，柴草皆满，茅檐秫[4]篱，斯须四面皆烈焰。度不能出，与妻子瞑坐待死。恍惚闻屋上遥呼曰："东岳有急牒，史某一家并除名。"剨然[5]有声，后壁半圮。乃左挈妻，右抱子，一跃而出，若

的邻居说："因为他欠了富人的债，所以卖妻还债。他们夫妇平时相处恩爱，孩子又没有断奶，就这么扔下走了，所以这般伤心。"史某问："欠了多少债？"回答说："三十两银子。"史某又问："卖了多少钱？"回答说："五十两银子，卖给人家为妾。"史某问："可以赎回来吗？"回答说："卖身契刚刚写好，钱还未付，怎么不能赎！"史某随即拿出在赌场上赢的七十两银子给他，说："三十两还债，四十两你拿上用以谋生，别再卖妻了。"

夫妇二人对史某感恩戴德，煮鸡做饭留他喝酒。酒微醺，丈夫抱着儿子出去，用眼睛暗示妇人，意思是让她陪史某睡觉作为报答。妇人点头，之后的话就有点挑逗的意思了。史某严肃地说："史某半辈子为盗，半辈子为捕役，曾杀人不眨眼。要说趁人之危，奸污人家妇女，则实在不能这样做。"饭吃罢，甩开胳膊掉头走了，没有再说一句话。半个月后，史某居住的村子夜里起火。那时秋收刚刚结束，家家屋上屋下，都堆满柴草，屋檐是茅草做的，篱笆是高粱秆做的，转眼间四面都是烈火。史某估摸着出不了屋，和妻子孩子闭上眼睛坐着等死。恍恍惚惚听到屋上远远呼喊："东岳神有火急文

有翼之者。火熄后，计一村之中，爇[6]死者九。邻里皆合掌曰："昨尚窃笑汝痴，不意七十金乃赎三命。"余谓此事佑于司命，捐金之功十之四，拒色之功十之六。（《滦阳消夏录四》）

书，史某一家除名免死。"接着一声轰响，后墙塌了一半。于是史某左手拉着妻子，右手抱着孩子，一跃而出，好像有人在后面推了他一把。火熄灭后，统计一村之中烧死的一共有九人。邻里都合掌对他说："昨天还笑你傻，不曾想七十两银子买了三条人命。"我认为史某得到司命神的保佑，捐金的功德占四成，拒色的功德占六成。

注释

1 **蔑如**：轻视。

2 **鬻**(yù)：卖。

3 **甫**：刚刚，才。

4 **秫**(shú)：黏高粱，可以做烧酒，有的地区泛指高粱。

5 **砉**(huò)**然**：破裂的声音。

6 **爇**(ruò)：烧。

恩怨之间

原文

临清李名儒言：其乡屠者买一牛，牛知为屠也，绳不肯前，鞭之则横逸。气力殆竭，始强曳以

译文

临清人李名儒说：他的家乡有一个屠户买了一头牛，牛知道自己要被屠宰，怎么拉缰绳也不肯往前走，鞭打它就横冲直撞。一直闹到精疲力尽，才勉强被拉着往

行。牛过一钱肆，忽向门屈两膝跪，泪涔涔下。钱肆悯之，问知价钱八千，如数乞赎。屠者恨其犷，坚不肯卖，加以子钱亦不许，曰："此牛可恶，必剚刃[1]而甘心，虽万贯不易也。"牛闻是言，蹶然自起随之去。屠者煮其肉于釜，然后就寝。五更自起开釜，妻子怪不回，疑而趋视，则已自投釜中，腰以上与牛俱縻矣。

凡属含生，无不畏死，不以其畏而悯恻，反以其畏而恚愤，牛之怨毒，加寻常数等矣。厉气所凭，报不旋踵，宜哉。先叔仪南公，尝见屠者许学牵一牛。牛见先叔，跪不起。先叔赎之，以与佃户张存。存豢[2]之数年，其驾耒[3]服辕，力作较他牛为倍。然则恩怨之间，物犹如此矣，人可不深长思哉！（《槐西杂志三》）

前走。经过一家钱庄门前，牛忽然向门口屈膝跪下，眼泪刷刷往下流。钱庄老板可怜它，问明牛价是八千钱，就想按原价赎牛。屠户恨这头牛犟，坚决不肯卖，再加钱也仍然不卖，屠户说："这头牛实在可恶，非要亲手宰了它才解恨，即使给万贯钱也不卖。"牛听到这些话，猛然站起来跟着屠户走了。屠户把牛杀了，放入锅里煮，就去睡觉了。五更的时候屠户起来去开锅捞肉，妻子惊怪他为什么久久不回来，到锅前一看，才发现屠户自己也掉进锅里，上半身已经跟牛肉一起被煮烂了。

凡是有生命的，没有不怕死的，屠户不但不因为牛怕死而怜悯它，反而因为它怕死而产生愤恨，这让牛的怨恨远远超出平常的好几倍。凭着报复的厉气，让屠户转眼间遭到报应，也是必然的。我的先叔父仪南公，曾见到一个叫许学的屠户牵着一头牛。牛见到仪南公，跪下不起。仪南公把它赎了回来，送给了佃户张存。张存饲养它的几年里，拉犁架辕，干活比别的牛加倍卖力。恩怨之间，动物也是如此分明，人怎么能不深思呢！

注释

1 **剚(zì)刃：**用刀剑刺杀。

2 豢(huàn)：饲养。

3 耒(lěi)：古代的一种翻土农具，形如木叉，上有曲柄，下面是犁头，用以松土，可看作犁的前身。

自污救人

原文

农夫陈四，夏夜在团焦[1]守瓜田，遥见老柳树下，隐隐有数人影，疑盗瓜者，假寐听之。中一人曰："不知陈四已睡未？"又一人曰："陈四不过数日，即来从我辈游，何畏之有？昨上直[2]土神祠，见城隍牒矣。"又一人曰："君不知耶？陈四延寿矣。"众问："何故？"曰："某家失钱二千文，其婢鞭棰数百未承。婢之父亦愤曰：'生女如是，不如无。倘果盗，吾必缢杀之。'婢曰：'是不承死，承亦死也。'呼天泣。陈四之母怜之，阴典衣得钱二千，捧还主人曰：'老

译文

农夫陈四，夏夜在草棚中守瓜田，远远看见老柳树下，隐隐有几个人影，怀疑是盗瓜的人，就假装睡着听着。其中一人说："不知道陈四睡着没？"又一人说："陈四过不了几天就和我们在一起了，怕什么？昨天我去土神祠值班，看见城隍的公牒了。"又一人说："你不知道吗？陈四延寿了。"大家问："什么原因？"回答说："某家丢了两千文钱，婢女挨了几百鞭子也没有承认。婢女的父亲也生气地说：'生下这样的女儿，还不如不生。如果真的盗了主人的钱，我非勒死她不可。'婢女说：'我承认也是死，不承认也是死。'呼天抢地大哭。陈四的母亲同情她，偷偷地把衣服当掉换来两千文钱，捧着还

妇昏愦，一时见利，取此钱，意谓主人积钱多，未必遽算出。不料累此婢，心实惶愧。钱尚未用，谨冒死自首，免结来世冤。老妇亦无颜居此，请从此辞。’婢因得免，土神嘉其不辞自污以救人，达城隍，城隍达东岳。东岳检籍，此妇当老而丧子，冻饿死。以是功德，判陈四借来生之寿于今生，俾养其母。尔昨下直[3]，未知也。”陈四方窃愤母以盗钱见逐，至是乃释然。后九年母死，葬事毕，无疾而逝。（《滦阳消夏录四》）

给主人说：‘老妇糊涂，一时见利偷了这些钱，以为主人钱多，未必能够马上发现。不料连累这个婢女，心中实在惶恐惭愧。钱还没有花掉，我冒死自首，以免结下来世的冤恨。老妇我也无颜在此居住下去，从此请求离开。’婢女因此得救，土神嘉奖老妇不惜坏了自己的名声来救人，上报于城隍，城隍又上报给东岳。东岳查阅名册，这个老妇人本来应当老年丧子，冻饿而死。因为有这个功德，判决借陈四来生的寿命，让他在今生赡养老母。你昨天下班后走了，不知道这个变化。”陈四本来心中怨恨母亲因盗钱而被驱逐，听到这番议论后才知道是怎么回事。又过了九年，母亲去世，料理完后事，陈四也无疾而终。

注释

1 **团焦：**圆形草屋。

2 **上直：**上班，当值。

3 **下直：**下班。

恶仆转生为蟹

原文

宋人咏蟹诗曰:“水清讵免双螯黑,秋老难逃一背红。”借寓朱勔[1]之贪婪必败也。然他物供庖厨,一死焉而已,惟蟹则生投釜甑,徐受蒸煮,由初沸至熟,至速亦逾数刻,其楚毒有求死不得者。意非夙业深重,不堕是中。

相传赵公宏燮官直隶巡抚时,时直隶尚未设总督。一夜,梦家中已死僮仆媪婢数十人,环跪阶下,皆叩额乞命,曰:“奴辈生受豢养恩,而互结朋党,蒙蔽主人,久而枝蔓牵缠,根柢胶固,成牢不可破之局。即稍有败露,亦众口一音,巧为解结,使心知之而无如何。又久而阴相掣肘,

译文

宋人咏蟹诗说:“水清讵免双螯黑,秋老难逃一背红。”用来借寓朱勔贪婪腐败必定垮台。然而别的动物用来做菜,不过是刀下一死而已,只有螃蟹是放在蒸笼里慢慢蒸死,从刚开锅到蒸熟,最快也得几刻钟,所遭受的惨烈痛苦,真是求死不得。我想,若不是罪孽深重,是不会投生为螃蟹的。

相传赵宏燮先生任直隶巡抚的时候,当时直隶还没有设总督。一天夜里,梦见家中已死的书童、仆人、老妈子、婢女几十个人,在台阶下跪了一圈,都叩头求饶,他们说:“奴辈活着的时候受到您的豢养之恩,而我们却互结朋党,蒙蔽主人,时间一长这种朋党关系牵枝拖蔓,根深蒂固,成了牢不可破的局面。即便稍有败露,也都众口一词,巧妙逃脱,即使主人心里明白是怎么一

使不如众人之意，则不能行一事。坐是罪恶，堕入水族，使世世罹汤镬之苦。明日主人供膳蟹，即奴辈后身，乞见赦宥。”

公故仁慈，天曙，以梦告司庖，饬举蟹投水，且为礼忏作功德。时霜蟹肥美，使宅所供，尤精选膏腴。奴辈皆窃笑曰：“老翁狡狯，造此语怖人耶！吾辈岂受汝绐者。”竟效校人之烹[2]，而以已放告；又干没其功德钱，而以佛事已毕告。赵公竟终不知也。此辈作奸，固其常态；要亦此数十僮仆婢媪者，留此锢习，适以自戕。“请君入瓮”，此之谓欤。（《姑妄听之一》）

回事，也无可奈何。对主人的事，长久以来一直暗中作梗，如果不如我们的意，就一件事也办不成。因为这些罪恶，我们投生为水族，让我们世世代代遭受蒸煮的苦难。明天主人吃的螃蟹，就是我们的化身，请求宽宥。”

赵宏燮本来就仁慈，天刚亮，就把这个梦告诉厨师，叫他把螃蟹扔到水里，并且要为这些奴仆设道场超度。当时正是秋蟹肥美的时节，供应给巡抚的螃蟹更是精选膏满肉肥的。家奴们都偷偷地笑着说：“这个老头子狡猾，编出这些话来吓唬人！我们怎么能上当受骗。”于是就仿效校人那样，把螃蟹都煮来吃了，然后报告说放掉了；又私吞了设道场的钱，回报说做完道场了。赵宏燮始终被蒙在鼓里。这些奴仆们作奸，当然是他们的本性；那几十个已死的僮仆婢媪，留下的这种恶习，恰恰害了自己。“请君入瓮”，就是这个意思吧。

注释

1 **朱勔(miǎn)**：苏州人，北宋大臣，为“六贼”之一。因父亲朱冲谄事蔡京、童贯，父子都任有官职。当时宋徽宗垂意于奇花异石，朱勔逢迎上意，搜求浙中珍奇花石进献，并逐年增加。朱勔在奉迎皇帝的同时，又千方百计，巧取豪夺，广蓄私产，生活糜烂。方腊起义时，即以诛杀朱勔为号召。

2 **校人之烹**：指下属欺骗长官。

鸡报恩

原文

昌平有老妪，蓄鸡至多，惟卖其卵。有买鸡充馔[1]者，虽十倍其价不肯售。所居依山麓，日久滋衍，殆以谷量[2]。将曙时，唱声竞作，如传呼之相应也。会刈麦[3]暴于门外，群鸡忽千百齐至，围绕啄食。媪持杖驱之不开，遍呼男女，交手扑击，东散西聚，莫可如何。

方喧呶[4]间，住屋五楹，訇然摧圮[5]，鸡乃俱惊飞入山去。此与《宣室志》[6]所载李甲家鼠报恩事相类。夫鹤知夜半，鸡知将旦，气之相感而精神动焉，非其能自知时也。故邵子[7]曰："禽鸟得气之先。"至万物成毁之数，

译文

昌平有个老太太，养了很多鸡，但只卖鸡蛋。有人想买鸡做菜，即便是出十倍的价钱也不肯出售。她住的地方靠近山麓，时间长了，鸡群不断繁衍，几乎遍及山谷。天快亮时，群鸡唱晓，叫声此起彼伏，仿佛互相呼唤。正好割下来的麦子晾在屋外，忽然千百只鸡成群结队蜂拥而来，围绕着麦子啄食。老太太拿拐杖打也打不走，把全家男男女女全叫出来，大家一起扑击驱赶，东边散来西边又聚，不知道该怎么办。

正在喧闹之时，一家人所住的五间房，"訇"的一声全部坍塌，鸡都受了惊飞到山里去了。这和唐代《宣室志》所记载的李甲家鼠报恩的事相类似。鹤在夜半的时候尖叫，鸡在天将明的时候报晓，这是气的感应使它们精神变化，并不是它们自己能知道。所以邵雍说："禽

断非禽鸟所先知，何以聚族而来，脱主人于厄乎？此必有凭之者矣。（《姑妄听之三》）

鸟可以最早感受到气息的变化。”至于世间万物成败的定数，绝不是禽鸟能最先知道的，那么鸡为什么聚集而来，让主人摆脱危险？这一定是有鬼神附体吧。

注释

1 **充馔**(zhuàn)**：**充当菜肴。馔，饮食，菜肴。

2 **谷量：**以山谷计算牛马等牲畜，极言其多。

3 **刈**(yì)**麦：**割麦子。

4 **喧呶**(náo)**：**形容声音嘈杂。

5 **訇**(hōng)**然：**形容大声。**摧圮：**坍塌。

6 **《宣室志》：**中唐志怪小说，张读撰。

7 **邵子：**即邵雍，字尧夫，北宋著名理学家、诗人。

忏悔须及未死时

原文

飞万又言：一书生最有胆，每求见鬼不可得。一夕，雨霁月明，命小奴携罂[1]酒诣丛冢间，四顾呼曰：“良夜独游，殊为寂寞。泉下诸友，有肯来共酌者乎？”俄见磷光荧荧，出没草际。再呼之，

译文

刁飞万又说：有一个书生最为胆大，常常想见鬼，但一直没见到。一天晚上，雨过天晴，月光明朗，叫小奴带上一罐酒来到坟地，四面大喊道：“美好的夜晚我独自一人游玩，非常寂寞。九泉之下的诸位朋友，有没有愿意来与我共饮的呢？”不一会儿看见荧荧磷光出没

呜呜环集，相距丈许，皆止不进。数其影约十余，以巨杯挹酒洒之，皆俯嗅其气。

有一鬼称酒绝佳，请再赐。因且洒且问曰："公等何故不轮回？"曰："善根在者转生矣，恶贯盈者堕狱矣。我辈十三人，罪根未满，待轮回者四；业报沉沦，不得轮回者九也。"问："何不忏悔求解脱？"曰："忏悔须及未死时，死后无着力处矣。"洒酒既尽，举罂视之，各踉跄去。中一鬼回首丁宁曰："饿魂得沃[2]壶觞，无以报德。谨以一语奉赠，忏悔须及未死时也。"（《如是我闻四》）

在草间。再次呼喊，听到鬼"呜呜"地围过来，相距一丈来远，都不肯前来。数了数这些影子大约有十来个，书生用大杯子倒上酒洒在地上，这些鬼都俯地嗅闻酒气。

有一个鬼称赞酒好，请求再赏。书生一边洒酒一边问："你们为什么不轮回呢？"鬼回答说："善心未泯的转生，恶贯满盈的下地狱。我们十三个人，服罪期没满，等待轮回的有四个；被判沉入地狱不得轮回的有九个。"书生问："为何不忏悔以求解脱呢？"鬼回答说："忏悔须在没死的时候，死了以后便无从努力了。"书生把酒洒尽，举起酒罐让它们看，鬼各自踉跄而去。其中有一个鬼回头叮咛说："我们这些饿鬼喝了您的酒，无以报答。谨以一句话赠奉您，忏悔一定要在没死的时候。"

注释

1 罂：古代大腹小口的酒器。

2 沃：饮，喝。

邻叟滑稽

原文

先姚安公言：雍正初，李家洼佃户董某父死，遗一牛，老且跛，将鬻于屠肆。牛逸，至其父墓前，伏地僵卧，牵挽鞭棰[1]皆不起，惟掉尾长鸣。村人闻是事，络绎来视。忽邻叟刘某愤然至，以杖击牛曰："渠父堕河，何预于汝？使随波漂没，充鱼鳖食，岂不大善？汝无故多事，引之使出，多活十余年。致渠生奉养，病医药，死棺敛，且留此一坟，岁需祭扫，为董氏子孙无穷累。汝罪大矣。就死汝分，牟牟者何为？"盖其父尝堕深水中，牛随之跃入，牵其尾得出也。董初不知此事，

译文

先父姚安公说：雍正初年，李家洼佃户董某的父亲死了，留下一头牛，又老又跛，董某打算卖给屠宰场。牛逃到他父亲墓前，趴在地上一动不动地卧着，牵拉鞭打都不起，只是摇着尾巴长叫。村民听说了这件事，纷纷来看。忽然邻居刘某气愤地来了，用拐杖打着牛说："他父亲掉进河里，与你有什么关系？让他随波漂流，喂了虾蟹鱼鳖，岂不是大好事？你无缘无故多事，把他拉上了岸，让他多活了十几年。让他儿子奉养活着的父亲，病了还要医治，死了还要殓棺，还留下了这座坟，每年需要祭扫，成为董氏子孙没完没了的累赘。你罪孽深重啊。死是应当的，你还'牟牟'地乱叫个什么？"原来当年董某的父亲掉进深水里，牛跟着跳进水，董父牵着牛尾巴才上了岸。董某开始不知

闻之大惭，自批其颊曰：“我乃非人！”急引归。数月后，病死，泣而埋之。此叟殊有滑稽风，与东方朔救汉武帝乳母事[2]竟暗合也。（《如是我闻一》）

道这件事，听到后非常惭愧，自己打着嘴巴说：“我不是人！”匆忙把牛牵回去。几个月过后，牛病死了，董某哭着把它埋了。这个邻家老翁很有些滑稽风格，和东方朔救汉武帝乳母的事情竟暗暗相合。

注释

1 **棰：**鞭打。

2 **东方朔救汉武帝乳母事：**故事出自《西京杂记》。汉武帝的奶妈曾经犯了罪，武帝将要按法令治罪，奶妈去向东方朔求救。东方朔用了激将法。奶妈进来辞行时，东方朔也陪侍在皇帝身边，奶妈照东方朔所说频频回顾武帝。东方朔在武帝旁边说：“你还不赶快离开！皇上现在已经长大了，难道还会想起你喂奶时的恩情吗！为什么还要回头看！”武帝虽然固执任性，但是也不免泛起深切的依恋之情，立刻下令赦免了奶妈。

原心与诛心之法

原文

《春秋》有原心之法，有诛心之法。青县有人陷大辟[1]，县令好外宠，其子年十四五，颇秀丽。乘其

译文

《春秋》有推究心迹而原谅犯罪者的原则，也有追究心迹而声讨那些表面看来没有犯罪的人的原则。青县有个人因犯罪被判死刑，县令喜欢娈童，罪犯的

赴省宿馆舍，邀之于途，托言牒诉而自献焉，狱竟解。实为娈童，人不以娈童贱之，原其心也。里有少妇与其夫狎昵无度，夫病瘵死，姑察其性佚荡，恒自监之，眠食必共，出入必偕，五六年未尝离一步，竟郁郁以终。实为节妇，人不以节妇许之，诛其心也。

余谓此童与郭六事相类，惟欠一死耳。语详《滦阳消夏录》。此妇心不可知，而身则无玷。《大车》之诗所谓"畏子不奔，畏子不敢"者。在上犹为有刑政，则在下犹为守礼法。君子与人为善，盖棺之后，固应仍以节许之。(《姑妄听之三》)

儿子当时十四五岁，长得很是秀美。这个儿子乘着县令前往省城中途住宿的机会，假称诉讼而献身给县令，死刑犯因此被释放。这个少年实际上相当于出卖色相的娈童，但是人们并不因此而鄙视他，这是因为他的动机是救父。村里有个少妇和丈夫淫乐无节制，丈夫因此得痨病死了，婆婆发现她性情淫荡，一直亲自监视她，睡觉吃饭必定都在一起，出入也都跟着她，五六年没有离开过一步，少妇后来郁郁而终。她其实是个节妇，但人们并不认为她是节妇，这是因为追究她的本心。

我认为这个娈童和郭六的行为相似，不同的是这个娈童最后没有死。郭六的故事详见《滦阳消夏录》。这个少妇的本心怎样不知道，但是身体没有被玷污。《诗经·大车》中所谓"畏子不奔，畏子不敢"。如果当官的人和普通老百姓都能够有所畏惧，就还算是遵守礼法。君子应该宽以待人，盖棺论定，这个少妇应该还是被认定为节妇。

注释

1 **大辟**：古代五刑之一，初谓五刑中的死刑，俗称砍头，隋后泛指一切死刑。

第九编

世有不可解事

纪昀认为，世间诸事往往被一种不可知的力量裹挟。天地间万事万物被涵盖其中，人作为天地间微不足道的存在，如一粒微尘漂浮其中，任其左右，无从选择，也无法选择；不能逃避，却又被迫逃避，一切都由命运操纵着、安排着。《滦阳消夏录一·事皆前定》讲述纪昀自己的题画诗竟与他从军西域后所见之景相似。《滦阳消夏录二·世有不可解事》中张铉耳梦中作一绝句，竟在桐城姚别峰的近作中发现。

《如是我闻四·生死各有其地》讲述大学士温公在征讨乌什城时口渴，回到军帐中饮水。正好一名侍卫也来喝水，故而温公把坐垫让给士兵坐，士兵刚端起水碗便被铅丸击中。而在纪昀看来，最讲格物之学的西学也不能尽解人世之谜，《如是我闻一·井水之疑》中载有欲穷虎坊桥井水为何在子、午二时甘甜之理的人，运用《职方外纪》所记原理昼夜观测，仍不能解，恚而自沉。

纪昀将这种不可解之事概称之为“命”“前定”，再次走向因果轮回之论。景州方夔典曾向扶乩者问科第之事，乩词曰：“场屋文字，只笔酣墨饱，书味盎然，即中式矣”，而后其登进士试卷批词即此字句(《槐西杂志四·扶乩判词》)。当然，诸事虽有前世的定数，但人事也有回旋的余地，《滦阳消夏录二·扶乩问寿》中讲述某公为明朝谏官，曾向扶乩者问寿数，仙判一日期，但日期过后仍然无恙，原来所判之日为明朝覆灭之日，某公入清朝时早已做了贰臣。

事皆前定

原文

事皆前定，岂不信然？戊子[1]春，余为人题《蕃骑射猎图》曰："白草粘天野兽肥，弯弧爱尔马如飞，何当快饮黄羊血，一上天山雪打围。"是年八月，竟从军于西域[2]。又，董文恪公尝为余作《秋林觅句图》。余至乌鲁木齐，城西有深林，老木参云，弥亘数十里。前将军伍公弥泰建一亭于中，题曰"秀野"。散步其间，宛然前画之景。辛卯[3]还京，因自题一绝句曰："霜叶微黄石骨青，孤吟自怪太零丁，谁知早作西行谶，老木寒云秀野亭。"(《滦阳消夏录一》)

译文

凡事都是命里注定的，难道不是这样吗？乾隆三十三年春天，我为人作《蕃骑射猎图》题画诗云："白草粘天野兽肥，弯弧爱尔马如飞，何当快饮黄羊血，一上天山雪打围。"这年八月，我竟然从军到了西域。又，董文恪公曾经为我作《秋林觅句图》。我到了乌鲁木齐，城西有一片茂密的树林，老木高耸入云，绵延几十里。以前伍弥泰将军在这里建了一座亭子，题名为"秀野"。散步在其间，宛然就像《秋林觅句图》画中的景色。乾隆三十六年我回到京城，因为这件事自题了一首绝句："霜叶微黄石骨青，孤吟自怪太零丁，谁知早作西行谶，老木寒云秀野亭。"

注释

1 **戊子**：乾隆三十三年(1768)。

2 **西域**:此处指纪昀从军于乌鲁木齐。

3 **辛卯**:乾隆三十六年(1771)。

扶乩问寿

原文

宋按察蒙泉言:某公在明为谏官,尝扶乩[1]问寿数,仙判某年某月某日当死。计期不远,恒悒悒[2]。届期乃无恙。后入本朝,至九列[3]。适同僚家扶乩,前仙又降,某公叩以所判无验。又判曰:"君不死我奈何?"某公俯仰沉思,忽命驾去。盖所判正甲申三月十九日也[4]。(《滦阳消夏录二》)

译文

按察使宋蒙泉说:某公在明朝为谏官,曾扶乩求问自己的寿命,神仙判定他在某年某月某日死。他离计算去世的时间不远了,因此时常闷闷不乐。但到了日期却安然无恙。后来他归顺了清朝,官至九卿。正好遇到同僚家扶乩,之前给它算过寿命的神仙再次降临,某公问当年判断没有应验的原因。神仙再次给他判语说:"你不死我有什么办法?"某公俯首沉思,忽然大悟,急忙备车离去。原来,当年所判的死期正是甲申三月十九日,正是明朝覆亡的日子。

注释

1 **扶乩**(jī):一种民间请示神明的方法。将一丁字形木棍架在沙盘上,由两人扶着架子,依据一定规则请神,木棍于沙盘上画出文字,作为神明的启示,以显示吉凶。

2 **悒悒:**忧愁郁闷的样子。

3 **九列:**“九卿”的别称。周代称少师、少傅、少保、冢宰、司徒、宗伯、司马、司寇、司空为九卿。后世用以指中央的九种高级官职,历代名称多所变更。

4 **甲申三月十九日:**明崇祯十七年(1644)春三月十九日,崇祯帝自缢身亡,为明朝覆亡之日。

世有不可解事

原文

沧州张铉耳先生,梦中作一绝句曰:“江上秋潮拍岸生,孤舟夜泊近三更。朱楼十二垂杨遍,何处吹箫伴月明。”自跋云:“梦如非想,如何成诗;梦如是想,平生未到江南,何以落想至此?莫明其故,姑录存之。”桐城姚别峰,初不相识。新[1]自江南来,晤于李锐巅家。所刻近作,乃有此诗。问其年月,则在余梦后岁余。开箧[2]出旧稿示之,共相骇异。

世间真有不可解事,宋儒事事言理,此理从何处推求

译文

沧州张铉耳先生,说他在梦中作了一首绝句,诗云:“江上秋潮拍岸生,孤舟夜泊近三更。朱楼十二垂杨遍,何处吹箫伴月明。”自己写跋语说:“梦到的假如不是想到的,怎么能够成诗;梦到的假如是曾经想到的,那么平生从未到过江南,怎么能够想到这些呢?不知道这是什么原因,姑且记录下来。”他说:桐城人姚别峰我一开始并不认识。刚从江南来,在李锐巅家与我碰面。他说新刻印的近作中,就有此诗。问他写作的时间,则在我做梦后的一年多。我便打开书箧拿出旧稿给他看,大家都觉得可怕怪异。

耶？又，海阳李漱六名承芳，余丁卯[3]同年也。余厅事[4]挂《渊明采菊图》，是蓝田叔画。董曲江曰："一何神似李漱六！"余审视信然。后漱六公车[5]入都，乞此画去，云平生所作小照，都不及此。此事亦不可解。（《滦阳消夏录二》）

世间真有不能解释的事，宋儒事事都推究义理，这个理不知该如何推求？又，海阳李漱六，名叫承芳，是我乾隆丁卯年乡试的同年。我厅堂上挂了一幅《渊明采菊图》，是蓝田叔画的。董曲江说："画中人像极了李漱六！"我仔细看，确实如此。后来李漱六入京会试，把这幅画要走了，说平生所作的小照，都不如这张画像他本人。这件事也不能够解释。

注释

1 **新：**不久以前，刚才。

2 **箧：**指书箱。

3 **丁卯：**乾隆十二年（1747）。

4 **厅事：**官署视事问案的厅堂。

5 **公车：**汉代的官署名称，掌管征召，受理章奏。清代举人入京会试叫"上公车"。

乌鲁木齐

原文

乌鲁木齐，译言好围场也。余在是地时，有笔帖式[1]，名乌鲁木齐。计其命

译文

乌鲁木齐，翻译成汉语是好围场的意思。我在这个地方时，有位笔帖式名叫乌鲁木齐。算起来起这个名字时，是在平定

名之日，在平定西域前二十余年。自言初生时，父梦其祖语曰："尔所生子，当名乌鲁木齐。"并指画其字以示。觉而不省为何语；然梦甚了了，姑以名之。不意今果至此，意将终此乎？后迁印房主事，果卒于官。计其自从征至卒，始终未尝离此地。事皆前定，岂不信夫？（《滦阳消夏录三》）

西域前二十多年。他说自己刚出生时，父亲梦见祖父对他说："你的儿子，应该叫乌鲁木齐。"并用指头写出这几个字给他父亲看。醒来后他父亲不明白这几个字的意思；但是梦境却记得清清楚楚，就姑且给儿子起了这个名字。没有料到如今果然到了乌鲁木齐，我想难道他要终老于此地？后来乌鲁木齐升迁任印房主事，最终死在官职上。合计他从军来这儿直到他死去，始终没有离开乌鲁木齐。事情都是前定的，怎么能不相信呢？

注释

1 **笔帖式：**又作"笔帖黑"，为满语音译。为清代官府中低级文书官员及执掌部院衙门的文书档案的官员，主要职责是抄写、翻译满汉文。

关帝祠马

原文

乌鲁木齐关帝祠有马，市贾所施以供神者也。尝自啮草山林中，不归皂枥[1]。每至朔望[2]祭神，必昧爽[3]

译文

乌鲁木齐关帝祠有一匹马，是市场上的商人布施给祠里供神的。这匹马曾自己到山林里吃草，而不回马厩。每当初一、十五祭神，黎明前马必定先回到祠

先立祠门外，屹如泥塑。所立之地不失尺寸。遇月小建[4]，其来亦不失期。祭毕，仍莫知所往。余谓道士先引至祠外，神其说耳。庚寅二月朔[5]，余到祠稍早，实见其由雪碛[6]缓步而来，弭耳[7]竟立祠门外。雪中绝无人迹，是亦奇矣。（《滦阳消夏录三》）

门外，屹立着如泥塑一般。每次站立在同一个地方，尺寸都不差。遇到小的月份，也不会延误回祠的时间。祭罢神，又不知道到哪儿去了。我认为是道士先将马牵到祠外，故意神化那种说法罢了。乾隆庚寅年二月初一，我到关帝祠稍早了一些，真的看见那匹马踏着雪缓步而来，耷拉着耳朵站在祠门外。雪地上绝没有人的脚印，这也够奇怪了。

注释

1 **皂枥**：亦作“皂历”。马厩，养马之所。

2 **朔望**：朔日和望日，阴历初一与十五。

3 **昧爽**：天将晓而尚暗之时。

4 **小建**：称阴历的小月，只有二十九天。

5 **庚寅**：乾隆三十五年(1770)。

6 **碛**(qì)：沙石。

7 **弭耳**：贴垂双耳。

屠牛者以牛败

原文

姚安公官刑部日，德胜门外有七人同行劫，就捕者

译文

姚安公在刑部做官时，德胜门外有七个人合伙抢劫，捉到五个人，只有

五矣，惟王五、金大牙二人未获。王五逃至漷县[1]，路阻深沟，惟小桥可通一人。有健牛怒目当道卧，近辄奋触，退觅别途，乃猝与逻者[2]遇。金大牙逃至清河桥北，有牧童驱二牛挤仆泥中，怒而角斗。清河去京近，有识之者，告里胥，缚送官。二人皆回民，皆业屠牛，而皆以牛败。岂非宰割惨酷，虽畜兽亦含怨毒，厉气所凭，借其同类以报哉？不然，遇牛触仆，犹事理之常；无故而当桥，谁使之也？（《滦阳消夏录四》）

王五、金大牙两人没有被捉到。王五逃到漷县，面前一道深沟阻挡去路，只有一座小桥可通过一人。有一头健壮的牛瞪着眼睛当道卧着，王五走近了就奋力顶撞，退回去另找别的路，却突然碰上了巡逻的人。金大牙逃到清河桥北，有牧童赶着两头牛过来，把他挤倒在泥里，金大牙发火和牧童打起来。清河离京城很近，有认识金大牙的人，告诉了里长，里长把他绑了送官。王五、金大牙二人都是回民，都从事屠宰牛的行业却都因为牛而败露。莫非牛遭到残酷屠宰，即使是兽类也怀着怨恨，凭着怨气，借助同类来报复？不然的话，碰到牛顶撞扑倒，这是常事；而牛无缘无故挡在桥上，又是谁指使的呢？

注释

1 **漷县：**地名，在今北京通州。
2 **逻者：**巡逻的人。

明　器

原文

明器[1]，古之葬礼也，后世复造纸车、纸马，孟云卿《古挽歌》曰："冥冥何所须？尽我生人[2]意。"盖姑以缓[3]恸云耳。然长儿汝佶病革时，其女为焚一纸马，汝佶绝而复苏，曰："吾魂出门，茫茫然不知所向。遇老仆王连升牵一马来，送我归。恨其足跛，颇颠簸不适。"焚马之奴泫然曰："是奴罪也。举火时实误折其足。"又，六从舅母常氏弥留时，喃喃自语曰："适往看新宅颇佳，但东壁损坏，可奈何？"侍疾者往视其棺，果左侧朽穿一小孔，匠与督工者尚均未觉也。(《滦阳消夏录五》)

译文

明器，是古代丧葬用的礼器，后世又造了纸车、纸马，唐人孟云卿《古挽歌》云："冥冥何所须？尽我生人意。"大概是说，这些做法不过是姑且安慰生者的悲痛罢了。但我的长子汝佶病危时，他的女儿为他烧了一匹纸马，汝佶咽气后又醒过来，说："我的魂魄出了门，茫茫然不知道该去哪儿。遇到老仆人王连升牵着一匹马过来送我走。遗憾的是马跛足，颠簸得很不舒服。"烧纸马的仆人哭着说："是我的罪过。点火的时候确实不小心折了一条马腿。"又有六堂舅的母亲常氏在弥留时，喃喃自语说："刚才去看了新屋很不错，但东边墙壁损坏了，可怎么办呢？"守在一旁的人去查看她的棺材，果真左侧朽坏了，有一个小孔，木匠与监工都还没有发现。

注释

1 **明器:**即冥器。古代陪葬的物品。古代有陪葬的习俗,每以器皿用具葬于墓室,以为死者魂魄使用。

2 **生人:**活着的人。

3 **缓:**安慰。

井水之疑

原文

虎坊桥西一宅,南皮张公子畏故居也,今刘云房副宪[1]居之。中有一井,子、午二时汲[2]则甘,余时则否,其理莫明。或曰:“阴起午中,阳生子半,与地气应也。”然元气昆仑,充满天地,何他井不与地气应,此井独应乎?西士最讲格物学[3],《职方外纪》[4]载其地有水,一日十二潮,与晷漏[5]不差秒忽。有欲穷其理者,构庐水侧,昼夜测

译文

虎坊桥西有一处宅院,是南皮张子畏的故居,如今由副宪刘云房居住。院中有一口井,在子、午两个时辰打出来的水是甜的,其他时间则不甜,不知是什么缘故。有人说:“阴气正午时升起,阳气在夜间十二点左右升起,这是阴阳二气与地气相感应的缘故。”但是天地间的元气自昆仑始充满天地间,为什么其他的井没有和地气相感应,只有这口井有感应呢?西洋人讲物理学,《职方外纪》一书记载,有一个地方的水一天中有十二次涨潮,其时间与十二时辰分秒不差。有人想弄清楚其中的道理,在水边搭了棚子,日夜观测,始终

之，迄不能喻，至恚而自沉。此井抑亦是类耳。(《如是我闻一》)

也没搞明白，他于是怨愤至极，跳水而死。这口井或许也属于这一类吧。

注释

1 **副宪**：官名。明始置，为都察院左右都御史的副职，亦分左右，正三品。在外督抚，也加都御史或副、佥都御史衔。清沿置，以左副都御史协理都察院事，满汉各二人。以右都御史与右副都御史、右佥都御史为外督抚系衔。清乾隆十三年(1748)废右都御史衔。

2 **汲**：从井里打水。

3 **格物学**：晚清时，我国译述西方物理学著作多译为“格物学”或“格致学”。

4 **《职方外纪》**：意大利传教士艾儒略于明天启三年(1623)根据庞迪我和熊三拔所著的底本编译而成，丰富了我国典籍有关世界其他国家的地理知识。

5 **晷漏**：指古代测时的仪器，也可以形容顷刻、片刻，或指时刻、时间。

拆字奇验

原文

“亥”有“二”首“六”身，是拆字之权舆[1]矣。汉代图谶[2]，多离合点画。至宋谢石[3]辈，始以是术专门，然亦往往有奇验。乾隆甲戌[4]，余殿试后，尚未传

译文

“亥”字以“二”为字首，“六”为字身，是拆字占卜的萌芽。汉代是图谶，多是分离合并字的笔画。到了晋宋谢石生活的时期，才开始形成一种专门的术数，但往往有奇

胪[5]，在董文恪公家，偶遇一浙士，能测字。余书一“墨”字，浙士曰：“龙头竟不属君矣。‘里’字拆之，为二甲，下作四点，其二甲第四乎？然必入翰林。四点‘庶’字脚、‘士’‘吉’字头，是庶吉士[6]矣。”后果然。

又，戊子秋，余以漏言获谴，狱颇急，日以一军官伴守。一董姓军官云能拆字。余书“董”字使拆。董曰：“公远戍矣。是千里万里也。”余又书“名”字，董曰：“下为‘口’字，上为‘外’字偏旁，是‘口外’矣；日在西为‘夕’，其西域乎？”问：“将来得归否？”曰：“字形类‘君’，亦类‘召’，必赐环也。”问：“在何年？”曰：“‘口’为‘四’字之外围，而中缺两笔，其不足四年乎？今年戊子[7]，至四年为辛卯[8]，‘夕’字‘卯’之偏旁，亦相合也。”果从军乌鲁木齐，以辛卯六月还京。盖精神所动，鬼神通之；气机所萌，形象兆之。与揲蓍灼龟[9]，

异的灵验。乾隆甲戌年，我参加殿试后，还没有张榜，住在董文恪家，偶然遇到一位能测字的浙江人。我写下一个“墨”字，那个浙江人说：“状元不会属于您了。‘里’字拆开是二甲，下面的四点是二甲第四吗？但是肯定会拜入翰林。四点是‘庶’字脚、‘士’是‘吉’字头，您应该会做庶吉士。”后来果真应验了。

又，乾隆戊子秋天，我因泄露消息而遭遇问责，案情很严重，每天都有军官看守我。一位姓董的军官说能拆字。我写了个“董”字让他拆。他说：“您要远戍边陲了。是千万里之远。”我又写了个“名”字，他说：“下边是‘口’字，上边是‘外’字的偏旁，是‘口外’的意思；日在西边为‘夕’，是西域吗？”我问：“将来能回来吗？”他说：“字形像‘君’，也像‘召’，一定会让您回来的。”我问：“哪年回来？”他说：“‘口’是‘四’字的外围，而中间缺两笔，是不足四年吗？今年是戊子年，到四年是辛卯年，‘夕’字是‘卯’字的偏旁，也相合。”果然，我从军到乌鲁木齐，在辛卯年六月回京城。大概精神有所动，鬼神便相通；气机萌发，形象便有了预兆。这与分蓍草、烧龟甲来占卜

事同一理，似神异而非神异也。（《如是我闻一》）	凶吉是一个道理，看起来神秘而并不神秘。

注释

1 **权舆：**萌芽。

2 **图谶：**指将来能应验的预言、预兆。萌芽于先秦时代的“河图洛书”。河图洛书原是一种应帝王受命的祥瑞和神物；至两汉以迄宋元，在不同的时代背景和社会文化需要下，人们对其做了种种推演、改造，“河图洛书”遂演变成“龙马负图，神龟贡书”的神话般的传说故事及图谶之说，并日益图式化和玄理化。河图洛书的嬗变不仅对于古代易学、儒学的发展产生了影响，而且对政局兴衰、朝代更替和人们的文化生活也产生了诸多影响。

3 **谢石：**字石奴，陈郡阳夏（今河南太康）人，以善于测字闻名于时。

4 **甲戌：**乾隆十九年(1754)。

5 **传胪：**科举时代，殿试揭晓唱名的一种仪式。殿试公布名次之日，皇帝至殿宣布，由阁门承接，传于阶下，卫士齐声传名高呼，谓之传胪。明代称科举二甲、三甲第一名为传胪。至清则专称二甲第一名为传胪。

6 **庶吉士：**亦称庶常。其名称源自《书经·立政》篇中“庶常吉士”，是明、清两朝时翰林院内的短期职位。

7 **戊子：**乾隆三十三年(1768)。

8 **辛卯：**乾隆三十六年(1771)。

9 **揲蓍(shé shī)：**数蓍草。古代问卜的一种方式，用手抽点蓍草茎的数目，以决定吉凶祸福。**灼龟：**古代用火烧炙龟甲，视其裂纹以测吉凶。

生死各有其地

原文

张鷟《朝野佥载》[1]曰："唐青州刺史刘仁轨，以海运失船过多，除名为民，遂辽东效力。遇病，卧平壤城下，褰[2]幕看兵士攻城。有一兵直来前头背坐，叱之不去。须臾，城头放箭，正中心而死。微此兵，仁轨几为流矢所中。"

大学士温公征乌什时，为领队大臣。方督兵攻城，渴甚，归帐饮。适一侍卫亦来求饮，因让茵[3]与坐。甫拈碗，贼突发巨炮，一铅丸洞其胸死。使此人缓来顷刻，则必不免矣。此公自为余言，与刘仁轨事绝相似。后公征大金川，卒战殁于木果木。

译文

张鷟在《朝野佥载》记载说："唐代青州刺史刘仁轨，因为海运船只失事过多，被革职为民，流放到辽东效力。因为生病躺在平壤城下，揭开帐帘看士兵攻城。有一个士兵径直来到他面前，背对着他坐下，呵斥他也不离开。过了一会儿，城上放箭，士兵正好被射中胸口而死。如果不是这个士兵，刘仁轨差点就被流箭射中。"

大学士温公出征乌什时是领队大臣。正在督兵攻城，非常口渴，回到帐中喝水。正好一个侍卫也来喝水，于是温公就把垫子让给他坐。侍卫刚刚端起碗，敌阵突然发射大炮，一枚铅弹击穿侍卫胸膛。假如这个侍卫迟来片刻，温公就难免一死了。这是温公亲自和我说的，与刘仁轨的故事很相似。后来温公出征大金川，战死在木果木。可知人的生死，

知人之生死，各有其地，虽命当阵殒者，苟非其地，亦遇险而得全。然畏缩求免者，不徒多一趟避乎哉！（《如是我闻四》）

各有自己的地方，虽然命当阵亡，不是该死的地方，即便遇险也能安然无恙。但是那些畏缩不前、贪生怕死的人，不是徒劳而多此一举吗！

注释

1 **张鷟《朝野佥载》**：张鷟，字文成，自号浮休子，深州陆泽（今河北深州）人，唐代小说家。《朝野佥载》为张鷟所著笔记小说集。此书记载朝野佚闻，尤多武后朝事。

2 **褰**(qiān)：揭起。

3 **茵**：垫子。

受贿之罚

原文

献县刑房吏王瑾，初作吏时，受贿欲出一杀人罪，方濡笔起草，纸忽飞着承尘上，旋舞不下。自是不敢枉法取钱，恒举以戒其曹偶[1]，不自讳也。后一生温饱，以老寿终。又一吏恒得贿舞文，亦一生无祸，然殁后三女皆为

译文

献县的刑房小吏王瑾，最初任职时，接受贿赂，想要开脱一件杀人案，毛笔刚刚沾了墨水要起草文书，纸忽然飞到屋顶天花板上，旋转飞舞不下来。从此以后王瑾再不敢贪赃枉法，也常常举这件事告诫他的同事，而不自我避讳。后来他一生温饱，寿终正寝。又有一个小吏常常受贿，舞弄文

娼，其次女事发当杖，伍伯[2]夙戒其徒曰："此某师傅女，土俗呼吏曰师傅。宜从轻。"女受杖讫，语鸨母曰："微[3]我父曾为吏，我今日其殆矣。"嗟乎！乌知其父不为吏，今日原不受杖哉！（《槐西杂志三》）

笔做坏事，也一辈子没有灾祸，但他的三个女儿都沦为娼妓，其中第二个女儿因为事发被判杖刑，伍长私下对手下人说："这是某师傅的女儿，当地风俗称县吏为师傅。轻点打。"女子挨完板子，和老鸨说："要不是我父亲曾经是县吏，我今天就差点被打死。"可叹啊！要是她父亲没做过县吏，她今天本来也不会挨板子啊！

注释

1 **曹偶**：侪辈、同类。

2 **伍伯**：伍长。

3 **微**：无，非。

扶乩判词

原文

景州方夔典言：少尝患心气不宁，稍作劳则似簌簌动。服枣仁、远志[1]之属，时作时止，不甚验也。偶遇友人家扶乩，云是纯阳真人。因拜乞方。

译文

景州方夔典说：小时候曾经总是觉得心神不宁，稍微劳累心就扑通扑通地加速跳。服食枣仁、远志之类安神的药，还是时好时发，不是很灵验。偶然遇到朋友家扶乩，说是降仙为纯阳真人。就趁便拜求仙人给个药方。乩判说："这个病症表现

乩判曰："此证现于心，而其原出于脾，脾虚则子食母气故也。可炒白术[2]常服之。"试之果验。夔典又言：尝向乩仙问科第。乩判曰："场屋文字，只笔酣墨饱，书味盎然，即中式矣，何必预问乎！"后至乾隆丙辰[3]登进士。本房同考官出阅卷簿视之，所注批词即此八字也。然则科名前定，并批词亦前定乎？（《槐西杂志四》）

为心脏不舒服，但病根在脾的问题上，脾虚就损伤元气的缘故。可以经常服用炒制的白术。"试了之后果然有效。方夔典又说：曾经向乩仙问科举考试的事情。乩判说："考场上写的文章，只要能笔酣墨饱，书味盎然，就能考上，何必事先问明白呢！"后来到了乾隆丙辰年考中进士。他所在的考场同考官拿出阅卷簿来看，试卷上注批的话就是这八个字。这么说来科举功名是前定的，难道连卷子的批语也是早就定好了吗？

注释

1 **远志：**常用中药，最早记载于《神农本草经》，列为上品，并被视为养命要药，来源于远志科植物远志和卵叶远志的干燥根。性温，味苦、辛，具有安神益智、祛痰、消肿的功能。

2 **白术：**中药名。以根茎入药。燥湿健脾，主治脾虚食少，消化不良，慢性腹泻等症。

3 **乾隆丙辰：**乾隆元年（1736）。

羊骨卜

原文

蒙古以羊骨卜，烧而观其坼兆，犹蛮峒[1]鸡卜也。霍丈易书在葵苏图军台时，有老妇解此术。使卜归期，妇侧睨良久，曰："马未鞍，人未冠，是不行也；然鞍与冠皆已具，行有兆矣。"越数月，又使卜。妇一视即拜曰："马已鞍，人已冠矣，公不久其归乎！"既而果赐环。

又，大学士温公言：曩征乌什，俘回部十余人，禁地窖中。一日，指口诉饥。投以杏，众分食讫，一年老者握其核，喃喃密祝，掷于地上，观其

译文

蒙古人用羊骨头占卜，用火烧羊骨，看裂开的纹路来预测吉凶，如同南方少数民族用鸡占卜一样。霍易书老先生在葵苏图军台的时候，有位老妇人懂得这种占卜术。霍先生让她来卜算归期，老妇人斜着眼将烧过的骨头端详了很久，说："马没有备鞍，人没有戴帽子，还回不去；如果鞍和帽子都有了，就有了回去的征兆。"过了几个月，霍先生又找她占卜。老妇人一看骨纹就下拜说："马已经有了鞍，人也已经戴上帽子，您不久就要回去了！"不久后果然接到了调回的公文。

又，大学士温公说：从前征讨乌什时，俘虏了十多个回族人，关在地窖中。一天，他们指着嘴巴说肚子饿。给他们扔了些杏，众人分吃完，一位年老的人握着杏核，喃喃地悄悄念咒，然后把杏核扔在地上，察看杏核的横竖排列及单双数，忽然失声痛哭。其他

纵横奇偶，忽失声哭。其党环视，亦皆哭。既而骈诛之牒至。疑其法如《火珠林》[2]钱卜也。是与蓍龟虽不同，然以骨取象者，龟之变；以物取数者，蓍之变。其借人精神以有灵，理则一耳。（《姑妄听之三》）

人都围过来看，也都哭了。不久处死他们的公文就到了。我怀疑这种占卜法就像《火珠林》中的钱卜法。这与蓍草、龟甲的占卜法虽然不同，但是观察骨头裂缝来取象的方法是从龟甲占卜法变化过来；而观察物体的奇偶数是从蓍草法变化过来。凭借人的精神才能灵验，道理都是一样的。

注释

1 **蛮峒**：指南方少数民族聚居的地区。亦指这一地区的人。

2 **《火珠林》**：是火珠林卦法的代表作。其成书年代当在唐末宋初。相传出自麻衣道者之手，尚不能定论。麻衣道者是唐末宋初人，相传为陈抟的老师，善相术，为中国历史上术数名人。《火珠林》提出了“卦定根源，六亲为主”，主张用五行生克刑害，合墓旺空等进行断卦，继承了《京房易》的理论，又为后来卜筮的传播打下了坚实的基础。

第十编

三教九流

从某个角度来讲,《阅微草堂笔记》就是一部当时社会生活的纪录片,三教九流,无所不包。纪昀也曾对鬼狐的世界产生怀疑,“地球圆九万里,径三万里,国土不可以数计,其人当百倍中土”,那么鬼是否也有中外之别? “赤松、广成,闻于上古,何后代所遇之仙,皆出近世? 刘向以下之所记,悉无闻”(《如是我闻一·鬼有中外》),那么仙是否也有古今之别? 纪昀未尝回答,也不能回答。

其实在他看来,所谓的鬼狐的世界想必就是人世间三教九流社会生活的缩影,而这其中贯穿着纪昀本人对不同文化的认识。纪昀认为“儒以修己为体,以治人为用;道以静为体,以柔为用;佛以定为体,以慈为用”。他们的宗旨虽然有别,但在教人为善、于物有济的归宿方面又异中有同,三教如一。只不过佛以神道设教,儒以人道设教,其实现的方式存在差异而已(《滦阳消夏录四·三教异同》)。至于外来宗教、学问、文化,也不必全盘否定,“(天主教)其推步星象,制作器物,实巧不可阶”(《如是我闻四·狐鬼谈痴》)。

纪昀客观正视文化间的差异,然而却对这些文化中滋长出的畸形毒瘤、文化怪胎持以警觉批判的态度,善于幻术的道士往往被人误以为真仙,及至用符摄人魂魂,则憎面全露(《滦阳消夏录一·道士幻术》),由此纪昀主张“怪民需禁”。世间亦往往充斥着伪仙伪佛,“其一故为静默,使人不测;其一故为颠狂,使人疑其有所托”,早已失去仙、佛之“静”“定”之体,“柔”“慈”之用,而流于矜持、张皇(《槐西杂志一·伪仙伪佛》),故而纪昀主张“信佛不信僧,信圣贤不信道学”。然而在五花八门、鱼龙混杂之中,亦不乏有可赞赏甚至敬畏的人和事,献县剧盗齐大坚守底线而免于就捕(《滦阳消夏录三·剧盗有道》)。泥塑之判官也能讲出一段精彩的赏罚之论(《滦阳消夏录二·泥塑判官》),如此之人事亦应有别而待。

长生猪

原文

胡御史[1]牧亭言，其里有人畜一猪，见邻叟辄瞋目狂吼，奔突[2]欲噬，见他人则否。邻叟初甚怒之，欲买而啖[3]其肉。既而憬然[4]省曰："此殆佛经所谓夙冤耶！世无不可解之冤。"乃以善价[5]赎得，送佛寺为长生猪。后再见之，弭耳[6]昵就，非复曩[7]态矣。尝见孙重画伏虎应真，有巴[8]西李衎题曰："至人骑猛虎，驭之犹骐骥[9]。岂伊本驯良，道力消其鸷[10]。乃知天地间，有情皆可契。共保金石心，无为多畏忌。"可为此事作解也。(《滦阳消夏录一》)

译文

御史胡牧亭说：他的老家有人养了一头猪，见到邻居老翁便瞪着眼睛狂叫，横冲直撞地想要咬他，而它见到别人却不这样。老翁起初非常恼火，想要把它买下来杀掉吃肉。过后忽然醒悟道："莫非这就是佛经中所谓的宿冤么！世间没有解不开的冤仇。"于是以高价将猪买下来，送到佛寺中作为长生猪养起来。此后，猪再见到老翁，就耷拉着耳朵亲昵地靠近他，不像从前那副凶恶的样子了。我曾经见到过孙重画的伏虎罗汉图，巴西人李衎题诗云："至人骑猛虎，驭之犹骐骥。岂伊本驯良，道力消其鸷。乃知天地间，有情皆可契。共保金石心，无为多畏忌。"这首诗可以作为对这个故事的解释。

注释

1 **御史**:官名。明清时为主管纠察的官吏。

2 **奔突**:形容横冲直撞,毫无目的地奔跑。

3 **啖**(dàn):吃。

4 **憬**(jǐng)**然**:醒悟的样子。

5 **善价**:高价。

6 **弭耳**:贴垂双耳。

7 **曩**(nǎng):以往,从前。

8 **巴**:地名,指今川东、鄂西一带。

9 **骐骥**(qí jì):指骏马、良马。

10 **鸷**(zhì):凶猛。

道士幻术

原文

德州宋清远先生言:吕道士,不知何许人,善幻术,尝客田山疆司农家。值朱藤盛开,宾客会赏。一俗士言辞猥鄙,喋喋不休,殊败人意。一少年性轻脱,厌薄尤甚,斥勿多言。二人几攘臂,一老儒和解之,俱不听,亦愠形于色。满座为之不乐。

译文

德州的宋清远先生说:吕道士不知是什么来历,擅长幻术,曾经借住在户部尚书田山疆的家中。那时正值紫藤盛开,宾客集会游赏。有一位鄙俗的士人言谈猥琐,喋喋不休,很扫大家的兴。还有一位年轻人举止轻薄,更令人厌恶,他斥责俗士不要多说话。二人撸袖伸胳膊几乎要动手,一位老儒生劝解他们,他们也不听,老儒生也怒形于色。

道士耳语小童取纸笔，画三符焚之，三人忽皆起，在院中旋折数四。俗客趋东南隅坐，喃喃自语。听之，乃与妻妾谈家事。俄左右回顾若和解，俄怡色[1]自辩，俄作引罪状，俄屈一膝，俄两膝并屈，俄叩首不已。视少年，则坐西南隅花栏上，流目送盼，妮妮软语。俄嬉笑，俄谦谢，俄低唱《浣纱记》，呦呦不已。手自按拍，备诸冶荡[2]之态。老儒则端坐石凳上讲《孟子》"齐桓、晋文之事"一章。字剖句析，指挥顾盼，如与四五人对语。忽摇首曰"不是"，忽瞋目曰"尚不解耶"，咯咯痨嗽仍不止。

众骇笑，道士摇手止之。比酒阑[3]，道士又焚三符，三人乃惘惘痴坐，少选始醒，自称不觉醉眠，谢无礼。众匿笑散。道士曰："此小术，不足道。叶法善引唐明皇入月宫[4]，即用此符。当时误以为真仙，迂儒又以

满座宾客都因他们而不愉快。道士与小童耳语几句，取出纸笔，画了三道符焚烧，这三人忽然都站起来，在院中转了好几圈。俗士奔向东南角坐下，喃喃自语。仔细听，是在与妻妾谈论家事。一会儿左顾右盼地似在劝解，一会儿和颜悦色地为自己辩解，一会儿做出承认错误的样子，一会儿单膝跪地，一会儿两条腿都跪下了，一会儿叩头不已。看那个年轻人，则坐在西南角的花栏上，飞着眼波调情，卿卿我我，细语软声。一会儿嬉笑，一会儿谦逊地推谢，一会儿低唱《浣纱记》，咿呀不已。手打着拍子，极尽放荡之态。老儒生则端端正正地坐在石凳上讲《孟子》中"齐桓、晋文之事"一章。剖析字句，指尖挥舞，神情顾盼，好像在与四五个人对话。忽然摇头说"不是"，忽然瞪着眼说"还不明白么"，并且"咯咯"地咳嗽个不停。

大家又惊又笑，道士摇手不让大家笑。等到酒宴快结束时，道士又焚烧了三道符，于是那三个人怅惘地呆坐着，过了一会儿才醒来，他们自称酒醉不自觉地睡着了，向大家道歉说失礼了。大家憋着笑散了。道士说："这个小法术，不值称道。唐代叶法善带引唐明皇进入月宫用的就是这种符。当时误认为

为妄语，皆井底蛙耳。”后在旅馆，符摄一过往贵人妾魂，妾苏后，登车识其路径门户，语贵人急捕之，已遁去。此《周礼》所以禁怪民欤！（《滦阳消夏录一》）

是真的仙人，迂腐的儒生又认为是荒诞之语，都是些井底之蛙罢了。”后来道士在旅馆用符摄住一位过往的贵人之妾的魂魄，这个妾苏醒后，坐车去标记她魂魄路过的道路门户，告诉贵人迅速去搜捕，道士已经逃走了。这就是《周礼》禁止会旁门左道的人的原因吧！

注释

1 **怡色：**和悦的容色。

2 **冶荡：**行为放荡不检点。

3 **酒阑：**宴饮即将结束。

4 **“叶法善”句：**传说术士叶法善带领唐明皇进入月宫，听到了《霓裳羽衣曲》。

泥塑判官

原文

颍州吴明经[1]跃鸣言：其乡老儒林生，端人[2]也。尝读书神庙中，庙故宏阔，僦[3]居者多。林生性孤峭，卒不相闻问。一日，夜半不寐，散步月下，忽一客来叙

译文

颍州人明经吴跃鸣说：他的同乡老儒生林生，是个正直的人。曾在神庙中读书，庙很宽阔，租住的人也很多。林生性格孤僻，与庙里其他人一概不来往。一天，他半夜睡不着，在月下散步，忽然有一位客人来和他寒暄。林生正

寒温。林生方寂寞，因邀入室共谈，甚有理致。偶及因果之事，林生曰："圣贤之为善，皆无所为而为者也。有所为而为，其事虽合无理，其心已纯乎人欲矣。故佛氏福田[4]之说，君子弗道也。"

客曰："先生之言，粹然儒者之言也。然用以律己则可，用以律人则不可；用以律君子犹可，用以律天下之人则断不可。圣人之立教，欲人为善而已。其不能为者，则诱掖[5]以成之；不肯为者，则驱策[6]以迫之。于是乎刑赏生焉。能因慕赏而为善，圣人但与其善，必不责其为求赏而然也；能因畏刑而为善，圣人亦与其善，必不责其为避刑而然也。苟以刑赏使之循天理，而又责慕赏畏刑之为人欲，是不激劝于刑赏，谓之不善；激劝于刑赏，又谓之不善，人且无所措手足矣。况慕赏避刑，既谓之人欲，而又激劝以刑赏，人且谓圣人实以人欲导民矣，有是理欤？

好寂寞，就邀请他进屋闲谈，客人说话很有理致。偶然谈到因果报应的事情，林生说："圣贤做善事，都是无所求而做成的。如果是为了功利去做，即便所做之事合乎天理，他的用心也就纯粹是为了人欲。所以佛家福田的说法，君子是不谈的。"

客人说："先生说的话，纯粹是儒生的言辞。用来要求自己是可以的，用来约束别人就不行了；用来要求君子是可以的，用来约束普天下的人就断然行不通了。圣人设置教化，无非是想要人做善事。不能做善事的人，就引导扶持他去做；不肯做善事的人，则驱赶鞭策迫使他去做。于是也产生刑罚与赏赐。对于为了赏赐而做善事的人，圣人只肯定他是善人，必定不会责怪他为了求赏而做善事；对于因为畏惧刑罚而做善事的人，圣人也肯定他是善人，也必定不会责备他为了避免刑罚而去做善事。如果以刑罚、赏赐驱使人们遵循天理，却又指责人们贪图赏赐畏惧刑罚出于欲望，那么不被激励劝诫的去遵循刑赏，会被说成是不善；被激励劝诫的去遵循刑赏，也会被说成不善，那样人们就手足无措，不知该怎么做了。况且追求赏赐避免刑罚，既

盖天下上智少而凡民多，故圣人之刑赏，为中人[7]以下设教。佛氏之因果，亦为中人以下说法。儒释之宗虽殊，至其教人为善，则意归一辙。先生执董子[8]谋利计功之说，以驳佛氏之因果，将并圣人之刑赏而驳之乎？先生徒见缁流[9]诱人布施，谓之行善，谓之得福；见愚民持斋烧香，谓之行善，谓可得福；不如是者，谓之不行善，谓必获罪。遂谓佛氏因果，适以惑众。而不知佛氏所谓善恶，与儒无异；所谓善恶之报，亦与儒无异也。"林生意不谓然，尚欲更申己意。俯仰之顷，天已将曙。客起欲去，固挽留之。忽挺然不动，乃庙中一泥塑判官。（《滦阳消夏录二》）

然称之为人欲，而又使用刑赏手段，人就会说圣人实际上是以人欲来引导大众，有这个道理吗？因为普天下有大智慧的人少而普通老百姓多，所以圣人的刑赏，也是为普通人设置的。佛教的因果，也是为普通人来说法。儒、释两家的宗尚虽不一样，至于他们教人做善事的方面，则意旨完全相同。先生用董仲舒谋利计功的说法，来驳斥佛教的因果之说，是要将圣人的刑赏主张一同批驳吗？先生只看到僧人诱导人布施，称之为做善事，认为可得福；看到愚民持斋烧香，称之为做善事，认为可得福；不这样的话，就称之为不行善，必定要获罪。由此就认为佛家因果之论，完全是迷惑民众。而完全不知道佛家所谓善恶的观念与儒家没有不同；所谓的善恶报应，也与儒家没有差异。"林生对客人的这套理论不以为然，还想进一步申述自己的见解。互相讨论之时，天快要亮了。客人起身想走，林生执意挽留。客人忽然挺直不动了，林生仔细一看，原来是庙中的一尊泥塑判官。

注释

1 **明经：**汉朝出现的选举官员的科目，始于汉武帝时期，至宋神宗时期废除。唐代指以经义所取之士。明清时成为对贡生的尊称。

2 **端人：**正直的人。

3 **僦(jiù):**租赁。

4 **福田:**佛教用语。敬三宝之德为“敬田”,报君父之恩为“恩田”,怜贫者为“悲田”,此三种称为“福田”,言其能获福。

5 **诱掖:**引导,扶植。

6 **驱策:**差遣,鞭策。

7 **中人:**普通人。

8 **董子:**董仲舒,汉代思想家、经学家。

9 **缁(zī)流:**僧徒。缁,黑色。因僧人着黑衣,故称为“缁流”。

剧盗有道

原文

齐大,献县剧盗也。尝与众行劫,一盗见其妇美,逼污之。刃胁不从,反接其手,缚于凳,已褫[1]下衣,呼两盗左右挟其足矣。齐大方看庄,盗语谓屋上了望以防救者为看庄。闻妇呼号,自屋脊跃下,挺刃突入曰:“谁敢如是,吾不与俱生!”汹汹欲斗,目光如饿虎。间不容发之顷,竟赖以免。后群盗

译文

齐大,是献县的剧盗。曾和一伙强盗出去抢劫,一个强盗看到那家妇人貌美,想奸污她。强盗拿刀子威胁,女人誓死不从,强盗反绑妇人双手,将她捆在凳子上,已经扒掉了裤子,叫另外两个强盗左右各拉住妇人的脚。齐大这时正在屋顶看庄,强盗行话,把在屋顶上放哨的人称之为“看庄”。听到妇人呼号,从屋脊上一跃而下,挺着刀子闯到屋里说:“谁敢这样,我就和你们拼命!”气势汹汹一副将要打斗的样子,眼神如饿虎一般。在千钧

并就捕骈诛，惟齐大终不能弋获[2]。群盗云，官来捕时，齐大实伏马槽下。兵役皆云："往来搜数过，惟见槽下朽竹一束，约十余竿，积尘污秽，似弃置多年者。"（《滦阳消夏录三》）

一发之间，妇人因为他的阻止免除灾祸。后来这群强盗都被抓捕，一同被官府处死，只有齐大始终没有被抓到。强盗们说，官府来抓捕的时候，齐大其实就趴在马槽下。兵役们都说："来来回回搜过数次，只见槽下有一束朽竹，约有十几根，积满了尘土污秽，好像是放了多年没有人动过。"

注释

1 **褫(chǐ)**：脱去，解下。

2 **弋获**：缉获、捕获。

三教异同

原文

东光马大还，尝夏夜裸卧资胜寺藏经阁，觉有人曳其臂曰："起起，勿亵佛经。"醒见一老人在旁，问："汝为谁？"曰："我守藏神也。"大还天性疏旷，亦不恐怖。时月明如昼，

译文

东光的马大还，曾在夏天的一个夜晚光着身子躺在资胜寺的藏经阁里，感觉有人拽他的胳膊说："起来，起来，不要亵渎佛经。"马大还醒来后看见一位老人在旁边，问道："你是谁？"回答说："我是守藏神。"马大还天性豁达，也不害怕。当时月明如昼，请老人坐下对谈。马大还说："您为

因呼坐对谈。曰:“君何故守此藏?”曰:“天所命也。”问:“儒书汗牛充栋,不闻有神为之守,天其偏重佛经耶?”曰:“佛以神道设教,众生或信或不信,故守之以神;儒以人道设教,凡人皆当敬守之,亦凡人皆知敬守之,故不烦神力,非偏重佛经也。”

问:“然则天视三教如一乎?”曰:“儒以修己为体,以治人为用;道以静为体,以柔为用;佛以定为体,以慈为用。其宗旨各别,不能一也。至教人为善,则无异;于物有济,亦无异。其归宿则略同,天固不能不并存也。然儒为生民立命,而操其本于身;释道皆自为之学,而以余力及于物。故以明人道者为主,明神道者则辅之,亦不能专以释道治天下,此其不一而一,一而不一者也。盖儒如五谷,一日不食则饥,数日则必死;释道如药饵,死生得失之关,喜怒哀乐之感,用以解释冤

什么来守藏经阁?”老人说:“这是上天的命令。”马大还问:“儒家书籍汗牛充栋,也不听说有神来守,上天为什么这样偏重佛经呢?”老人说:“佛家以神道来实施教化,百姓或信或不信,所以安排神灵来看守;儒家以人道来实施教化,一般人都应该恭敬地守护它,一般人也都知道要恭敬地守护它,所以不劳烦神力,这并不是偏重佛经。”

马大还问:“那么上天看待三教都一样吗?”老人说:“儒家以修养自身为本位,以治人为功用;道家以清静为本位,以柔和为功用;佛家以安定为本位,以慈悲为功用。他们的宗旨各有区别,不能一概而论。至于教导人们做善事,则三教没有区别;对于万物都有所助益,也是没有区别的。他们的归宿大致相同,上天自然不能不让三教并存。但是儒家为生民立命,而强调修炼自身德行;释、道都注重修炼自身,而以余力惠及万物。所以上天以彰显人道的儒教为主,阐明神道的佛教、道教为辅,也不能专以佛教、道教来治理天下,这就是三教不一致而一致,一致而又不一致的原因。大致来说,儒家好比五谷,一天不吃就会饥饿,几天不吃就会死亡;佛教、道教好比药饵,用于生死得失的关头,喜怒哀乐

愆，消除怫郁[1]，较儒家为最捷；其祸福因果之说，用以悚动[2]下愚，亦较儒家为易入。特中病则止，不可专服常服，致偏胜为患耳。儒者或空谈心性，与瞿昙、老聃[3]混而为一，或排击二氏，如御寇仇，皆一隅之见也。”问：“黄冠缁徒[4]，恣为妖妄，不力攻之，不贻患于世道乎？”曰：“此论其本原耳。若其末流，岂特释道贻患，儒之贻患岂少哉？即公醉而裸眠，恐亦未必周公、孔子之礼法也。”大还愧谢，因纵谈至晓，乃别去，竟不知为何神，或曰狐也。（《滦阳消夏录四》）

的情感，用来宽解冤仇罪过，消除愤恨，比儒家更为快速有效，他们祸福因果的说法，用来打动无知之人，也比儒家更容易。只是要适可而止，不能把药当饭吃，以致偏于一方反成祸患。儒者有时空谈心性，将其主张与佛教、道教混为一谈，有时排斥打击佛、道两家，如同对付敌寇仇家，都是一隅的偏见。”马大还问：“道士僧侣，往往恣意兴妖作怪，如果不强力攻击，不是在人间留下祸患了吗？”老人说：“我刚才谈论的是三教的根本。若是从细枝末节来说，怎么会是只有释道会遗留祸患，儒家遗留的祸患还少吗？就是您醉酒裸睡，也恐怕未必是周公、孔子所言的礼法吧。”马大还惭愧谢罪，两人又畅谈到天亮，老人才离开，究竟不知老人为何方神圣，有人说是狐精。

注释

1 **怫郁：**激怒的样子。

2 **悚动：**犹震动。

3 **瞿昙：**佛的代称。**老聃：**即老子，字伯阳，谥号聃，又称李耳，是中国伟大的哲学家和思想家，道家学派创始人，被道教尊为教祖。

4 **黄冠：**道士所戴的帽子。后指道士。**缁徒：**指僧侣。

司禄神语

原文

星士[1]虞春潭，为人推算，多奇中。偶薄游[2]襄、汉，与一士人同舟，论颇款洽。久而怪其不眠不食，疑为仙鬼。夜中密诘之。士人曰："我非仙非鬼，文昌司禄[3]之神也。有事诣南岳。与君有缘，故得数日周旋耳。"虞因问之曰："吾于命理，自谓颇深，尝推某当大贵，而竟无验。君司禄籍，当知其由。"士人曰："是命本贵，以热中，削减十之七矣。"虞曰："仕宦热中，是亦常情，何冥谪若是之重？"

士人曰："仕宦热中，其强悍者必怙[4]权，怙权

译文

算命先生虞春潭，给人算命，大多都很灵验。有一次他去襄阳、汉阳游历，与一位读书人同在一条船上，两人谈得很投机。时间一长，他发现这个读书人不睡不吃，怀疑是仙鬼之类。夜里悄悄问他。读书人说："我不是仙也不是鬼，是文昌司禄之神。有事要到南岳去。和您有缘，所以在一起盘桓了几日。"虞春潭于是问他："我认为自己对算命之事很有造诣，曾推算某人应当大贵，最后竟然没有灵验。你掌管人间禄籍，应该知道其中的缘由吧。"读书人说："他的命本应当富贵，只是因为他太热衷于做官，结果被减了十分之七。"虞春潭说："热衷于做官，也是人之常情，为什么神明要罚得这么重呢？"

读书人说："热衷于做官的人中，那些强悍的人肯定会借助权力作威作福，

者必狠而愎；其孱弱者必固位，固位者必险而深。且怙权固位，是必躁竞，躁竞相轧，是必排挤。至于排挤，则不问人之贤否，而问党之异同；不计事之可否，而计己之胜负。流弊不可胜言矣。是其恶在贪酷上，寿且削减，何止于禄乎！”虞阴记其语，越两岁余，某果卒。（《滦阳消夏录五》）

一心仗势谋权者一定是狠毒且刚愎自用的人；软弱的人必然要保护自己的官位，这样的人必然阴险狡诈且深藏不露。况且依仗权势，保护官位，一定会争宠争斗，相互倾轧、排挤。到了这种地步，则不管人贤良与否，只能是党同伐异；不管事情能做与否，只论对自己有没有好处。这样的流弊一时也讲不完。这种罪恶比贪婪残酷更加严重，并且那个人还要减寿，又何止于福禄呢！”虞春潭偷偷地记下这些话，过了两年多，某某果然死了。

注释

1 **星士**：善于占卜吉凶、推算命运的人。

2 **薄游**：为薄禄而宦游于外。

3 **文昌司禄**：文昌宫第六星。

4 **怙**(hù)：依靠，仗恃。

木妖畏匠人

原文

奴子王廷佐，夜自沧州乘马归。至常家砖河，马

译文

奴仆王廷佐，晚上从沧州乘马回家。走到常家砖河，马忽然退避。黑暗之中

忽辟易[1]。黑暗中见大树阻去路，素所未有也。勒马旁过，此树四面旋转，当其前。盘绕数刻，马渐疲，人亦渐迷。俄所识木工国姓、韩姓从东来，见廷佐痴立，怪之。廷佐指以告。时二人已醉，齐呼曰："佛殿少一梁，正觅大树。今幸而得此，不可失也。"各持斧锯奔赴之，树倏化旋风去。《阴符经》[2]曰："禽之制在气。"[3]木妖畏匠人，正如狐怪畏猎户。积威所劫，其气焰足以慑伏之，不必其力之相胜也。（《滦阳消夏录五》）

只见大树挡住去路，这条路上此前从来没有大树。勒住马从旁边过，这棵树四面旋转，挡在前面。就这样转了几刻钟，马渐渐地累了，人也渐渐地绕晕了。过了一会儿，他所认识的姓国、姓韩两个木工从东边过来，见到王廷佐痴痴地站在那里，很是奇怪。王廷佐指点着述说原委。当时二人已经喝醉，齐声叫道："佛殿里少一根木梁，正在寻找大树。今天幸亏找见了这棵，不能失去了。"各自拿起斧子、锯子跑过去，树突然化为一阵旋风跑了。《阴符经》中说："制服邪恶在于气势。"木妖害怕木匠，正如狐怪害怕猎户。在积威的压迫下，气势足以震慑制服对方，不必以力量取胜。

注释

1 **辟易**：退避。

2 **《阴符经》**：旧题黄帝撰，所以也叫《黄帝阴符经》。全书以《易》通《老》，李筌分为"神仙抱一之道""富国安人之法""强兵战胜之术"，全书以隐喻论述道教修养之术，涉及养生要旨、气功、食疗、房中等方面。

3 **禽之制在气**：道教修炼的口诀。主张修炼者用意念守住呼吸，把呼吸调顺了，心自然便不会散乱。

鬼有中外

原文

人死者，魂隶冥籍矣。然地球圆九万里，径三万里，国土不可以数计，其人当百倍中土[1]，鬼亦当百倍中土，何游冥司者，所见皆中土之鬼，无一徼外[2]之鬼耶？其在在[3]各有阎罗王耶？顾郎中德懋，摄阴官者也。尝以问之，弗能答。人不死者，名列仙籍矣。然赤松、广成[4]，闻于上古，何后代所遇之仙，皆出近世？刘向[5]以下之所记，悉无闻耶？岂终归于尽，如朱子之论魏伯阳耶？娄真人近垣，领道教者也。尝以问之，亦弗能答。(《如是我闻一》)

译文

人死了，魂魄隶属于阴间名册。但是地球圆周九万里，直径三万里，各国疆土不可以用数量来计算，各地的人口应当是中原的百倍，各地的鬼也应当是中原的百倍，为何游历过阴司的，见到的都是中原的鬼，没有一个外国的鬼呢？其所在的地方各有阎罗王吗？郎中顾德懋，兼任阴间的官职。我曾经问过他，他也答不上来。不死的那些人，名字列在仙籍中。但是赤松子、广成子这些仙人，他们的名传于上古，为何后代所遇到的仙人，都出于近世？刘向以后所记载的，都没有听到过吗？难道最终归于消失，就像朱熹所说的魏伯阳那样的人一样吗？真人娄近垣，是统领道教的。我曾经问过他，他也答不上来。

注释

1 **中土：**中原。

2 **徼(jiào)外：**边界之外。

3 **在在：**处处，各方面。

4 **赤松：**即赤松子，古代中国神话传说中的上古仙人。**广成：**即广成子，为小说《封神演义》中“十二金仙”之一，古代传说中的神仙。

5 **刘向：**本名更生，字子政。汉高祖弟楚元王刘交四世孙。祖籍沛丰邑（今江苏丰县），世居京兆长安（今陕西西安）。西汉官吏，目录学家，文学家。

盗句

原文

有歌童扇上画鸡冠，于筵上求李露园题。露园戏书绝句曰：“紫紫红红胜晚霞，临风亦自弄夭斜[1]。枉教蝴蝶飞千遍，此种原来不是花。”皆叹其运意双关之巧。露园赴任湖南后，有扶乩者，或以鸡冠请题，即大书此诗。余骇曰：“此非李露园作耶？”乩忽不动，扶乩者狼狈去。颜介子叹曰：“仙亦

译文

有个歌童在扇面上画了朵鸡冠花，在宴席上请李露园题诗。李露园戏题了一首绝句云：“紫紫红红胜晚霞，临风亦自弄夭斜。枉教蝴蝶飞千遍，此种原来不是花。”都赞叹这首诗运意双关的巧妙。李露园到湖南赴任后，有个扶乩的人，有人以“鸡冠”为题请扶乩者写诗，随即就用大字写了这首鸡冠诗。我惊异地说：“这不是李露园作的诗吗？”乩忽然不动了，扶乩的人狼狈而去。颜介子感叹说：“仙也

盗句。”或曰:“是扶乱者本伪托,已屡以盗句败矣。”(《如是我闻一》)

盗人诗句。”有人说:“这个扶乱的人本来是假托的,经常因为盗人诗句而败露。”

注释

1 **夭斜:**亦作“夭邪”。袅娜多姿貌。

孝与淫

原文

旭升又言:县吏李懋华,尝以事诣张家口。于居庸关外,夜失道,暂憩山畔神祠。俄灯光晃耀,遥见车骑杂遝[1],将至祠门。意是神灵,伏匿庑[2]下。见数贵官并入祠,坐左侧似是城隍,中四五座则不识何神。数吏抱簿陈案上,一一检视。窃听其语,则勘验一郡善恶也。一神曰:“某妇事亲无失礼,然文至而情不至;某妇亦能得姑舅欢,

译文

旭升又说:县吏李懋华,曾经有事到张家口去。在居庸关外,夜里迷了路,就暂时在山旁边的神祠里休息。不一会儿,灯光耀眼,远远看见车马拥挤杂乱,眼看就要到了祠门。他心想是神灵到了,便藏在廊庑下面。看到几个达官贵人模样的人一起走进祠堂落座,坐在左侧的好像是城隍,中间四五位则不认识是什么神。几个小吏抱着册簿放在桌案上,请神一一查看。李懋华偷听他们说什么,原来是勘验某郡百姓的善恶。一位神说:“某妇女侍奉公婆从不失礼,但是只是礼节上做到了,却不是出自真心;某妇女也

然退与其夫有怨言。”一神曰：“风俗日偷，神道亦与人为善。阴律孝妇延一纪[3]，此二妇减半可也。”佥[4]曰：“善。”

俄一神又曰：“某妇至孝而至淫，何以处之？”一神曰：“阳律犯淫罪止杖，而不孝则当诛。是不孝之罪，重于淫也。不孝之罪重，则能孝者福亦重，轻罪不可削重福，宜舍淫而论其孝。”一神曰：“服劳奉养，孝之小者；亏行辱亲，不孝之大者。小孝难赎大不孝，宜舍孝而科其淫。”一神曰：“孝，大德也，非他恶所能掩；淫，大罚也，非他善所能赎。宜罪福各受其报。”侧坐者磬折[5]请曰：“罪福相抵可乎？”

神掉首曰：“以淫而削孝之福，是使人疑孝无福也；以孝而免淫之罪，是使人疑淫无罪也。相抵恐不可。”一神隔坐言曰：“以孝之故，虽至淫而不加罪，不使人愈知孝乎？以淫之故，

能讨得公婆欢心，但是背地里就向丈夫发泄怨恨。”一位神说：“世风日下，人情日薄，神道也讲究与人为善。阴间律法孝妇能延长十二年寿命，这两位妇女可以减一半。”大家都说：“好。”

不一会儿，一位神又说：“某妇女极孝顺也极淫荡，该如何处置？”一位神说：“阳间律法犯淫罪只是打板子，而不孝之罪是要杀头的。应该是不孝之罪重于淫罪。不孝之罪重，所以能孝顺公婆的人福分也大，轻罪不可以削减大福，应该免去她的淫罪，只按照她的行孝增加福分。”一位神说：“奉养老人，只是孝的小节；品行不端辱没公婆名声，是不孝的大节。孝道的小节不能抵消不孝的大节，应该不论她的孝道而处罚她的淫罪。”一位神说：“孝是大德，不是其他罪行所能掩盖的；淫是大罪恶，也不是其他善行所能救赎的。应该罚罪与加福各有所报。”坐在旁边的神恭敬地请示：“罪过与福分相抵消怎么样呢？”

一位神转过头来说：“用淫罪而削减孝道的福分，容易让人怀疑行孝没有福分；用孝道来免除淫荡之罪，容易让人怀疑淫荡无罪。相抵消恐怕不可行。”一位神隔着座位说：“因为孝的缘故，就是达到至淫的地位也不加罪，这不就使

虽孝而不获福，不使人愈戒淫乎？相抵是。”一神沉思良久曰：“此事出入颇重大，请命于天曹[6]可矣。”语讫俱起，各命驾而散。李故老吏，娴案牍，阴记其语，反复思之，不能决。不知天曹作何判断也。（《如是我闻二》）

人更加懂得应该孝顺了吗？因为淫荡的缘故，即便是行孝也不增加福分，这不就使人更加知道应该戒除淫荡吗？互相抵消是对的。”一位神沉思了很久说：“这件事的处理关系重大，还是请示上天后再做决断吧。”话音刚落，众神站起，各自登车离开神祠。李懋华是一位阅历很深的老吏，娴熟于案牍，偷偷地记下了这些话，反复思考掂量，不能做出判断。不知道上天作何判决。

注释

1 **杂遝**(tà)：行人很多，拥挤杂乱。

2 **庑**(wǔ)：堂下周围的走廊、廊屋。

3 **一纪**：岁星（木星）绕太阳一周约需十二年，故古称十二年为一纪。

4 **佥**(qiān)：众人，大家。

5 **磬折**(qìng shé)：曲躬如磬，表示谦恭。

6 **天曹**：道家所称天上的官署，指仙官。

养生之道

原文

冯巨源官赤城教谕[1]时，言赤城山中一老翁，相

译文

冯巨源在赤城任教谕时，说赤城山中有一老翁，相传是元代人。冯巨源前去看

传元代人也。巨源往见之，呼为仙人。曰："我非仙，但吐纳导引，得不死耳。"叩[2]其术。曰："不离乎《丹经》[3]，而非《丹经》所能尽。其分刌[4]节度，妙极微芒。苟无口诀真传，但依法运用，如检谱对弈，弈必败；如拘方治病，病必殆。缓急先后，稍一失调，或结为痈疽[5]，或滞为拘挛；甚或精气瞀乱[6]，神不归舍，竟至于颠痫。是非徒无益已也。"

问："容成、彭祖[7]之术，可延年乎？"曰："此邪道也，不得法者，祸不旋踵[8]；真得法者，亦仅使人壮盛。壮盛之极，必有决裂横溃之患。譬如悖理聚财，非不骤富，而断无终享之理。公毋为所惑也。"又问："服食延年，其法如何？"曰："药所以攻伐疾病，调补气血，而非所以养生。方士所饵，不过草木金石。草木不能不朽腐，金石不能不消化。彼且不能自存，而谓借其余气，反

他，称他为仙人。老翁说："我不是仙人，只是知道些吐纳导引的技巧，才得以不死。"询问他方法。老翁说："按照《丹经》，但又不完全依靠《丹经》。根据自己需要分解内容把握节奏，极为微妙。假如没有口诀真传，只是按照说明来运用，就像检索棋谱来下棋，必败无疑；又如拘泥于药方治病，病人必定病危。其中的缓急先后，稍有一丝失调，有的就郁结为毒疮，有的凝滞了导致痉挛；甚至还会导致精气紊乱，神不守舍，以至疯癫。这不仅仅是没有好处的问题了。"

冯巨源问："容成、彭祖的术数，可以延年益寿吗？"老翁说："这是邪道，人的修炼不得其法，立即身受其害；果真得了法，也仅是使人壮盛。壮盛到极点，必然有意想不到的大祸患。比如悖逆天理聚敛钱财，不是不能迅速致富，但最终一定不能享受长久。您不要被这些迷惑。"冯巨源又问："服食丹药来延年益寿，这种方法怎么样呢？"老翁说："丹药是用来治病调补气血的，而并不是用来养生的。方士们服食的，不过是草木金石。草木不能不腐朽，金石不能不消熔。它们尚且不能长存，又怎能借助它们的余气来长存呢？"

冯巨源又问："成仙的人果真不死

长存乎？”

又问：“得仙者，果不死欤？”曰：“神仙可不死，而亦时可死。夫生必有死，物理之常。炼气存神，皆逆而制之者也。逆制之力不懈，则气聚而神亦聚；逆制之力或疏，则气消而神亦消。消则死矣。如多财之家，俭勤则常富，不勤不俭则渐贫；再加以奢荡，则贫立至。彼神仙者，固亦兢兢然，恐不自保，非内丹一成，即万劫不坏也。”巨源请执弟子礼。曰：“公于此道无缘，何必徒荒其本业？不如其已。”巨源怅然而返。景州戈鲁斋为余述之，称其言皆笃实，不类方士之炫惑云。（《如是我闻二》）

吗？”老翁说：“神仙可以不死，而又时时会死。有生必有死，这是万物之常理。修炼精气而保存神，都是逆向控制死亡的办法。控制的力量不松懈，那么精气凝聚，精神也凝聚；控制的力量一旦松懈，那么精气消失，精神也消失。精神消失就死了。如同有钱人家，勤俭就能常常富裕，不勤不俭就会慢慢贫穷；如果再加上奢侈放荡，很快就会贫穷。那些神仙们，也都是战战兢兢唯恐不能自保，并不是说内丹一经炼成，就可以经万劫而不坏。”冯巨源请求做他的弟子。老翁说：“您于此道无缘，又何必因涉足此间而荒废本业呢？还是不学的好。”冯巨源怅然而返。景州人戈鲁斋为我讲述了这个故事，称那个老翁说的话都很实在，不像方士们的迷惑之词。

注释

1 **教谕：**学官名，掌文庙祭祀、教育所属生员。

2 **叩：**询问。

3 **《丹经》：**讲述炼丹术的专书。晋葛洪《抱朴子·金丹》：“凡受《太清丹经》三卷，及《九鼎丹经》一卷，《金液丹经》一卷。”丹道有五派之说，包括南宗、北宗、中派、东派和西派。另外也有钟吕派、全真教等称法。

4 **刌**(cǔn)**：**割，切。

5 **痈疽**(yōng jū)**：**发生于体表、四肢、内脏的急性化脓性疾患，是一种毒疮。

6 **瞀**(mào)**乱：**昏乱，精神错乱。

7 **容成：**中国神话中的人物，相传为黄帝大臣，发明历法，擅长采补之术。**彭祖：**中国神话中的长寿仙人，传说中是南极仙翁的化身，以享寿八百多岁著称于世。

8 **旋踵：**指掉转脚跟，比喻时间极短。

李老人治病

原文

李老人，不知何许人，自称年已数百岁，无可考也。其言支离荒杳，殆前明醒神之流。曩客先师钱文敏公家，余曾见之。符药治病，亦时有小验。文敏次子寓京师水月庵，夜饮醉归，见数十厉鬼遮路，因发狂自剺[1]其腹。余偕陈裕斋、倪余疆往视，血肉淋漓，仅存一息，似万万无生理。李忽自来舁[2]去，疗半月而创合。人颇以为异。然文敏公误信祝由[3]，割指上疣赘[4]，创发病卒，李疗之，竟无验。盖符箓烧炼之术，有

译文

李老人，不知其来历，自称年龄已经有几百岁，也没法考证。他说话支离玄妙，不着边际，大概就是明代所谓的"醒神"之类的人。从前我在先师钱文敏公家做客，曾见过他。用符咒之术治病，也时常有些效果。钱文敏的次子住在京城水月庵，夜里喝醉了回家，碰到几十个厉鬼拦路，于是发狂地割开自己的肚子。我和陈裕斋、倪余疆一同去看望，见他血肉模糊，只留下一口气，看样子万万不可救了。李老人忽然径自过来将他抬走，治疗了半个月伤口愈合。人们都觉得十分怪异。但是钱文敏误信祝由科治病，割掉了手指上的疮毒赘肉，伤口感染最后去世，李老人为他治

时而效，有时而不效也。先师刘文正公曰："神仙必有，然非今之卖药道士；佛菩萨必有，然非今之说法禅僧。"斯真千古持平之论矣。（《如是我闻二》）

疗竟没有效果。大概符箓烧炼这些术数，有时生效，有时也不起作用。先师刘文正公说："神仙是一定有的，但并不是如今的卖药道士；佛和菩萨也是一定有的，但并不是如今的说法禅僧。"这真是千古持平的评论了。

注释

1 **劙**(lí)**：**割，劈。

2 **舁**(yú)**：**抬。

3 **祝由：**是在《黄帝内经》成书之前，上古真人治病的方法。祝，敬祝，有恭敬之意。意思指恭恭敬敬讲解说道。由，疾病产生的缘由、来由。合起来讲，就是恭敬查明病人患病的原因，疾病的由来，恭敬地运用祝由之法，通过药、咒、法术、心理工作等办法，化解病人的疾病。

4 **疣赘：**泛指痈疽疮毒。

狐鬼谈痴

原文

裘文达公言：尝闻诸石东村曰，有骁骑校，颇读书，喜谈文义。一夜寓直宣武门城上，乘凉散步。至丽谯[1]之东，见二人倚堞相对语。心

译文

裘文达公说：曾听石东村说，有个骁骑校，读了不少书，喜欢谈文义。一天夜里在宣武门城上值班，散步乘凉。走到城楼东侧，看见两个人倚靠着城堞互相说话。骁骑校心里知道这两个

知为狐鬼，屏息伺之。其一举手北指曰："此故明首善书院，今为西洋天主堂矣。其推步星象，制作器物，实巧不可阶[2]。其教则变换佛经，而附会以儒理。吾曩往窃听，每谈至无归宿处，辄以天主解结，故迄不能行。然观其作事，心计亦殊黠。"

其一曰："君谓其黠，我则怪其太痴。彼奉其国王之命，航海而来，不过欲化中国为彼教，揆度[3]事势，宁有是理！而自利玛窦[4]以后，源源续至，不偿其所愿终不止，不亦颠欤？"其一又曰："岂但此辈痴，即彼建首善书院者，亦复大痴。奸珰[5]柄国，方阴伺君子之隙，肆其诋排，而群聚清谈，反予以钩党之题目，一网打尽，亦复何尤！且三千弟子，惟孔子则可，孟子揣不及孔子，所与讲肄者，公孙丑、万章等数人而已。洛、闽诸儒[6]，

人是狐鬼，屏住呼吸观察他们。其中一个人举手指向北边说："这就是明朝的首善书院，现如今是西洋天主教堂。这些西洋人观察天体推算月历，制作器物，实在是精巧无法学来。他们的教义则是变换佛经，又附会了儒家学说。我以前偷偷地听过，每谈到不能解释的地方，就以天主作结，因此他们的教义至今推广不开。但是观察他们做事，心计也十分狡猾。"

其中一个说："您说他们狡猾，我则认为他们太过痴迷。他们奉自己国王之命，航海而来，不过是想用他们的宗教来同化中国，分析形势，哪里有这样的道理！但从利玛窦来中国后，这些传教士陆陆续续来到中国，不达目的决不罢休，这不就是有点痴颠吗？"先前说话的那个又说："岂止是这些人痴，即便是建首善书院的人，也是太痴颠了。奸臣宦官当国，偷偷地乘君子有所闪失之隙，大肆诋毁他们，而那些书生聚在一起清谈，反而被宦官抓住了他们拉帮结派的把柄，被一网打尽，这又去怨谁呢！况且收三千弟子，只有孔子可以，孟子自认为不及孔子，听他讲学的不过公孙丑、万章等几人而已。宋代洛、闽学派的诸学者，没有孔子的德行，却也招揽

无孔子之道德，而亦招聚生徒，盈千累百，枭鸾并集[7]，门户交争，遂酿为朋党，而国随以亡。东林诸儒[8]不鉴覆辙，又骛虚名而受实祸。今凭吊遗踪，能无责备于贤者哉！”方相对叹息，忽回顾见人，翳然而灭。东村曰：“天下趋之如骛，而世外之狐鬼，乃窃窃不满也。人误耶？狐鬼误耶？”(《如是我闻四》)

弟子，成千上百，鱼龙混杂，良莠不齐，门户相争，于是结成朋党，而国家也随之灭亡。明代东林党人不重视前车之鉴，又一味追求虚名，以致遭受灾祸。如今凭吊遗迹，对这种贤者能不责备吗！”两个人正在相对叹息时，忽然回头看到有人，一下消失了。石东村说：“天下人趋之如骛的事，世外狐鬼却窃窃私语表示不满。是人错了呢？还是狐鬼错了呢？”

注释

1 **丽谯：**华丽的高楼。

2 **阶：**等级，层次。

3 **揆度：**揣度，估量。

4 **利玛窦：**意大利的天主教耶稣会传教士、学者。利玛窦是天主教在中国传教的最早开拓者之一，也是第一位阅读中国文学并对中国典籍进行钻研的西方学者。

5 **奸珰：**弄权作奸的宦官。

6 **洛、闽诸儒：**宋朝理学有四个重要学派，即濂、洛、关、闽。濂指周敦颐，因其原居道州营道濂溪，世称濂溪先生，为宋代理学之祖。洛指程颐、程颢兄弟，因其家居洛阳，世称其学为洛学。关指张载，张家居关中，世称横渠先生，张载之学称关学。闽指朱熹，朱熹曾讲学于福建考亭，故称闽学，又称“考亭派”。洛、闽诸儒就是洛、闽这两个学派的学者。

7 **枭鸾并集：**比喻恶与善、小人与君子混杂在一起。

8 **东林诸儒：**万历三十二年(1604)，顾宪成等人修复宋代杨时讲学的东林书院，与高攀龙、钱一本等讲学其中。东林讲学之际，正值明末社会矛盾日趋激化之时。东林人士讽议朝政、评论官吏，他们要求廉正奉公，振兴吏治，开放言路，革除朝野积弊，反对权贵贪赃枉法。这些针砭时政的主张得到当时社会的广泛同情与支持，同时也遭到宦官及其依附势力的激烈反对。两者之间因政见分歧发展演变形成明末激烈的党争局面。反对派将东林书院讲学及与之有关系或支持同情讲学的朝野人士笼统称为“东林党”。

伪仙伪佛

原文

陈裕斋言：有僦居道观者，与一狐女狎，靡夕不至。忽数日不见，莫测何故。一夜，搴[1]帘含笑入。问其旷隔之由。曰：“观中新来一道士，众目曰仙。虑其或有神术，姑暂避之。今夜化形为小鼠，自壁隙潜窥，直大言欺世者耳。故复来也。”

问：“何以知其无道力？”曰：“伪仙伪佛，技止二端：其一故为静默，使人不测；其一故为颠狂，使人

译文

陈裕斋说：有个人借居在道观中，和一个狐女相好，狐女没有一夜不来。忽然有几天不见狐女，不知道是为什么。一天夜里，狐女掀开门帘含笑而入。问她几天没来的缘故。狐女说：“观中新来了一个道士，众人都将他看作神仙。我担心他真有道术，就姑且暂避一时。今夜我变幻成小鼠，从墙壁间隙偷偷地观察，原来这个道士不过是骗人而已。所以我又来了。”

那人问：“怎么就知道那个道士没有道术？”狐女说：“伪仙伪佛，只有两套伎俩：一种是假装静默，让人捉摸不定；一种是假装颠狂，让人觉得他有所依仗。

疑其有所托。然真静默者，必淳穆安恬，凡矜持者伪也；真托于颠狂者，必游行自在，凡张皇者伪也。此如君辈文士，故为名高，或迂僻冷峭，使人疑为狷；或纵酒骂座，使人疑为狂，同一术耳。此道士张皇甚矣，足知其无能为也。”时共饮钱稼轩先生家。先生曰：“此狐眼光如镜，然词锋太利，未免不留余地矣。”（《槐西杂志一》）

但是真正静默的人，必定表现为淳朴、肃穆、安静、恬适，凡是装腔作势的矜持者就是假的；真正依托于颠狂的人，必定是语言行动真实自然，凡是东张西望神情不定的都是假的。这就像你们这些文士，故作高名，或者迂僻冷峭，让人觉得他耿直；或者纵酒骂人，让人觉得他是狂士，都是一种把戏。这个道士东张西望，太过明显，足以知道他没有什么本事。”当时几个人一起在钱稼轩先生家饮酒。钱稼轩先生说：“这个狐女眼光如镜，但词锋太过尖刻，未免不给别人留有余地。”

注释

1 褰(qiān)：撩起，揭起。

灶　神

原文

古者大夫祭五祀[1]，今人家惟祭灶神。若门神，若井神，若厕神，若中霤神[2]，

译文

古代的士大夫要祭祀五种神灵，现在人们只祭灶神。像门神、井神、厕神、中霤神，有祭有不祭的。但不知道天下

或祭或不祭矣。但不识天下一灶神欤？一城一乡一灶神欤？抑一家一灶神欤？如天下一灶神，如火神之类，必在祀典，今无此祀典也。如一城一乡一灶神，如城隍社公之类，必有专祀，今未见处处有专祀也。然则一家一灶神耳，又不识天下人家，如恒河沙数，天下灶神，亦当如恒河沙数？此恒河沙数之灶神，何人为之？何人命之？神不太多耶？人家迁徙不常，兴废亦不常，灶神之闲旷者何所归？灶神之新增者何自来？日日铨除[3]移改，神不又太烦耶？此诚不可以理解。

然而遇灶神者，乃时有之。余小时，见外祖雪峰张公家一司爨[4]妪，好以秽物扫入灶，夜梦乌衣人呵之，且批其颊。觉而颊肿成痈，数日巨如杯，脓液内溃，从口吐出；稍一呼吸辄入喉，呕哕[5]欲死。立誓虔祷，乃

只有一个灶神？还是一城一乡有一个神？抑或一家就有一个灶神？如果天下只有一个灶神，像火神之类的那样，那么祭祀灶神也必定有一定的礼仪和制度，但是如今没有这样的礼仪制度。如果是一城一乡有一个灶神，那么如同城隍社公之类的神，也必定有专门的庙祠，但如今也没有见到每个地方都有一个这样专门的庙祠。假如说一家就有一个灶神的话，又不知天下的人家如恒河里的沙粒，天下灶神也有如恒河沙粒那么多吗？这些有如恒河沙粒那么多的灶神，是什么人来担任呢？又是谁任命的呢？这样的话神是不是太多了呢？人的家庭迁徙无常，兴废也无常，留下的那些无事可做的灶神又去哪里了呢？新增的灶神又从哪里来？灶神每天都要任选迁移，这样的神是不是又太烦乱了呢？这个问题真难以理解。

但是遇到灶神的事，却又经常发生。我小时候见到外祖父张雪峰公家的一个生火做饭的老太太，喜欢将杂物扫入灶坑，夜里梦见穿着黑衣服的人呵斥她，并且打了她嘴巴。睡醒后，她的脸颊肿成一个大脓包，几天就胀得像茶杯那么大，脓液从里溃烂，从嘴中吐出；稍微一呼气吸气就进到嗓子里，呕吐难

愈。是又何说欤？或曰：“人家立一祀，必有一鬼凭之。祀在则神在，祀废则神废，不必一一帝所命也。”是或然矣。(《槐西杂志三》)

受得想死。发誓愿虔诚祈祷后才愈合。这又怎么来解释呢？有人说：“人们在家中立一个神龛，必定有一个鬼神来占据。祀在则神在，祀废则神走，不需要天帝一一来任命。”也许是这样吧。

注释

1 **五祀**：祭祀住宅内外的五种神。

2 **中霤神**：古代五祀所祭对象之一。即后土之神。

3 **铨除**：犹选授。

4 **司爨**(cuàn)：负责烧火做饭。

5 **呕哕**(yuě)：呕吐。

信佛不信僧

原文

河间有游僧，卖药于市。以一铜佛置案上，而盘贮药丸，佛作引手取物状。有买者，先祷于佛，而捧盘进之。病可治者，则丸跃入佛手；其难治者，则丸不跃。举国信之。后有人于所寓寺内，见其闭户研铁屑。乃悟其

译文

河间有个游僧，在集市上卖药。他拿一尊铜佛放在几案上，铜佛前面放一个盛药丸的盘子，佛像一只手前伸做取物状。有买药的人，先在佛前祈祷，然后捧起盘子靠近铜佛。如果病能治好，那么药丸就自己跳到佛手中；如果是难以治愈的，药丸便不动。这种药整个河间的人都很相信。后来有人在僧人所

盘中之丸，必半有铁屑，半无铁屑；其佛手必磁石为之，而装金于外。验之信然，其术乃败。会有讲学者，阴作讼牒，为人所讦。到官昂然不介意，侃侃而争。取所批《性理大全》[1]核对，笔迹皆相符，乃叩额伏罪。太守徐公，讳景曾，通儒也。闻之笑曰："吾平生信佛不信僧，信圣贤不信道学。今日观之，灼然不谬。"（《姑妄听之三》）

住的寺庙内看见他关着门窗研磨铁屑。才知道盘中的药丸，一定有一半是掺有铁屑一半不掺的；铜佛的佛手也一定是用磁石做的，外面包装上金粉。经过验证果然是这样的，僧人的骗术于是败露。正好有个讲学的人，私下为他人写诉状，被人揭露。到了官府大堂上，他昂首挺胸，毫不介意，侃侃而谈，为自己辩解。官府取出他批注的《性理大全》来核对，笔迹与他写的诉状完全一样，于是他才磕头服罪。河间太守叫徐景曾，是个学识渊博的儒者。听到后笑着说："我平生相信佛不相信僧，相信圣贤不相信道学。如今来看，真是一点儿也不错。"

注释

1 **《性理大全》：**又名《性理大全书》。明朝胡广等奉敕编辑。为宋代理学著作与理学家言论的汇编。

第十一编

博物百科

孔子有云："多识草木鸟兽之名"，纪昀笔下描述了各种稀奇的事物，如乌鲁木齐怪物、京师巴蜡虫、读之风雪立至的巴尔库尔石碑、索价数百金的柴窑片磁、百兽之王的西洋贡狮、似"杀"的怪鸟、万年松、神星峰古迹、八珍、兰虫、哈密瓜、纪氏花园之青桐、珊瑚钩等等。在纪昀看来，这些珍贵奇怪的物品与不同时代人的好尚息息相关，物之轻重也并无定准。

当然，在纪昀的叙述中，也时时贯穿着他的创作宗旨，即以故事讲述达到教化之目的。落星石北渔梁土人的毒鱼之法，虽"所得十倍于网罟"，但也有违于天地造物之旨，因而纪昀认为"佃渔之法，肇自庖羲；然数罟不入，仁政存焉。绝流而渔，圣人尚恶；况残忍暴殄，聚族而坑哉！"至于那些对事物偏颇的认识和不具有普遍性的方法，纪氏也一一予以解释纠正，如《滦阳消夏录三 · 雪莲之功不补患》中纪昀指出盛阳之物初用皆有功，然而积重不返，损伤根本，因而养生之道在于阴阳均调，百脉和畅。《姑妄听之一 · 烧灰除积食》中对于烧灰除积食的原理予以阐释，同时指出"若脾弱之凝滞，胃满之凝滞，气郁之凝滞，血瘀痰结之凝滞，则非灰所能除矣"。总之，《阅微草堂笔记》又是一部别样的"博物志"。

巴蜡虫

原文

戊子[1]夏，京师传言有飞虫夜伤人。然实无受虫伤者，亦未见虫，徒以图相示而已。其状似蚕蛾而大，有钳距，好事者或指为射工[2]。按，短蜮[3]含沙射影，不云飞而螫人。其说尤谬。余至西域，乃知所画，即辟展之巴蜡虫。此虫秉炎炽之气而生，见人飞逐。以水噀[4]之，则软而伏。或噀不及，为所中，急嚼茜草[5]根，敷疮则瘥[6]。否则毒气贯心死。乌鲁木齐多茜草，山南辟展诸屯，每以官牒取移，为刈[7]获者备此虫云。(《滦阳消夏录四》)

译文

乾隆戊子年夏天，京城里传说有一种飞虫晚上伤人。但实际上并没有受虫伤的人，也没有见到这种虫子，人们只是相互传看虫子的图片而已。虫子的形状像蚕蛾而稍大，有带倒刺的勾钳，好事者指称为射工。按，射工即短蜮，传说能含沙射人影，但并没有说它能飞能螫人。说是射工是一种误解。我到西域后，才知道所画的飞虫就是辟展的巴蜡虫。这种虫子秉受炎热之气生长出来，见人就会飞着追逐。用水去喷它，就软软地趴下了。如果来不及喷水，让它伤了，要立即嚼食茜草根，敷在疮口上就能治好。否则毒气贯心，导致死亡。乌鲁木齐有很多茜草，南山辟展一带的屯垦区，每年都发来官牒要这种草，为从事耕作的人防备虫伤。

注释

1 **戊子**:乾隆三十三年(1768)。

2 **射工**:传说的毒虫名。

3 **短蜮**:古代传说中的害人虫。

4 **噀**(xùn):含在口中而喷出。

5 **茜草**:一种染料植物,茜草性寒入血分,能凉血止血,且能化瘀。

6 **瘥**(chài):病愈。

7 **刈**(yì):割。

点　穴

原文

俗传鹊蛇斗处为吉壤,就斗处点穴[1],当大富贵,谓之龙凤地。余十一二岁时,淮镇孔氏田中,尝有是事,舅氏安公实斋亲见之。孔用以为坟,亦无他验。余谓鹊以虫蚁为食,或见小蛇啄取;蛇蜿蜒拒争,有似乎斗,此亦物态之常。必当日曾有地师为人卜葬,指蛇鹊斗处是

译文

民间传说鹊蛇争斗处是吉祥的地方,在争斗处安坟,子孙会大富大贵,因此这样的地方称之为"龙凤地"。我十一二岁的时候,淮镇的孔氏田中曾有这样的事,舅舅安实斋公亲眼见到过。孔家用这块地安坟,也没有什么应验的。我认为鹊以虫蚁为食物,有时见到小蛇就去啄;蛇游动着挣扎,有点像争斗,这也是常见的情况。所谓龙凤地的说法,必定是当时曾有看风水的人为人选择墓地,指着蛇鹊争斗的地方说就是那儿了,

穴,如陶侃葬母,仙人指牛眠处为穴耳。后人见其有验,遂传闻失实,为鹊蛇斗处必吉。然则因陶侃事,谓凡牛眠处吉乎?(《如是我闻一》)

就像陶侃葬母,仙人指着牛睡卧的地方来作为墓地。后人见到有应验,于是就传闻失实,说凡是鹊蛇争斗的地方必定是吉祥之地。这样说来,那么依照陶侃葬母的事情,就可以说凡是牛睡卧的地方也都是吉祥之地了?

注释

1 **点穴:**术数用语。堪舆家称地脉停落之处为“龙穴”,择龙穴结聚之处为墓地,称为“点穴”。

巴尔库尔石碑

原文

嘉峪关外有阔石图岭,为哈密、巴尔库尔界,阔石图,译言碑也。有唐太宗时侯君集平高昌碑在山脊。守将砌以砖石,不使人读,云读之则风雪立至,屡试皆不爽。盖山有神,木石有精,示怪异以要血食[1],理固有之。巴尔库尔又有汉顺帝时

译文

嘉峪关外有一座阔石图岭,是哈密、巴尔库尔的界山,阔石图,译作“碑”。山脊上有唐太宗时侯君集平定高昌的石碑。守将用砖石把碑砌起来,不让人读,说是读了后风雪就会立马到来,每次试都很灵验。大概是因为山有山神,木石也有精气,显示怪异来向人们索要祭祀,这个道理原本就有。巴尔库尔又有汉顺帝时候裴岑攻破呼衍王

裴岑破呼衍王碑，在城西十里海子上，则随人拓摹，了无他异。惟云海子为冷龙所居，城中不得鸣夜炮，鸣夜炮则冷龙震动，天必奇寒。是则不可以理推也。(《如是我闻二》)

的石碑，在城西十里的大湖边上，任人拓摹，并没有任何异常。只是听说大湖是冷龙呆的地方，城中晚上不能鸣炮，晚上鸣炮就会惊动冷龙，天气必定特别寒冷。这就不知道是怎么回事了。

注释

1 **血食**：用于祭祀的食品。

柴窑片磁

原文

有客携柴窑[1]片磁，索数百金。云嵌于胄[2]，临阵可以辟火器。然无由知确否。余曰："何不绳悬此物，以铳发铅丸击之。如果辟火，必不碎，价数百金不为多；如碎，则辟火之说不确，理不能索价数百金也。"鬻者不肯，曰："公于赏鉴非当行，殊杀风景。"急怀之去。

译文

有人带着一片柴窑的瓷片，要卖几百两银子。他说是嵌在盔甲里，临阵打仗时可以避开火器。但无法得知是否是这样。我说："为什么不用绳子把它悬挂起来，用火铳发射铅弹来打。如果能避开火，必定不会碎，要价几百两银子也不算多；如果碎了，那么辟火的说法就不真实，按道理不能索价数百两银子。"卖瓷片的人不肯这样做，说："您不是赏鉴的行家，

后闻鬻于贵家，竟得百金。夫君子可欺以其方，难罔以非其道。炮火横冲，如雷霆下击，岂区区片瓦所能御？且雨过天晴，不过泑[3]色精妙耳，究由人造，非出神功，何断裂之余，尚有灵如是耶？余作《旧瓦砚歌》有云："铜雀台址颓无遗，何乃剩瓦多如斯？文士例有好奇癖，心知其妄姑自欺。"柴片亦此类而已矣。（《如是我闻二》）

这话真煞风景。"急忙揣在怀里离开了。

后来听说他把瓷片卖给了一个富贵人家，最终得了一百两银子。君子可能被冠冕堂皇的道理骗了，却不会被没有道理的事情欺骗。炮火横冲，就像雷霆下击，怎么能是区区一片瓦片就能抵挡的？况且柴窑的瓷器有雨过天晴的色彩，不过是釉色精妙而已，终究是人造的，不是出自神力，为何在断裂之后，还有如此威力呢？我作《旧瓦砚歌》说："铜雀台址颓无遗，何乃剩瓦多如斯？文士例有好奇癖，心知其妄姑自欺。"柴窑瓷片也属于这类情况。

注释

1 **柴窑：**柴窑是五代十国皇帝周世宗柴荣的御窑。

2 **胄：**盔，古代战士戴的帽子。

3 **泑(yòu)：**古同"釉"。

百兽之王

原文

康熙十四年[1]，西洋贡

译文

康熙十四年，西洋进贡了一头狮

狮，馆阁前辈多有赋咏。相传不久即逸去，其行如风，巳刻绝锁，午刻即出嘉峪关，此齐东语[2]也。圣祖南巡，由卫河回銮，尚以船载此狮，先外祖母曹太夫人，曾于度帆楼窗罅[3]窥之，其身如黄犬，尾如虎而稍长，面圆如人，不似他兽之狭削。系船头将军柱上，缚一豕饲之。豕在岸犹号叫，近船即噤不出声，及置狮前，狮俯首一嗅，已怖而死。

临解缆时，忽一震吼声，如无数铜钲陡然合击，外祖家厩马十余，隔垣闻之，皆战栗伏枥下，船去移时，尚不敢动。信其为百兽王矣。狮初至，时吏部侍郎阿公礼稗，画为当代顾、陆[4]，曾橐笔[5]对写一图，笔意精妙。旧藏博晰斋前辈家，阿公手赠其祖者也。后售于余，尝乞一赏鉴家题签。阿公原未署名，以元代曾有献狮事，遂题曰“元人狮子真形图”。晰斋曰：“少宰丹青，原不在元人下。此

子，馆阁中的前辈多写了赋咏之作。相传这头狮子不久就逃走了，跑起来像风一样，巳刻时分挣开锁链，午刻就出了嘉峪关，这只是齐东野语罢了。圣祖康熙皇帝南巡，由卫河回京，还用船运载过这头狮子，先外祖母曹太夫人当时还在度帆楼窗缝里偷偷看过，狮身像黄犬，狮尾像虎尾但稍长，狮面圆圆的像人，不像其他兽类那样尖长。狮子被拴在船头的将军柱上，有人捆了一头猪来喂它。猪在岸边时还在嚎叫，靠近船就吓得不出声了，等放到狮子跟前，狮子低下头一闻，猪已经被吓死了。

临开船时，狮子忽然一声震吼，就像无数铜钲猛然合击，外祖父家马厩中的十多匹马，隔着墙听到后，都战栗着伏在槽下，船离开好久，都不敢动。这让人相信狮子真是百兽王。狮子刚到时，当时绘画成就号称当代顾、陆的吏部侍郎阿礼稗公曾为狮子画过一幅图，笔意十分精妙。这幅图以前藏在博晰斋前辈的家中，因为阿公当初将这幅画亲手赠给他的祖父。后来卖给了我，我曾请一位鉴赏家题签。阿公原未署名，鉴赏家因为元代曾经有过献狮子的事，于是题为“元人狮子真形图”。博晰斋说：“阿公的

赏鉴未为谬也。”(《如是我闻四》)

丹青技艺,原也不在元人之下。这种赏鉴也不能算错。”

注释

1 **康熙十四年:**1675 年。

2 **齐东语:**即齐东野语,比喻荒唐而没有根据的话。

3 **罅(xià):**缝隙,裂缝。

4 **顾、陆:**顾,即东晋顾恺之,字长康,晋陵无锡人(今江苏无锡)。博学多才,擅诗赋、书法,尤善绘画。陆,即陆探微,吴县(今苏州)人。南朝刘宋时期画家,在中国绘画史上,他是正式以书法入画的创始人。

5 **橐笔:**古代书史小吏,手持囊橐,簪笔于头,侍立于帝王大臣左右,以备随时记事,称作“持橐簪笔”,简称“橐笔”。后亦指文士的笔墨耕耘。

怪鸟似“杀”

原文

海淀人捕得一巨鸟,状类苍鹅,而长喙利吻,目睛突出,眈眈可畏。非鹫非鹳,非鸨非鸬鹚,莫能名之,无敢买者。金海住先生时寓直澄怀园,独买而烹之,味不甚佳。甫食一二脔,觉胸膈间冷如冰雪,坚如铁石;沃以烧春[1],

译文

海淀的人捕到一只大鸟,样子像灰鹅,嘴巴又长又尖,眼睛突出,眼神凶恶可怕。它不是鹫也不是鹳,不是鸨也不是鸬鹚,没人能说出它的名字,也没人敢买它。当时金海住先生正在澄怀园值班,自己买来宰杀烹煮,味道不怎么样。刚吃下去一两块肉,就觉得胸膈之间冷如冰雪,坚硬如铁石;喝

亦无暖气。委顿数日，乃愈。或曰："张读《宣室志》载，俗传人死数日后，当有禽自柩中出，曰'杀'。有郑生者，尝在隰川，与郡官猎于野，网得巨鸟，色苍，高五尺余；解而视之，忽然不见。里中人言有人死且数日，卜者言此日'杀'当去，其家伺而视之，果有巨鸟苍色自柩中出。"又《原化记》载，韦滂借宿人家，射落"杀"鬼，烹而食之，味极甘美。先生所食，或即"杀"鬼所化，故阴凝之气如是欤？倪余疆时方同直，闻之笑曰："是又一终南进士[2]矣。"（《槐西杂志一》）

了两杯烧春酒，也没有暖和过来。就这样不舒服了好几天才好。有人说："张读《宣室志》记载，民间传说人死了几天之后，就有鸟从棺材里飞出来，这种鸟叫'杀'。有个姓郑的人，曾在隰川与郡官到郊外打猎，网住一只大鸟，灰色，有五尺多高；把大鸟从网中取出一看，大鸟忽然不见了。乡里有人说某人死了好几天，卜者说这一天'杀'要离去，家属等在旁边看，果真有只灰色的大鸟从棺材中飞出。"又有《原化记》记载，韦滂借宿人家，用箭射落了"杀"鬼，煮熟后吃了，味道极美。先生吃的那只大鸟，或许就是"杀"鬼所化的，所以阴冷之气凝结就出现这种情况吧？倪余疆当时也在那里值班，听到这个说法后笑着说："又出现了一个钟馗啊。"

注释

1 **烧春：**指酒。

2 **终南进士：**指钟馗。

乌鲁木齐野畜

原文

乌鲁木齐多野牛，似常牛而高大，千百为群，角利如矛矟[1]。其行以强壮者居前，弱小者居后。自前击之，则驰突奋触，铳炮不能御，虽百练健卒，不能成列合围也；自后掠之，则绝不反顾。中推一最巨者，如蜂之有王，随之行止。尝有一为首者，失足落深涧，群牛俱随之投入，重叠殪[2]焉。

又有野骡野马，亦作队行，而不似野牛之悍暴，见人辄奔。其状真骡真马也，惟被以鞍勒，则伏不能起。然时有背带鞍花者，鞍所磨伤之处，创愈则毛作白色，谓之鞍花。又有蹄嵌踣铁[3]者，或

译文

乌鲁木齐有很多野牛，像平常的牛但是比平常的牛高大，成群结队，牛角锋利像长矛。它们行动时，强壮的牛在前面领头，弱小的牛跟在后面。如果从前面来攻击它们，野牛们就会狂奔冲撞，火铳火炮也不能抵御它们，即便是身经百战的强兵健卒，也不能包围它们；如果从牛群后面攻击它们，它们则狂奔而去绝不回头。野牛群中有一头个头最大的，就好像蜜蜂有蜂王一样，牛群跟着它行动。曾有一头为首的野牛，失足掉进深沟，一群野牛也跟着一个个跳下去，重重叠叠一起摔死。

又有野骡野马，也是成群结队地行动，但是它们不像野牛那么凶悍暴烈，见到人就跑。他们的样子和真骡真马一样，只是给它们戴上鞍子或拴上缰绳后就卧下不起。但也时而见到背上有鞍花的骡

曰山神之所乘，莫测其故。久而知为家畜骡马，逸入山中，久而化为野物，与之同群耳。骡肉肥脆可食，马则未见食之者。

又有野羊，《汉书·西域传》所谓羱羊[4]也，食之与常羊无异。又有野猪，猛鸷亚于野牛，毛革至坚，枪矢弗能入。其牙铦[5]于利刃，马足触之皆中断。吉木萨山中有老猪，其巨如牛，人近之辄被伤。常率其族数百，夜出暴禾稼。参领额尔赫图牵七犬入山猎，猝与遇，七犬立为所啖，复厉齿向人。鞭马狂奔，乃免。余拟植木为栅，伏巨炮其中，伺其出击之。或曰："傥击不中，则其牙拔栅如拉朽，栅中人危矣。"余乃止。又有野驼，止一峰，脔之极肥美。杜甫《丽人行》所谓"紫驼之峰出翠釜"，当即指此。今人以双峰之驼为八珍之一，失其实矣。（《槐西杂志二》）

马，鞍子磨伤的地方，创伤愈合后毛便变成白色，叫作鞍花。也有蹄子上嵌有铁掌的，有人说是山神的座骑，不知道其中的缘故。时间长了知道这是家畜骡马，逃到山中，久而久之成了野畜，和野骡野马结成一群。骡肉肥脆可口，但没有看到有人吃马的。

又有野羊，就是《汉书·西域传》所载的羱羊，吃起来和平常的羊肉没有区别。又有野猪，凶猛程度仅次于野牛，毛皮坚韧，枪击箭射都打不穿。野猪的牙齿比快刀还要锋利，马蹄子被它咬住，也会折断。吉木萨山中有老猪，大如牛，人靠近它就会被咬伤。老猪经常带领着数百头野猪，晚上出来糟蹋庄稼。参领额尔赫图牵着七条狗入山打猎，突然碰到老野猪，七条狗立马让它给吃了，又回头冲过来咬人。额尔赫图快马加鞭地狂奔才避免伤亡。我打算把大木头打进土里做栅栏，在栅栏中埋伏下大炮，等老野猪出来时用炮轰它。有人说："如果打不中它，那么老野猪用牙拔栅栏就如同拔烂木头，栅栏中的人就危险了。"我于是就放弃了这种想法。又有野驼，只有一个驼峰，吃起来味道极其肥美。杜甫《丽人行》所谓"紫驼之峰出翠釜"，指的就是这种食物。现在人们把双峰驼的驼峰视为八珍之一，便失实了。

注释

1 矟(shuò)：长矛。

2 殪(yì)：跌倒，死。

3 踣(bó)铁：踩踏铁器。

4 羱(yuán)羊：野生山羊，分布于崇山峻岭中，是典型的高山动物，登山技术非常高超，可攀上险要的悬崖绝壁。

5 铦(xiān)：锋利。

万年松

原文

田丈耕野官凉州镇时，携回万年松一片，性温而活血，煎之，色如琥珀。妇女血枯血闭诸证，服之多验。亲串[1]家递相乞取，久而遂尽。后余至西域，乃见其树，直古松之皮，非别一种也。土人煮以代茶，亦微有香气。其最大者，根在千仞深涧底，枝干亭苕，直出山脊，尚高二三十丈，皮厚者二尺有余。奴子吴玉保尝取其一片为

译文

田耕野老先生在凉州镇做官时，带回一片万年松，药性温和，能活血化瘀，煎出的汤水颜色如同琥珀。治疗妇女经血稀少、闭经等病症很有疗效。亲戚都相互传递消息到家来讨取，时间一久，就分光了。后来我到了西域，才见到这种树，只是古松的皮，而并不是另外一种树。当地人煮来以代茶水，也有微微的香气。最大的古松树，树根在千丈深的山涧底，树干耸立，超出山脊还有二三十丈，树皮有二尺多厚。仆人吴玉保曾剥下一片来做床。我说，福建、

床。余谓闽广芭蕉叶，可容一二人卧，再得一片作席，亦一奇观。

又尝见一人家，即树孔施门窗，以梯上下；入之，俨然一屋。余与呼延化州名华国，长安人，己未[2]进士，前化州知州。同登视，化州曰："此家以巢居兼穴处矣。"盖天山以北，如乌孙、突厥，古多行国[3]，不需梁柱之材，故斧斤不至。意其真盘古时物，万年之名，殆不虚矣。（《槐西杂志三》）

广东一带的芭蕉叶，可容得下一两个人睡，要再拿一片芭蕉叶来做席子配这张床，也算是一种奇观了。

又曾见过一户人家，在大树洞上装有门窗，用梯子上下；进去后，俨然就是一间房子。我和呼延化州名叫华国，是长安人，乾隆己未年的进士，前任化州知州。一同上去观察，呼延化州说："这户人家既是住在巢中，也是住在洞穴里了。"原来天山以北，如乌孙、突厥，在古代多是游牧国家，不需要梁柱等材料，所以也不来砍伐这些树。想来这些树都是盘古开天地时代的植物，称之为万年，真是名不虚传。

注释

1 **亲串：**关系亲密的人。

2 **己未：**乾隆四年(1739)。

3 **行国：**游牧国家。

神星峰古迹

原文

余尝惜西域汉画，毁

译文

我曾惋惜西域的汉代壁画，毁于兵

于烟煤[1]，而稍疑一二千年笔迹，何以能在？从侄虞惇曰："朱墨着石，苟风雨所不及，苔藓所不生，则历久能存。易州、满城接壤处，有村曰神星。大河北来，复折而东南，有两峰对峙河南北，相传为落星所结，故以名村。其峰上哆下敛，如云朵之出地，险峻无路。好事者攀踏其孔穴，可至山腰。多有旧人题名，最古者有北魏人、五代人，皆手迹宛然可辨。然则洞中汉画之存于今，不为怪矣。"惜其姓名虞惇未暇一一记也。易州、满城皆近地，当访其土人问之。(《槐西杂志四》)

火，但是稍稍又感到奇怪，一两千年的笔迹，为什么能保存到现在？堂侄虞惇说："用朱砂和黑墨画在石壁上，如果是风刮不到雨打不到，也不生苔藓的地方，就能长期保存下来。易州与满城接壤的地方，有个村子叫神星。黄河从北而来，又在这里折向东南，有两座山峰对峙在黄河的南北两岸，相传是流星所生成，故以此来命名村落。山峰上面张开下面收敛，就像云朵拔地而出，山势险峻，无路可寻。那些好事的人踩着山崖上的孔穴攀缘而上，可到达山腰。山腰上有不少古人的题名，最古老的有北魏人和五代人，字迹都仍然清晰可辨。这么说西域山洞中的汉画能保存到今天，也就不足为怪了。"可惜的是那些古人的姓名虞惇没有来得及一一记下。易州、满城都不算远，应该走访当地人去问问。

注释

1 **烟煤：**兵火。

物价与好尚

原文

金重牛鱼，即沈阳鲟鳇鱼[1]，今尚重之。又重天鹅，今则不重矣。辽重毗离[2]，亦曰毗令邦，即宣化黄鼠，明人尚重之，今亦不重矣。明重消熊、栈鹿[3]，栈鹿当是以栈饲养，今尚重之；消熊则不知为何物，虽极富贵家，问此名亦云未睹。盖物之轻重，各以其时之好尚，无定准也。

记余幼时，人参、珊瑚、青金石价皆不贵，今则日昂。绿松石、碧鸦犀[4]价皆至贵，今则日减。云南翡翠玉，当时不以玉视之，不过如蓝田乾黄，强名以玉耳；今则以为珍玩，价远

译文

金朝时人们看重牛鱼，就是沈阳的鲟鳇鱼，现在的人还很看重。金朝时又看重天鹅肉，如今却不看重了。辽代看重毗离，也称作毗令邦，就是宣化黄鼠，明代人也还看重，现在人们也不重视了。明代人看重消熊、栈鹿，栈鹿应该是在圈内饲养的，如今仍然十分珍视；至于消熊就不知道是什么东西了，即便是极其富贵的人家，提到这个名字，也都说没见过。大概东西的贵贱，是按照当时人的喜好不断变化，没有固定的标准。

记得我小时候，人参、珊瑚、青金石都不贵，如今价格却一天比一天高。绿松石、碧鸦犀当时都很贵，现在却越来越便宜了。云南翡翠玉石，当时没有人把它当作玉看，认为不过是蓝田乾黄一类的东西，只不过勉强用了玉的名字；如今人们却把它看作是珍贵的玩物，价格远

出真玉上矣。又灰鼠旧贵白，今贵黑。貂旧贵长毳[5]，故曰丰貂，今贵短毳。银鼠旧比灰鼠价略贵，远不及天马，今则贵几如貂。珊瑚旧贵鲜红如榴花，今则贵淡红如樱桃，且有以白类车渠[6]为至贵者。盖相距五六十年，物价不同已如此，况隔越数百年乎？儒者读《周礼》蚳酱[7]，窃窃疑之，由未达古今异尚耳。

（《姑妄听之一》）

远超过真玉。再如灰鼠皮，以前以白色为贵，如今却以黑色为贵。貂皮以前长毛的价格高，所以叫丰貂，如今却以短毛的为贵。以前银鼠皮要比灰鼠皮价格稍贵，远不如天马皮，而今几乎与貂皮同价了。珊瑚，以前人们喜欢如榴花一样的鲜红色，现在喜欢如樱桃一样的淡红色，还有人把像砗磲一样白的看作是最为珍贵的。不过相隔了五六十年，物价的变化已经如此明显，更何况是隔了几百年呢？儒生们读《周礼》，对有关蚳酱的说法表示怀疑，这是不明白古今风俗不断变迁的缘故啊。

注释

1 **鲟鳇鱼：**鲟鳇鱼分布于黑龙江，乌苏里江和松花江下游，嫩江等水域，学名达氏鳇，是白垩纪时期保存下来的古生物，曾与恐龙在地球上共同生活，素有水中“活化石”之称，是鲟鱼和达氏鳇两种鱼类的总称，由于人们常将两者相提并论，所以统称鲟鳇鱼。

2 **毗（pí）离：**亦作“毗狸”。契丹语译音。即黄鼠。形似大家鼠，体棕黄色，眼大，较突出。群栖于干燥的草原地区，遍布我国东北、内蒙古、华北和西北。其毛皮可利用。

3 **消熊、栈鹿：**消熊指肥熊。栈鹿指在圈内加料精养的鹿。

4 **碧鸦犀：**亦作“碧牙西”。质如水晶，透明。有红、黄、紫等色。

5 **毳（cuì）：**鸟兽的细毛。

6 **车渠：**即砗磲。

7 **蚳（chí）酱：**古人用白色的蚁卵做酱，供食用。

兰　虫

原文

李又聃先生言：东光毕公偶忘其名，官贵州通判，征苗时运饷遇寇，血战阵亡者也。尝奉檄勘苗峒地界，土官盛宴款接。宾主各一磁盖杯置面前，土官手捧启视，则贮一虫如蜈蚣，蠕蠕旋动。译者云：此虫兰开则生，兰谢则死，惟以兰蕊为食，至不易得。今喜值兰时，搜岩剔穴，得其二。故必献生，表至敬也。旋以盐末少许洒杯中，覆之以盖，须臾启视，已化为水，湛然净绿，莹澈如琉璃，兰气扑鼻。用以代醯[1]，香沁齿颊，半日后尚留余味，惜未问其何名也。（《姑妄听之一》）

译文

李又聃先生说：东光人毕公偶尔忘记他的名字，官任贵州通判，征讨苗民时运送粮饷遇到强盗，血战阵亡。曾奉命勘定苗族人居住的地界，当地酋长盛宴接待。宾主前面各放一个瓷盖杯，酋长手捧杯子打开来看，里面装着一条像蜈蚣一样的虫子，在杯中蠕蠕翻动。翻译说：这种虫子在兰花开的时候生，兰花谢后就死了，它只吃兰花蕊，非常不容易抓到。现在正好时值兰花盛开，在岩穴中搜讨，才得到这两条。所以一定要活着献给您，表示我们最深的敬意。接着他们洒了一点盐末在杯子中，盖上盖子，过了一会儿打开一看，虫子已经化为了水，水色碧绿清澈，透明得像玻璃一样，兰花香气扑鼻。用它来代替酒，香味满口，半天后嘴里还有余香，可惜没有问这种虫子叫什么名字。

注释

1 醯(xī)：本意指醋，此处应指酒。

哈密瓜

原文

西域之果，蒲桃[1]莫盛于土鲁番，瓜莫盛于哈密。蒲桃京师贵绿者，取其色耳。实则绿色乃微熟，不能甚甘；渐熟则黄，再熟则红，熟十分则紫，甘亦十分矣。此福松岩额驸[2]名福增格，怡府婿也。镇辟展时为余言。瓜则充贡品者，真出哈密；馈赠之瓜，皆金塔寺产。然贡品亦只熟至六分有奇，途间封闭包束，瓜气自相郁蒸，至京可熟至八分。如以熟八九分者贮运，则蒸而霉烂矣。

余尝问哈密国王苏来满额敏和卓之子。："京师园户，

译文

西域的水果，葡萄莫过于土鲁番，瓜莫过于哈密。葡萄在京城以绿色为贵，是看重颜色罢了。实际上绿色是刚有些成熟，不怎么甜；熟一点就会变成黄色，再熟一点就变成红色，熟透了就成了紫色，也甜到了极点。这是福松岩额驸名叫福增格，怡府的女婿镇守辟展的时候对我说的。作为贡品的瓜，真的是哈密所产；用于馈赠的瓜，都是金塔寺产的。但贡品的瓜也只有六分多熟，运输途中把瓜封闭包装，包装好的瓜在途中以气相蒸，到了京城可熟至八分。如果拿熟到了八九分的瓜来储藏运输，途中就会发热霉烂。

我曾问过哈密的国王苏来满额敏和卓的儿子。："京城瓜农用哈密瓜籽种出的瓜，第一年形状味道没变；第二年味

以瓜子种植者，一年形味并存；二年味已改，惟形粗近；三年则形味俱变尽。岂地气不同欤？”苏来满曰：“此地土暖泉甘而无雨，故瓜味浓厚。种于内地，固应少减，然亦养子不得法。如以今年瓜子，明年种之，虽此地味亦不美，得气薄也。其法当以灰培瓜子，贮于不湿不燥之空仓，三五年后乃可用。年愈久则愈佳，得气足也。若培至十四五年者，国王之圃乃有之，民间不能待，亦不能久而不坏也。”其语似为近理。然其灰培之法，必有节度，亦必有宜忌，恐中国以意为之，亦未必能如所说耳。（《姑妄听之一》）

道变了，只有形状相近；第三年形状味道就都变了。这难道是因为地域气候不同吗？”苏来满说：“哈密这个地方气候温暖，泉水甘甜，降雨量少，所以瓜味浓厚。在内地种植，味道自然会差些，但也在于种子养护不得法。比如用今年的瓜籽，明年去种，就在当地味道也不会太好，因为它得到的培育之气少。种子养护的方法是用灰埋上瓜籽，贮藏在不湿不燥的空仓里，三五年后才可以用。埋的时间越久种出来的瓜就越好，这是得到了充足的培育之气。如果是埋了十四五年的瓜籽，只有在国王的园子里有，老百姓等不了那么久，也不能放那么久而不坏。”他的话好像有道理。但是灰培的方法，也必须有节度规定，也一定有些讲究，如果内地随意来操作，也未必能达到他说的那个效果。

注释

1 **蒲桃**：即葡萄。

2 **额驸**：清代公主的丈夫。

藤花与青桐

原文

京师花木最古者，首给孤寺吕氏藤花，次则余家之青桐，皆数百年物也。桐身横径尺五寸，耸峙高秀，夏月庭院皆碧色。惜虫蛀一孔，雨渍其内，久而中朽至根，竟以枯槁。吕氏宅后售与高太守兆煌，又转售程主事振甲。

藤今犹在，其架用梁栋之材，始能支拄。其阴覆厅事一院，其蔓旁引，又覆西偏书室一院。花时如紫云垂地，香气袭衣。慕堂孝廉在日，慕堂名元龙，庚午[1]举人，朱石君之妹婿也。与余同受业于董文恪公。或自宴客，或友人借宴客，觞咏殆无虚夕。迄

译文

京城最古老的花木，首推给孤寺的吕家藤花，第二就是我家的青桐，都是几百年的东西。青桐树干直径一尺五寸，清秀挺拔，每到夏天，庭院就在绿荫之下。可惜这棵青桐被虫子蛀了一个孔，雨水常年浸在树中，久而久之树干腐坏直到树根，竟因此枯死。吕家宅院后来卖给了太守高兆煌，高太守又转卖给主事程振甲。

藤花现在还在，架子是用栋梁之材，才能支撑得住它。庭前的院子都被它繁盛的枝叶覆盖，枝蔓在旁边延伸，又把西面书房的一个院子盖住。开花时节藤花就像紫云垂地一样，香气沾衣。慕堂举人在世的时候，慕堂名叫元龙，是乾隆庚午年的举人，朱石君的妹夫。与我一同受业于董文恪先生。有时自己宴请客人，有时朋友借这个地方宴请客人，饮酒赋诗，没

今四十余年，再到曾游，已非旧主，殊深邻笛之悲[2]。倪穟畴年丈尝为题一联曰："一庭芳草围新绿，十亩藤花落古香。"书法精妙，如渴骥怒猊[3]。今亦不知所在矣。（《姑妄听之一》）

有空过一个夜晚。到现在已经有四十多年，旧地重游，已经不是旧主人，不禁让我想起"邻笛之悲"的故事。倪穟畴老先生曾为藤花题写一联："一庭芳草围新绿，十亩藤花落古香。"书法精妙，笔势遒劲奔放。如今这副对联也不知落于何处了。

注释

1 **庚午：**乾隆十五年(1750)。

2 **邻笛之悲：**典出三国向秀《思旧赋》。嵇康、吕安被司马昭杀害后，他们的好友向秀过嵇康的旧居，听到邻人的笛声，怀亡友感音而叹，于是写了一篇《思旧赋》。后遂以"悲邻笛"为哀念亡友的典故。

3 **渴骥怒猊：**骥，意为好马。猊，也称"狻猊"，即狮子。意谓口渴的骏马奔向泉水，愤怒的狮子撬扒石头。形容书法遒劲奔放。

珊瑚钩

原文

《宋书·符瑞志》曰：珊瑚钩，王者恭信则见。然不言其形状，盖自然之宝也。杜工部诗曰："飘飘青琐郎[1]，文采珊瑚钩。"似即指此。萧

译文

《宋书·符瑞志》记载：珊瑚钩，王者恭敬信用，它就出现。但是没有说它的形状，大概是自然生成的宝物。杜甫诗云："飘飘青琐郎，文采珊瑚钩。"似乎指的就是这种东西。萧铨诗

铨诗曰:“珠帘半上珊瑚钩。”则以珊瑚为钩耳。余见故大学士杨公一带钩,长约四寸余,围约一寸六七分。其钩就倒垂丫杈,截去附枝,作一螭头。其系绦缳柱,亦就一横出之瘿瘤[2],作一芝草。其干天然弯曲,脉理分明,无一毫斧凿迹,色亦纯作樱桃红,殆为奇绝。其挂钩之环,则以交柯连理之枝,去其外岐,而存其周围相属者,亦似天成。然珊瑚连理者多,佩环似此者亦多,不为异也。云以千四百金得诸洋船。此在壬午、癸未[3]间,其时珊瑚易致,价尚未昂云。(《姑妄听之三》)

说:“珠帘半上珊瑚钩。”则认为是用珊瑚做成的钩。我见过已故大学士杨公的一只带钩,长约四寸多,粗约一寸六七分。它的钩就是倒垂枝杈截去旁边的小枝,做成一个螭头的形状。它上面系丝绳的圆环柱子,也就是用一个横着长出来的瘿瘤做成一株灵芝的形状。它的主干天然弯曲,脉络纹理分明,没有一丝一毫人工雕刻的痕迹,颜色也是纯正的樱桃红,很是奇绝。挂钩的环是用孪生树木的连理枝,去掉外面的分杈,留下连成一体的一段,也好像是自然生成的。但珊瑚连理枝很多,佩环像这样的也不少,不足为奇。这只带钩据说是用一千四百两银子从西洋商船上买来的。这件事在乾隆壬午、癸未年间,那时候珊瑚还容易得到,价格也还不贵。

注释

1 **青琐郎:**黄门侍郎的别称。秦代初置,即给事于宫门之内的郎官,是皇帝近侍之臣,可传达诏令,汉代以后沿用此官职,明清时期侍郎为从二品官员,负责协助皇帝处理朝廷事务。

2 **瘿瘤:**由于其他生物的寄生所引起的植物体异常发育或异常生长的部分。

3 **壬午:**乾隆二十七年(1762)。**癸未:**乾隆二十八年(1763)。

琢玉之术

原文

世谓古玉皆昆吾刀[1]刻，不尽然也。魏文帝《典论》[2]已不信世有昆吾刀，是汉时已无此器。李义山诗“玉集胡沙割”，是唐已沙碾[3]矣。今琢玉之巧，以痕都斯坦为第一。其地即佛经之印度、《汉书》之身毒；精是技者，相传犹汉武时玉工之裔，故所雕物象，颇有中国花草，非西域所有者，沿旧谱也。

又云别有奇药能软玉，故细入毫芒，曲折如意。余尝见玛少宰[4]兴阿自西域买来梅花一枝，虬干夭矫，殆可以插瓶；而开之则上盖下底成一盒，虽细条碎瓣

译文

人们说古代的玉器都是用昆吾刀雕刻的，不完全是这样。魏文帝《典论》已经不相信世上有昆吾刀，可见汉代时已经没有这种工具了。李商隐诗“玉集胡沙割”，可见唐代已经用沙碾法来雕刻玉器。如今雕刻玉器的技巧，以痕都斯坦为第一。痕都斯坦就是佛经中的印度、《汉书》中的身毒；精于雕玉工艺的，相传还是汉武时期玉工的后裔，所以雕刻的形象，有很多中国的花草，不是西域特有的形象，他们还是按照以前传下来的图样来刻。

又有人说，有一种奇药能让玉变软，所以玉雕的图案能细致入微，曲折随意。我曾见过吏部侍郎玛兴阿从西域买来的一枝玉梅花，枝杈虬结弯曲，简直可以看作是真梅花来插瓶；而一打开，这枝花的上面是盖，下面是底，成了一

亦皆空中。又尝见一钵，内外两重，可以转而不可出，中间隙缝，仅如一发，摇之无声，断无容刀之理。刀亦断无屈曲三折，透至钵底之理。疑其又有粘合无迹之药，不但能软也。此在前代，偶然一见，谓之鬼工。今则纳赆输琛[5]，有如域内，亦寻常视之矣。(《姑妄听之三》)

个盒子，即使是细枝条、碎花瓣中间也都是空的。我又曾见过一个玉钵，有里外两层，里面那层可以转动但拿不出来，中间缝隙也就头发丝那么大，摇动起来没有声音，这么细小的空间肯定容不下刀。刀也不可能弯成几道深入到钵底。估计是有一种黏合后没有痕迹的药，而不仅仅能让玉变软。前代人偶然见到这些玉器，认为是鬼斧神工。如今外国向朝廷进贡的宝物，就像地方向朝廷进贡一样，所以这些东西也就不足为奇了。

注释

1 **昆吾刀：**古代名刀，用昆吾石冶炼成铁制作的刀，据说古时刻玉须用昆吾刀。

2 **《典论》：**是最早的文艺理论批评专著。三国时代曹丕所著，写于曹丕做魏太子时期，原有二十二篇，后大都亡佚，只存《自叙》《论文》《论方术》三篇。

3 **沙碾：**加工玉器的方法。

4 **少宰：**春秋时期宋国设有少宰，为太宰之副。宋徽宗政和年间曾改尚书左仆射为太宰，右仆射为少宰。明、清常用作吏部侍郎的别称。

5 **纳赆(jìn)输琛：**进贡的财宝。

通犀与大理石

原文

唐宋人最重通犀[1]，所云“种种人物，形至奇巧者。唐武后之笏，作双龙对立状。宋孝宗之带，作南极老人[2]扶杖像”。见于诸书者不一，当非妄语。今惟有黑白二色，未闻有肖人物形者，此何以故欤？惟大理石往往似画，至今尚然。

尝见梁少司马铁幢家一插屏，作一鹰立老树斜柯上，觜[3]距翼尾，一一酷似；侧身旁睨，似欲下搏，神气亦极生动。朱运使子颖，尝以大理石镇纸赠亡儿汝佶，长约二寸，广约一寸，厚约五六分。一面悬崖对峙，中有二人乘一舟顺流下；一面

译文

唐宋人最看重通犀，所说“上面种种人和物，形状有的特别奇怪巧妙。唐代武后的手板，上面有双龙对立的图案。宋孝宗的犀带，上面有南极老人拄杖的图像”。类似的记载在各种书中说法有很多，应当不是胡言乱语。如今只有黑白两种颜色，没有听说有人和物肖形的图案，这是什么缘故呢？只有大理石往往有类似于画一样的图案，现在还能见到。

我曾经见到过兵部侍郎梁铁幢家的一扇插屏，上面是一只老鹰站立在老树斜枝上的图案，嘴、爪子、翅膀、尾巴都一一极其相似；老鹰侧身斜视，好像是要飞下来搏击的样子，神气也极为生动。朱子颖运使曾将一块大理石镇纸赠送给我已故大儿子汝佶，这块镇纸长约二寸，宽约一寸，厚约五六分。一面

作双松欹立，针鬣分明，下有水纹，一月在松梢，一月在水，宛然两水墨小幅。上有刻字，一题曰“轻舟出峡”，一题曰“松溪印月”，左侧题“十岳山人”，字皆八分书。盖明王寅故物也。汝佶以献余，余于器玩不甚留意，后为人取去。烟云过眼矣，偶然忆及，因并记之。（《姑妄听之三》）

是悬崖对峙的图案，中间有两个人乘一小舟顺流而下；一面是双松欹立的图案，连松针也清晰可见，下有水波纹，一个月亮在松树枝头，一个月亮在水中，宛然是两幅水墨小画。上面刻有字，一面题作“轻舟出峡”，一面题作“松溪印月”，左侧题作“十岳山人”，字都是八分书。大概是明代王寅的旧东西。汝佶把它们献给我，我对于器物玩艺不太感兴趣，后来就被人拿走了。这些东西对我来说如过眼烟云，偶然回忆起来，就一并记下来。

注释

1 **通犀**：是犀角的一种。

2 **南极老人**：民间信仰中的一位神仙，象征长寿。本为星名，即南极星。旧时以为此星主寿。

3 **觜**(zuǐ)：人嘴。

雪莲之功不补患

原文

塞外有雪莲，生崇山积雪中，状如今之洋菊，

译文

塞外有雪莲，生长在高山的积雪中，形状像现在的洋菊，以莲为名而已。它必

名以莲耳。其生必双，雄者差[1]大，雌者小。然不并生，亦不同根，相去必一两丈，见其一，再觅其一，无不得者。盖如菟丝、茯苓，一气所化，气相属也。凡望见此花，默往探之则获。如指以相告，则缩入雪中，杳无痕迹，即劚雪求之，亦不获。草木有知，理不可解。土人曰："山神惜之。"其或然欤？

此花生极寒之地，而性极热。盖二气有偏胜，无偏绝，积阴外凝，则纯阳内结。坎卦以一阳陷二阴之中，剥、复二卦，以一阳居五阴之上下，是其象也。然浸酒为补剂，多血热妄行。或用合媚药[2]，其祸尤烈。盖天地之阴阳均调，万物乃生；人身之阴阳均调，百脉乃和。故《素问》[3]曰："亢则害，承乃制。"自丹溪[4]立"阳常有余，阴常不足"之说，医家失其本旨，往往以苦寒伐生气。张介宾[5]辈矫枉过直，遂偏于补阳。而参蓍桂

定是成双成对生长，雄株稍大，雌株较小。但是不并生，也不同根，雌雄间距必定是一两丈远，看到一株，就能再找到另外一株，没有找不到的。大概如同菟丝、茯苓一类，都是在同样的环境中生长出来，所以雌雄两株气息相同。凡是望见这种花，悄悄不做声地就能采获。如果指着它告诉别人，那么花就缩入雪中，一点痕迹也留不下，就是挖开雪也找不到。草木有灵知，其中的秘密是无法解释的。当地人说："这是山神爱惜雪莲。"也许是这样吧？

这种花生长在极寒的地方，性却极热。大概是阴阳二气有一方偏胜，却没有偏到极点，阴气在外凝聚，那么纯阳就在内蕴结。坎卦是一个阳爻夹在两个阴爻的中间，剥、复二卦，一个阳爻居于五个阴爻的上方或下方，这即是雪莲的卦象。然而用雪莲泡酒作为补剂，服用后多发生血热和机能紊乱。有人用雪莲做春药，害处更严重。因此天地之间阴阳二气协调，万物生长；人身上的阴阳二气协调，血脉畅通。所以《素问》中说："过分则有害，持续发展则能控制。"自从元代朱震亨提出"阳常有余，阴常不足"的说法，医家没有理解这句话的本义，往往以苦寒药来杀伐生

附，流弊亦至于杀人。是未知《易》道扶阳，而乾之上九，亦戒以“亢龙有悔”也。

嗜欲日盛，羸弱者多，温补之剂易见小效，坚信者遂众。故余谓偏伐阳者，韩非刑名之学；偏补阳者，商鞅富强之术。初用皆有功，积重不返。其损伤根本，则一也。雪莲之功不补患，亦此理矣。（《滦阳消夏录三》）

气。明代张介宾等人矫枉过正，于是偏重于补阳。大量用人参、蓍草、肉桂、附子，这种用药方法的弊端几近杀人。这是不懂《周易》的扶阳之道，乾卦中的上九一爻，就有“亢龙有悔”的告诫。

人们的嗜欲日益强烈，身体羸弱的人居多，而温补的药方容易见到效果，所以坚信的人就越来越多。因此我认为偏重杀伐阳气，就像韩非的刑名之学；偏重于补阳气，好似商鞅的富强之术。最初使用都有效果，但积重不返。二者都会损伤根本，在这一点上是相同的。雪莲不能用来补亏，也是这个道理。

注释

1 **差：**大致还可以。

2 **媚药：**即“春药”。

3 **《素问》：**《黄帝内经素问》的简称，古代中医学著作之一，也是现存最早的中医理论著作，相传为黄帝创作，大约成书于春秋战国时期。所论内容十分丰富，以人与自然统一观、阴阳学说、五行说、脏腑经络学为主线，论述摄生、脏腑、经络、病因、病机、治则、药物以及养生防病等各方面的关系，集医理、医论、医方于一体。突出阐发了古代的哲学思想，强调了人体内外统一的整体观念，从而成为中医基本理论的渊源。

4 **丹溪：**朱丹溪，名震亨，字彦修，元代著名医学家，婺州义乌（今浙江义乌）人。学者尊称“丹溪翁”或“丹溪先生”。朱丹溪倡导“阳常有余，阴常不足”说，创阴虚相火病机学说，善用滋阴降火的方药，为“滋阴派”（又称“丹溪学派”）的创始人，与刘完素、张从正、李东垣并列为“金元四大家”，在中国医学史上占有重要地位。

5 **张介宾**：明代医学家，字会卿，号景岳，别号通一子。会稽（今浙江绍兴）人。张介宾对《素问》《灵枢》有深入精研，经三十载而著成《类经》三十二卷，将《内经》加以分门别类，详加阐释，亦多所发明，后代医家誉之。

小儿吞铁物方

原文

蔡葛山先生曰："吾校《四库》书，坐讹字夺俸者数矣，惟一事深得校书力。吾一幼孙，偶吞铁钉，医以朴硝等药攻之，不下，日渐尪[1]弱。后校《苏沈良方》[2]，见有小儿吞铁物方，云剥新炭皮，研为末，调粥三碗，与小儿食，其铁自下。依方试之，果炭屑裹铁钉而出。乃知杂书亦有用也。此书世无传本，惟《永乐大典》收其全部。余领书局时，属王史亭排纂成帙。苏沈者，苏东坡、沈存中[3]也。二公皆好

译文

蔡葛山先生说："我校勘《四库全书》时，因为校错文字而几次被罚俸禄，只有一件事是因为校书获得意外收获。我的一个小孙子，偶然误吞了铁钉，医生用朴硝等药物催泻，铁钉没有泻下来，人却一天天地虚弱下去。后来在校《苏沈良方》时，看到有小儿吞铁物的药方，说是剥取新炭的皮，磨成粉末，用它调三碗粥，给小孩吃下，铁钉自然便会泻出。我照着方子来试，果然炭屑裹着铁钉泻出。于是知道杂书也有用处。这本书没有传世之本，只有《永乐大典》收录全书。我在主持书局公所时，嘱咐王史亭编排成册。苏沈就是苏东坡、沈存中。两位先生都喜欢谈论医药。宋

讲医。宋人集其所论，为此书云。”（《槐西杂志二》）

代人收集他们有关医药的论述，编成此书。”

注释

1 尫(wāng)：瘦弱。

2 《苏沈良方》：又名《苏沈内翰良方》，原书十五卷。是北宋末年（一说为南宋）佚名编者根据沈括的《良方》（又名《得效方》）十卷与苏轼的《苏学士方》（又名《医药杂说》）整理编撰而成的医学书籍。

3 沈存中：即沈括，字存中，号梦溪丈人，浙江杭州钱塘人，北宋政治家、科学家。

弈棋

原文

《象经》[1]始见《庾开府集》，然所言与今法不相符。《太平广记》[2]载棋子为怪事，所言略近今法，而亦不同。北人喜为此戏，或有耽之忘寝食者。景城真武祠未圮时，中一道士酷好此，因共以“棋道士”呼之，其本姓名乃

译文

《象经》一书，最早见于《庾开府集》，但所讲下棋方法与现在不同。《太平广记》记载棋子作怪的事，所讲下棋方法与现在略同，但也有所不同。北方人喜欢这种游戏，有人甚至着迷到废寝忘食的地步。景城真武祠没有坍塌的时候，祠中有一个道士酷好下棋，所以人们称呼他为“棋道士”，他本来的名字倒不为人们所知。一天，堂兄方洲到道士住的地方，看到几案

转隐。一日，从兄方洲入所居，见几上置一局，止三十一子，疑其外出，坐以相待。忽闻窗外喘息声，视之，乃二人四手相持，共夺一子，力竭并踣[3]也。癖嗜乃至于此！

南人则多嗜弈，亦颇有废时失事者。从兄坦居言：丁卯乡试[4]，见场中有二士，画号板为局，拾碎炭为黑子，剔碎石灰块为白子，对着不止，竟俱曳白而出。夫消闲遣日，原不妨偶一为之；以此为得失喜怒，则可以不必。东坡诗曰："胜固欣然，败亦可喜。"荆公[5]诗曰："战罢两奁收白黑，一枰何处有亏成？"二公皆有胜心者，迹其生平，未能自践此言，然其言则可深思矣。辛卯冬[6]，有以《八仙对弈图》求题者，画为韩湘、何仙姑对局，五仙旁观，而铁拐李枕一壶卢睡。余为题曰："十八年来阅宦途，此心久似水中凫。如何才踏春明路，又看《仙人对弈图》。""局中局外两沉吟，犹是人间胜负心。那似顽仙痴

上放着棋局，只有三十一颗棋子，怀疑他外出，就坐在那里等他。忽然听到窗外有喘息的声音，出去一看，是两个人四只手拉扯在一起抢一颗棋子，争得筋疲力竭，都倒在地上。癖好竟然到了这种地步！

南方人则多半嗜好围棋，也有很多因下棋而耽误事情的。堂兄坦居说：他参加丁卯年的乡试，看到考场中有两个读书人，在号板上画了棋盘，拣碎炭作为黑子，用碎石灰块作为白子，不停地对局，最后居然都交了白卷。为了消遣度日，偶尔下下棋原也无妨；但因此而牵连到人的得失喜怒，就大可不必了。苏东坡诗云："胜固欣然，败亦可喜。"王荆公诗曰："战罢两奁收白黑，一枰何处有亏成？"两位先生都有好胜之心，看看他们一生所为，并没有实践自己的诗意，但是他们的话还是值得深思的。辛卯年冬天，有人画了幅《八仙对弈图》来求我题画，画中所画为韩湘子、何仙姑对局下棋，其他五位神仙在旁观看，而铁拐李枕着一个葫芦大睡。我为他的画题诗两首："十八年来阅宦途，此心久似水中凫。如何才踏春明路，又看《仙人对弈图》。""局中

不省，春风蝴蝶睡乡深。”今老矣，自迹生平，亦未能践斯言，盖言则易耳。（《槐西杂志二》）

局外两沉吟，犹是人间胜负心。那似顽仙痴不省，春风蝴蝶睡乡深。”我现在老了，回顾生平，也没能实践诗中之意，真是说比做要容易啊。

注释

1《**象经**》:北周天和四年(569)，由北周武帝宇文邕所编写，并由王褒作《象戏经序》、庾信作《进象经赋表》《象戏赋》，现存三篇。

2《**太平广记**》:宋代李昉、徐铉等十二人奉宋太宗之命编纂。全书五百卷，目录十卷，取材于汉代至宋初的野史传说及道经、释藏等为主的杂著，属于类书。

3 **踣**(bó)：跌倒。

4 **丁卯**：乾隆十二年(1747)。

5 **荆公**：即王安石，字介甫，号半山，临川(今江西抚州市临川区)人，北宋著名的思想家、政治家、文学家。

6 **辛卯**：乾隆三十六年(1771)。

毒鱼法

原文

虞惇又言：落星石北有渔梁[1]，土人世擅其利，岁时以特牲[2]祀梁神。偶有人教以毒鱼法，用芫花[3]于上

译文

虞惇又说：落星石北面有道渔梁，当地人世代独享捕鱼的好处，每年捕鱼时就用牲畜祭祀渔梁神。偶尔有人教当地人毒鱼的方法，用芫花在上流揉搓

流挼[4]渍，则下流鱼虾皆自死浮出，所得十倍于网罟[5]。试之良验。因结团焦[6]于上流，日施此术。一日，天方午，黑云自龙潭暴涌出，狂风骤雨，雷火赫然，燔其庐为烬。众惧，乃止。夫佃渔之法，肇自庖羲[7]；然数罟不入，仁政存焉。绝流而渔，圣人尚恶；况残忍暴殄，聚族而坑哉！干神怒也宜矣。（《槐西杂志四》）

浸泡，下流的鱼虾就都被毒死漂浮在水面，收获的鱼虾要比网捕多十倍。经过试验，十分有效。于是就在上游搭起草棚，每天都用这种方法毒鱼。一天，正当中午，有黑云从龙潭突然汹涌而出，狂风暴雨，雷电交加，把草棚子烧成灰烬。大家都害怕了，于是才停止毒鱼。捕鱼的方法，从伏羲时就有了；不过，细密的网不入鱼池，这种仁政一直存在。截断河流捕鱼，圣人都反感；何况是用残忍的手段摧残生命，一下子消灭鱼群呢！惹怒神仙，也是必然之事。

注释

1 **渔梁：**筑堰拦水捕鱼的一种设施。

2 **特牲：**祭礼或宾礼只用一种牲畜。

3 **芫花：**又名“药鱼草”“鱼毒”等。瑞香科，瑞香属，落叶小灌木。剧毒，但有治水肿和祛痰的功效。

4 **挼(ruó)：**揉搓。

5 **罟(gǔ)：**鱼网。

6 **团焦：**圆形草屋。

7 **庖羲：**古代中国传说中的三皇之一。相传其始画八卦，又教民渔猎，取牺牲以供庖厨，故又称庖牺。

烧灰除积食

原文

里媪遇饭食凝滞者，即以其物烧灰存性，调水服之。余初斥其妄，然亦往往验。审思其故，此皆油腻凝滞者也。盖油腻先凝，物稍过多，则遇之必滞。凡药物入胃，必凑其同气[1]，故某物之灰，能自到某物凝滞处。凡油腻得灰即解散，故灰到其处，滞者自行，犹之以灰浣垢而已。若脾弱之凝滞，胃满之凝滞，气郁之凝滞，血瘀痰结之凝滞，则非灰所能除矣。（《姑妄听之一》）

译文

村里有个老太太，遇到积食的人，就用患者吃过的东西烧到不太焦的时候，保存食物的本质，再研成末，调水让患者喝下去。我开始以为这种方法没有道理，但是却常常有效。仔细琢磨其中的缘故，才领悟到这些病人都是吃了油腻的食物而导致积食。大概是油腻的东西先凝固，然后其他的食物稍吃多了，遇到已经凝结的油腻就会积起来。凡药物进入胃中，必定接近与它性质相同的食物，所以某种东西的灰，能自动到某种食物的凝滞处。凡是油腻遇到灰就会自行解散，所以灰到了积食的地方，就会自动复原通畅，这就像用灰擦洗污垢一样。如果是脾弱的凝滞，胃满的凝滞，气郁的凝滞，血瘀痰结的凝滞，就不是灰能治好的了。

注释

1 **同气：**性质相同的东西。

第十二编

逸趣杂闻

纪昀认为小说往往是附会之词，主张小说写作要坚持“学者之笔”，如纪氏往往在讲故事时明确故事发生的具体时间、地点，又在故事中有考证之笔，然而在他的故事讲述中亦往往逸趣横生，《槐西杂志一·高西园痴爱印》讲述高西园曾无意得司马相如一玉印，德州卢雅雨索观，西园离席半跪，神情严厉地说：“凤翰一生结客，所有皆可与朋友共，其不可共者惟二物，此印及山妻也。”

一富人家中元家祭，酒案上杯裂如爆竹，原来是其子邀妓，用这个酒杯仿效杨维桢“鞋杯”的故事（《槐西杂志一·杨铁崖鞋杯》）。黄叶道人潘班宴席间屡呼巨公为兄，原来是因为他只以本朝年岁来计算年龄（《姑妄听之四·与兄行年较一岁》）。诙谐的笔法，其实也反映了纪昀本人豁达、淡然的人生态度，在《如是我闻一·达观》中，纪氏戏言：“我百年后，倘图书器玩，散落人间，使赏鉴家指点摩挲曰：‘此纪晓岚故物。’是亦佳话。”洒脱的性格兼之诙谐的话语方式大有庄子遗风，一个个故事在纪昀笔下亦庄亦谐，文笔如行云流水，怡然悠然，潇洒自如，妙趣纵横。

君子用心

原文

太原折生遇兰言:其乡有扶乩者,降坛大书一诗曰:“一代英雄付逝波,壮怀空握鲁阳戈[1]。庙堂有策军书急,天地无情战骨多。故垒春滋新草木,游魂夜览旧山河。陈涛十郡良家子,杜老酸吟意若何。”署名曰“柿园败将”[2]。皆悚然,知为白谷孙公[3]也。柿园之役,败于中旨[4]之促战,罪不在公。诗乃以房琯车战[5]自比,引为己过。正人君子之用心,视王化贞辈偾辕[6]误国,犹百计卸责于人者,真三光之于九泉矣。大同杜生宜滋,亦录有此诗,“空握”作“辜负”,“春滋”作“春添”,“意若何”作“竟若何”,凡四字不同。盖传写偶异,大旨则无殊也。(《如是我闻一》)

译文

太原书生折遇兰说:他的家乡有人扶乩,降临乩坛的神仙用大字写诗道:“一代英雄付逝波,壮怀空握鲁阳戈。庙堂有策军书急,天地无情战骨多。故垒春滋新草木,游魂夜览旧山河。陈涛十郡良家子,杜老酸吟意若何。”署名为“柿园败将”。大家都很惊恐,知道是孙传庭显灵。柿园这一战,败在皇帝催促作战,罪责不在孙公。诗中以房琯车战自比,引为自己的过错。这就是正人君子的用心,再看看王化贞之流战败误国,还千方百计把责任推卸给别人,差距真好比日月星辰的光辉和地府的阴暗了。大同的书生杜宜滋,也抄录了这首诗,只是“空握”写作“辜负”,“春滋”写作“春添”,“意若何”写作“竟若何”,共有四个字不同。大概是传写中偶有差异,大意没有什么区别。

注释

1 **鲁阳戈**：比喻力挽危局的手段或力量。

2 **柿园败将**：明崇祯十五年(1642),孙传庭在郏县大败于李自成,郏县之战(柿园之役)是明朝末年关键性的转折战役。经此役,明朝失去了最后一支有力的军事力量,不久就灭亡了。

3 **白谷孙公**：孙传庭,字伯雅,又字白谷,代州镇武卫(今山西代县)人。崇祯十六年(1643)任兵部尚书(改称督师),带兵镇压李自成、张献忠民变。后兵败,在陕西潼关战死。《明史》称"传庭死,而明亡矣"。

4 **中旨**：唐、宋皇帝自宫廷发出亲笔命令或诏令不正常通过中书门下,直接交付有关机构执行,称为中旨。

5 **房琯车战**：唐肃宗至德元年(756),房琯任招讨节度使,与叛将安守忠战于陈涛,大败。

6 **王化贞**：字肖干,山东诸城人,明朝户部主事历右参议,东林党重要成员首辅叶向高的弟子。但后来背叛东林投奔阉党。**偾**(fèn)**辕**：覆车。比喻覆败。

达观

原文

钱遵王《读书敏求记》[1]载:赵清常殁,子孙鬻其遗书,武康山中,白昼鬼哭。聚必有散,何所见之不达耶?明寿宁侯故第在兴济,斥卖略尽,惟厅事仅

译文

钱曾《读书敏求记》记载:赵清常死后,子孙将他的遗书卖掉,在武康山中,白天就能听到鬼哭。有聚必有散,怎么就这么不达观呢?明代寿宁侯的旧宅子在兴济,被拆卖

存。后鬻其木于先祖。拆卸之日，匠者亦闻柱中有泣声。千古痴魂，殆同一辙。余尝与董曲江言：“大地山河，佛氏尚以为泡影，区区者复何足云。我百年后，倘图书器玩，散落人间，使赏鉴家指点摩挲曰：‘此纪晓岚故物。’是亦佳话，何所恨哉！”

曲江曰：“君作是言，名心尚在。余则谓消闲遣日，不能不借此自娱。至我已弗存，其他何有？任其饱虫鼠，委泥沙耳。故我书无印记，砚无铭识，正如好花朗月，胜水名山，偶与我逢，便为我有，迨云烟过眼，不复问为谁家物矣。何必镌号题名，为后人作计哉！”所见尤洒脱也。（《如是我闻一》）

得差不多了，只有厅堂留下。后来厅堂的木料卖给了我的先祖。拆卸木料那天，工匠们也听到了柱子里有哭泣声。千古的痴魂，都是这样。我曾和董曲江说：“山河大地，佛家都将之当作泡影，区区一点东西又何足牵挂。我死后，倘若那些图书器物古玩，散落于人间，让后世的赏鉴家们指点抚摸着说：‘这是纪晓岚的遗物。’也是一段佳话，有什么可遗恨的呢！”

董曲江说：“您说的这些话，功名心还在。我则认为消闲遣日，不能不借用这些来自娱自乐。等我死后，我都不在了它们还有什么意义呢？那些东西可以任其喂虫子喂老鼠，丢在泥沙里。所以我的书没有印记，我的砚没有铭识，正好像好花明月，名山胜水，偶然与我相逢，便属于我，等云烟过眼，不再问是属于谁家的。何必要刻上名号题上名字，让后人知道呢！”他的见识更加洒脱。

注释

1 **钱遵王：**钱曾，字遵王，号也是翁，又号贯花道人、述古主人。虞山（今江苏常熟）人。清代藏书家、版本学家。《读书敏求记》为钱曾藏书目录，是书继承了前人特别是宋人的书目传统，解题内容侧重于版本的鉴定。

烧 海

原文

余家距海仅百里，故河间古谓之瀛州。地势趋东，以渐而高，故海岸绝陡，潮不能出，水亦不能入。九河皆在河间，而大禹导河，不直使入海，引之北行数百里，自碣石[1]乃入。职是故也。海中每数岁或数十岁，遥见水云澒洞[2]中，红光烛天，谓之烧海。辄有断椽折栋，随潮而上，人取以为薪。越数日，必互言某匠某匠，为神召去营龙宫，然无亲睹其人，话鲛室贝阙[3]之状者，第传闻而已。余谓是殆重洋巨舶，弗戒于火，水光映射，空无障翳，故千百里外皆可见；梁柱之类，舶上皆

译文

我家离海仅有百里，所以河间古代称为瀛州。这里的地势越往东越高，靠近海岸线的地势非常陡峭，所以潮不能涌出来，海水也进不来。九河都在河间，大禹治水时，不是让河水直接流入海，而是引水北上几百里，从碣石入海，就是地势的原因。海中每隔几年或几十年，就会远远地望见在弥漫无际的水云间，红光照亮天空，人们称之为烧海。此后就会有折断的椽子和梁栋，随着潮水漂到海边，人们拿回去当作柴火。过几天，必定会互相传言某匠某匠被神召唤去营建龙宫了，但是并没有谁亲眼目睹修建龙宫的工匠，听他们讲述龙宫的样子，只是互相传闻罢了。我认为这大概是远渡重洋的巨大船舶，不慎失火，在水光映射下，天际间又没有遮掩，所以千百里外都可以看见大火；至于梁柱

有，亦不必定属殿材也。(《如是我闻三》)

之类的东西，船舶上都有，也未必就是建筑宫殿的木材。

注释

1 **碣石**：在今河北昌黎县境内。

2 **澒(hòng)洞**：绵延，弥漫。形容水势汹涌。

3 **鲛室贝阙**：指海里的宫殿。

炼丹术

原文

李芍亭家扶乩，其仙自称邱长春[1]。悬笔而书，疾于风雨，字如颠、素[2]之狂草。客或拜求丹方，乩判曰："神仙有丹诀，无丹方，丹方是烧炼金石之术也。《参同契》[3]炉鼎铅汞，皆是寓名，非言烧炼。方士转相附会，遂贻害无穷。夫金石燥烈，益以火力，亢阳鼓荡，血脉偾张，故筋力似倍加强壮；而消铄真气，伏祸亦深。观艺花者，培

译文

李芍亭家扶乩降仙，乩仙自称是丘处机。悬笔写字，比风雨还快，字体如同张旭、怀素的狂草。有客人拜求丹方，乩词说："神仙有丹诀，没有丹方，丹方是烧炼金石的术数。《周易参同契》所谓的炉鼎铅汞，都是托名，并非真讲烧炼。方士们传言附会，于是便贻害无穷。因为金石本身燥烈，再增加火力，阳气激荡，血脉膨胀，所以筋骨力气好像倍加强壮；但这是消耗真气，其中的祸害也很大。看那些养花的人，用硫黄培在树的根部，在严寒

以硫磺，则冒寒吐蕊；然盛开之后，其树必枯。盖郁热蒸于下，则精华涌于上，涌尽则立槁耳。何必纵数年之欲，掷千金之躯乎？”其人悚然而起。后芍亭以告田白岩，白岩曰：“乩仙大抵皆托名，此仙能作此语，或真是邱长春欤！”（《如是我闻三》）

时便能吐蕊开花；但是在盛开之后，这棵树必定会枯败。因为热气在下面蒸腾，其精华就从上面涌出，涌尽了就立刻枯萎了。你何必为了放纵数年的欲望，而抛弃千金之躯呢？”这个人吓得赶紧起身。后来李芍亭把这件事告诉了田白岩，田白岩说：“乩仙大多是托名，这位仙能说出这样的话，或许真是丘处机吧！”

注释

1 **邱长春：**字通密，道号长春子，登州栖霞（今属山东）人，道教主流全真道掌教，思想家、政治家、文学家、养生学家和医药学家。

2 **颠、素：**颠，指张旭，字伯高，一字季明，唐朝吴县（江苏苏州）人。以草书著名，与李白诗歌，裴旻剑舞，合称为“三绝”。素，指怀素，唐朝人，字藏真，僧名怀素，永州零陵（湖南零陵）人。他是书法史上领一代风骚的草书家，他的草书称为“狂草”，用笔圆劲有力，使转如环，奔放流畅，一气呵成，与张旭齐名，人称“张颠素狂”或“颠张醉素”。

3 **《参同契》：**即《周易参同契》，东汉魏伯阳著。后被道教吸收奉为养生经典。其学说以黄老融汇《周易》、丹火之功于一体，用《周易》的阴阳变化之理，阐述炼丹、内养之道，证明人与天地、宇宙有同体、同功而异用的法则。

献王墓

原文

河间献王墓，在献县城东八十里。墓前有祠，祠前二柏树，传为汉物，未知其审，疑后人所补种。左右陪葬二墓，县志称左毛苌[1]，右贯长卿[2]。然任邱[3]又有毛苌墓，亦莫能详也。或曰：“苌宋代追封乐寿伯，献县正古乐寿地。任邱毛公墓，乃毛亨[4]也。”理或然欤！

从舅安公五占言：康熙中，有群盗觊觎玉鱼之藏[5]，乃种瓜墓旁，阴于团焦[6]中穿地道。将近墓，探以长锥，有白气随锥射出，声若雷霆，冲诸盗皆仆[7]，乃不敢掘。论者谓王墓封闭二千载，地气久郁，故遇隙涌出，非有神灵。

译文

河间献王墓，在献县城东八十里。墓前有座祠堂，祠堂前有两棵柏树，相传为汉代栽种，不知真假，怀疑是后人补种的。左右有两座陪葬墓，县志上说左边的是毛苌，右边的是贯长卿。但任丘也有毛苌墓，也没有人能说得清楚。有人说：“毛苌在宋代被追封为乐寿伯，献县正是古代乐寿所辖之地。任丘的毛公墓，乃是毛亨的墓。”按道理或许是这样吧！

堂舅安五占公说：康熙年间有一伙盗墓贼觊觎墓中的珠宝玉器，就在墓旁种瓜，偷偷地在瓜棚中开挖地道。地道快接近墓的时候，又用长锥来打探，突然有白气随着长锥射出，声音像雷霆一般，把盗贼们全冲倒了，于是不敢再挖下去。有人议论说献王墓封闭了两千多年，地气长久郁积，碰到缝隙

余谓王功在六经，自当有神呵护。穿古冢者多矣，何他处地气不久郁而涌乎？（《如是我闻三》）

便涌了出来，并非是有神灵。我认为献王的功绩在于保存六经，自然应该有神灵保护。盗古墓的事情多了，为什么别处的地气长久郁积没有白气喷涌而出呢？

注释

1 **毛苌：**西汉赵人（今河北邯郸），古文诗学“毛诗学”的传授者，世称“小毛公”。

2 **贯长卿：**汉代毛诗学派的重要人物。

3 **任邱：**即今河北任丘，“邱”避孔子讳而改。

4 **毛亨：**战国末年鲁国（今山东曲阜）人，秦始皇时为避难而从鲁国隐居于武垣县（今沧州河间），入籍河间，遂成本地人。据称其诗学传自子夏，曾作《毛诗古训传》，简称《毛传》，以授侄子毛苌，故世人称之“大毛公”。

5 **玉鱼之藏：**指古墓中所藏珠宝玉器。

6 **团焦：**圆形草屋。

7 **仆：**向前跌倒。

糊涂神祠

原文

山西太谷县西南十五里白城村，有糊涂神祠，土人奉事之甚严。云稍不敬

译文

山西太谷县西南十五里有个村子叫白城村，白城村有糊涂神祠，乡人敬奉这位神仙极为虔诚。传说稍有不敬就会遭

辄致风雹，然不知神何代人，亦不知其何以得此号。后检《通志》[1]，乃知为狐突祠，元中统三年[2]敕建，本名利应狐突神庙。狐、糊同音，北人读入皆似平，故“突”转为“涂”也，是又一杜十姨[3]矣。（《槐西杂志一》）

受大风冰雹的灾祸，但是不知道这位神是什么时代的人，也不知道为什么会得到这样一个名号。后来检索《通志》，才知道这座神祠叫狐突祠，是元代中统三年奉皇帝之命建造的，本名“利应狐突神庙”。狐与糊同音，北方人读入声都像平声，所以“突”也就转读为“涂”了，这也又是一个“杜十姨”式的笑话了。

注释

1 **《通志》：**南宋郑樵撰。是一部以人物为中心的纪传体通史。因为在典章制度方面记载突出，与《通典》《文献通考》并称“三通”。

2 **元中统三年：**元世祖忽必烈年号，中统三年即公元 1262 年。

3 **杜十姨：**原指唐代杜甫，曾官左拾遗，故世称“杜拾遗”。旧村学究戏作“杜十姨”，民间遂讹传。

高西园痴爱印

原文

朱青雷言：高西园尝梦一客来谒，名刺为司马相如[1]。惊怪而寤，莫悟何祥。越数日，无意得司马相如一玉印。古

译文

朱青雷说：高西园曾梦见一个客人来拜访他，名片上写着司马相如。他惊怪地醒来，不知道预示着什么。等过了几天，无意间得到司马相如的

泽斑驳，篆法精妙，真昆吾刀[2]刻也。恒佩之不去身，非至亲昵者不能一见。官盐场时，德州卢丈雅雨为两淮运使，闻有是印，燕见时偶索观之。

西园离席半跪，正色启曰："凤翰一生结客，所有皆可与朋友共，其不可共者惟二物，此印及山妻[3]也。"卢丈笑遣之曰："谁夺尔物者，何痴乃尔耶！"西园画品绝高，晚得末疾[4]，右臂偏枯，乃以左臂挥毫。虽生硬倔强，乃弥有别趣。诗格亦脱洒，虽托迹微官，蹉跎以殁，在近时士大夫间，犹能追前辈风流也。（《槐西杂志一》）

一方玉印。玉印色泽斑驳，极有古韵，篆刻之法十分精妙，真是昆吾刀刻的。高西园经常佩戴不离身，不是至亲好友是不让人看的。他出任盐场官职时，德州的卢雅雨老先生为两淮运使，听说有这样一方印，宴席间偶然向他索要观看。

高西园离开座位半跪着严肃地说："我一生结交很多朋友，所有东西都可以和朋友分享，不能分享的只有两件东西，这方玉印和我的妻子。"卢老先生笑着赶他说："谁想抢你东西了，怎么痴心到这个样子！"高西园的画艺极高，晚年得了偏瘫，右臂残废，于是就用左臂画画。虽然画出的画生硬不流畅，但也别有一番趣味。他的诗风格也洒脱，虽然他官职低微，最终因为坎坷潦倒而亡，在现在的士大夫间，也称得上是比肩前辈风流的人物了。

注释

1 **司马相如：**字长卿，蜀郡成都人，西汉辞赋家。

2 **昆吾刀：**古代名刀。传言刻玉须用昆吾刀。昆吾刀乃用昆吾石冶炼成铁制作的刀。

3 **山妻：**隐士的妻子。

4 **末疾：**四肢的疾患。

杨铁崖鞋杯

原文

杨铁崖词章奇丽，虽被文妖[1]之目，不损其名。惟鞋杯[2]一事，猥亵淫秽，可谓不韵之极，而见诸赋咏，传为佳话。后来狂诞少年，竞相依仿，以为名士风流，殊不可解。闻一巨室，中元家祭，方举酒置案上，忽一杯声如爆竹，剨然中裂。莫解何故。久而知数日前其子邀妓，以此杯效铁崖故事也。(《槐西杂志一》)

译文

杨维桢词章奇绝绚丽，虽然被骂作文妖，但不影响他在文学史上的名声地位。只有鞋杯一件事，猥亵淫秽，可以说是不雅到极点，却被人吟诗作赋来赞叹，传为佳话美谈。后来那些放荡的年轻人竞相模仿，认为这是名人的风流雅事，真是太不可理解了。听说有家富豪，中元节在家祭祀，刚刚把酒放在几案上，忽然听到一个杯子如爆竹般声响，剨地从中裂开。不知道这是因为什么。过了一段时间才知道富家公子曾召妓饮酒，拿这个杯子来效仿杨维桢鞋杯的故事。

注释

1 **文妖：**元代文人杨维桢诗文清秀隽逸，别具一格，长于乐府诗，多以史事与神话为题材，诡异谲怪，被明人王彝斥为“文妖”。

2 **鞋杯：**又名双凫杯、金莲杯。指置杯酒于缠足妇女之弓鞋内，载以行酒。陶宗仪《南村辍耕录》卷二十三：“杨铁崖耽好声色，每于筵间见歌儿舞女有缠足纤小者，则脱其鞵载盏以行酒，谓之金莲杯。”

饮酒宜及未为鬼时

原文

房师孙端人先生，文章淹雅[1]，而性嗜酒。醉后所作，与醒时无异。馆阁诸公，以为斗酒百篇之亚也[2]。督学云南时，月夜独饮竹丛下，恍惚见一人注视壶盏，状若朵颐[3]。心知鬼物，亦不恐怖，但以手按盏曰："今日酒无多，不能相让。"其人瑟缩而隐。

醒而悔之，曰："能来猎酒，定非俗鬼。肯向我猎酒，视我亦不薄。奈何辜其相访意！"市佳酿三巨碗，夜以小几陈竹间。次日视之，酒如故。叹曰："此公非但风雅，兼亦狷介[4]。稍与相戏，便涓滴不尝。"幕客

译文

我考科举时的房师孙端人先生，文章高雅，天性喜欢喝酒。喝醉后所作诗文，与清醒时没有区别。馆阁诸公，都认为他是斗酒百篇李白的承续。他在督学云南的时候，晚上独自一人在月色下竹丛中饮酒，恍恍惚惚看见一个人盯着自己的酒壶和酒杯，嘴巴一动一动的。他心里知道这是鬼，也不害怕，只是用手按住酒杯说："今天的酒不多，不能请你喝了。"那人听后就退缩着消失了。

孙先生醒来后非常后悔，说："能来和我讨酒，一定不是俗鬼。肯来向我讨酒，是看得起我。怎么当时就辜负了他前来相访的好意了呢！"于是买来三大碗酒，夜里放在竹间的小桌子上。第二天去看，酒还在那里丝毫未动。他于是叹息说："这位先生不但风雅，也性情正直。稍微和他开了一个玩笑，他就一滴

或曰："鬼神但歆[5]其气，岂真能饮？"先生慨然曰："然则饮酒宜及未为鬼时，勿将来徒歆其气。"先生侄渔珊，在福建学幕，为余述之。觉魏晋诸贤，去人不远也。(《槐西杂志一》)

酒也不肯尝了。"有位幕客说："鬼神只是吸食酒气，怎么会真的喝呢？"孙先生慨然说："这么看来，应该在成为鬼之前抓紧时间痛饮，不要等将来做了鬼徒闻酒气。"孙先生的侄子渔珊在福建学幕为我讲述了这个故事。我认为孙先生的风度与魏晋诸贤的风度相差不远。

注释

1 **淹雅**：指诗文高雅。

2 **斗酒百篇之亚**：指有李白的风度。

3 **朵颐**：指突鼓的腮颊，动嘴大吃。

4 **狷介**：性情正直，洁身自好，不与人苟合。

5 **歆(xīn)**：飨，祭祀时神灵享受祭品、香火。

小说附会之词

原文

《桂苑丛谈》[1]记李卫公以方竹杖赠甘露寺僧，云此竹出大宛国，坚实而正方，节眼须牙，四面对出云云。案，方竹今闽、粤多有，不为异物。大宛即今

译文

《桂苑丛谈》记载李德裕把方竹杖赠给甘露寺的僧人，说这种竹子出自大宛国，质地坚实，形状正方，竹节枝杈四面都是对应的。按，方竹在今天福建、广东一带很多，不是什么稀奇的东西。大宛即现在的哈萨克，已经归入国家版图，那

哈萨克，已隶职方，其地从不产竹，乌有所谓方者哉！又《古今注》[2]载，乌孙有青田核，大如六升瓠。空之以盛水，俄而成酒。

案，乌孙即今伊犁地，问之额鲁特，皆云无此。又《杜阳杂编》[3]载元载造芸晖堂于私第，芸香，草名也，出于阗国，其香洁白如玉，入土不朽烂；舂之为屑，以涂其壁，故号曰芸晖。于阗即今和阗地，亦未闻此物。惟西域有草名玛努，根似苍术，番僧焚以供佛，颇为珍贵。然色不白，亦不可泥壁，均小说附会之词也。（《槐西杂志一》）

里从不产竹子，又哪里来的方竹！又有《古今注》记载，乌孙国出产青田核，有盛六升水的瓠瓢那么大。把核挖空来灌水，不一会儿就变成酒。

按，乌孙国即现在的伊犁地区，询问当地的额鲁特人，都说没有这个东西。又有《杜阳杂编》记载唐代大臣元载在他的院子里建造了芸晖堂，芸香是草名，出产自于阗国，它洁白如玉，埋入土中不会腐烂；把它捣成碎末，涂在墙上，所以叫芸晖。于阗即现在的和阗地区，也没有听说这种东西。只有一种从西域而来的玛努草，草根像苍术，番地僧侣焚烧它来供佛，很是珍贵。但它不是白色，也不可以用来涂墙，这些都是小说附会之词。

注释

1 **《桂苑丛谈》：**文言轶事小说集。共一卷，《新唐书 · 艺文志》著录，作者冯翊子，字子休。此书所记多琐屑怪异，但也不乏可资佐证史书之处。

2 **《古今注》：**崔豹撰。崔豹，西晋人，字正熊，一作正能，惠帝时官至太傅。此书是一部对古代和当时各类事物进行解说诠释的著作。

3 **《杜阳杂编》：**唐代笔记小说集，唐代苏鹗撰。苏鹗，字德祥。武功（今属陕西）人，生卒年不详。光启间进士登第，仕历不可考。

避暑山庄规矩草

原文

余校勘秘籍，凡四至避暑山庄：丁未以冬、戊申以秋、己酉以夏、壬子以春[1]，四时之胜胥[2]览焉。每泛舟至文津阁，山容水意，皆出天然，树色泉声，都非尘境；阴晴朝暮，千态万状，虽一鸟一花，亦皆入画。其尤异者，细草沿坡带谷，皆茸茸如绿罽[3]，高不数寸，齐如裁剪，无一茎参差长短者。苑丁谓之规矩草。出宫墙才数步，即鬖髿[4]滋蔓矣。岂非天生嘉卉，以等宸游[5]哉！（《槐西杂志二》）

译文

我校勘皇家典籍，四次到避暑山庄：丁未年冬天、戊申年秋天、己酉年夏天、壬子年春天，四季的风景都游赏过了。每次泛舟到文津阁，山姿水态，都是天然模样，树色泉声，都不是尘世的境界；阴晴朝暮，千态万状，即便一鸟一花，也都能入画。其中特别奇怪的是，沿坡连谷的细草，都绿茸茸的像绿地毯，这些细草只有几寸高，整齐得像裁剪过似的，没有一根是与其他参差不齐的。园丁叫它们规矩草。出了山庄才几步，这种草便参差不齐随意生长了。这难道不是天生美好的草木，等待皇上来游玩吗！

注释

1 **丁未：**乾隆五十二年(1787)。**戊申：**乾隆五十三年(1788)。**己酉：**乾隆五十四年(1789)。**壬子：**乾隆五十七年(1792)。

2 **胥：**全，都。

3 **罽(jì)**:兽毛织品。

4 **鬖髿(sān suō)**:比喻草木枝叶下垂貌。

5 **宸游**:帝王之巡游。

唐都护府故城

原文

特纳格尔为唐金满县地,尚有残碑。吉木萨有唐北庭都护府[1]故城,则李卫公[2]所筑也。周四十里,皆以土墼[3]垒成;每墼厚一尺,阔一尺五六寸,长二尺七八寸。旧瓦亦广尺余,长一尺五六寸,城中一寺已圮尽,石佛自腰以下陷入土,犹高七八尺。铁钟一,高出人头,四围皆有铭,锈涩模糊,一字不可辨识。惟刮视字棱,相其波磔[4],似是八分书[5]耳。城中皆黑煤,掘一二尺乃见土。

额鲁特[6]云:"此城昔以火攻陷,四面炮台,即攻城时

译文

特纳格尔在唐代属于金满县管辖,现在还有残存的唐碑。吉木萨有唐代北庭都护府的故城,是李卫公李靖建筑的。故城周长四十里,都是用土坯垒成;每块土坯厚一尺,宽一尺五六寸,长二尺七八寸。旧瓦也有一尺多宽,长一尺五六寸,城中有一座寺庙已经坍塌殆尽,有石佛自腰以下都陷入土中,露在外面的还有七八尺高。有一口铁钟,有一人多高,四围都有铭文,铁迹锈涩,铭文模糊,一个字也辨识不出来。只有刮去锈斑,根据字的笔画,看上去像是分隶。城中到处黑乎乎的,挖一二尺才能看见土。

额鲁特人说:"这座城以前是用火攻陷的,四面的炮台即是攻城时所修

所筑。”其为何代何人，则不能言之。盖在准噶尔前矣。城东南山冈上一小城，与大城若相犄角，额鲁特云：“以此一城阻碍，攻之不克，乃以炮攻也。”庚寅[7]冬，乌鲁木齐提督标增设后营，余与永余斋名庆，时为迪化城督粮道，后官至湖北布政使。奉檄筹画驻兵地。万山丛杂，议数日未定。余谓余斋曰：“李卫公相度地形，定胜我辈。其所建城必要隘，盍因之乎？”余斋以为然，议乃定，即今古城营也。本名破城，大学士温公为改此名。其城望之似孤悬，然山中千蹊万径，其出也必过此城，乃知古人真不可及矣。褚筠心学士修《西域图志》[8]时，就访古迹，偶忘语此。今附识之。（《槐西杂志三》）

筑的。”这件事发生在哪一朝代，是什么人，就说不清了。大概在准噶尔部占领之前。故城东南山冈上有一座小城，与大城掎角相对，额鲁特人说：“因为有这座城的阻碍，城没能攻下来，于是就用炮攻。”乾隆庚寅年冬天，乌鲁木齐提督命令在这一带增设后营，我和永余斋名叫庆，当时是迪化城的督粮道，后来官至湖北布政使。奉命筹划驻兵扎营的地方。由于山多路杂，讨论了几天也没定下来。我和永余斋说：“李卫公勘察地形，肯定比我们强。他筑城的地方一定是要塞，不如就在他筑城的地方扎营？”永余斋也认为有道理，于是便议定，这就是现在的古城营。本来叫“破城”，大学士温公改成现在的名称。这座城看上去好像很孤单，但是山中有千万条大大小小的路，都要经过这座小城，由此才知道古人的智慧才能真让人望尘莫及。学士褚筠心修《西域图志》时，到这一带寻访过古迹，我忘了告诉他这座小城。现在附记在此。

注释

1 **北庭都护府：**唐朝设立于西域天山以北的行政单位，管理区域东起伊吾，西至咸海一带，北抵额尔齐斯河到巴尔喀什湖一线，南至天山。武周长安二年(702)，武则天于庭州置北庭都护府（今新疆吉木萨尔北破城子)，取代金山都护府，管理西突厥故地，仍隶属于安西都护府。景云二年(711)，北庭都护府升为大都护府，与安西都护府分治天山南北。

2 **李卫公**：即李靖，字药师，雍州三原（今陕西三原）人。隋末唐初将领，是唐朝文武兼备的著名军事家。后封卫国公，世称“李卫公”。李靖善于用兵，长于谋略，原为隋将，后效力李唐，为唐王朝的建立发展立下赫赫战功，南平萧铣、辅公祏，北灭东突厥，西破吐谷浑。去世后谥曰“景武”，陪葬昭陵。

3 **土墼**(jī)：土坯，垒土墙用。

4 **波磔**：笔画。

5 **八分书**：是隶书的一种，人们把带有明显波磔特征的隶书称为“八分书”。亦称“分书”或“分隶”。

6 **额鲁特**：漠西蒙古族部落。

7 **庚寅**：乾隆三十五年(1770)。

8 **《西域图志》**：清代官修地方志之一。全称《钦定皇舆西域图志》。乾隆二十年(1755)，清廷平定准噶尔，天山南北尽入版图。次年二月，乾隆帝下令编纂《西域图志》，以大学士刘统勋主办其事，派都御史何国宗等率西洋人分别由西、北两路深入吐鲁番、焉耆、开都河等地及天山以北进行测绘。于乾隆四十七年告成。内容涵盖新疆的疆域、山川、河流、兵防、屯政、贡赋、钱法、学校、封爵、风俗、音乐、服物、土产、藩属、杂录等十九门。《西域图志》对后人了解乾隆时期的新疆，有重要的参考价值，也是研究清代早期新疆政治、经济、文化等必不可少的重要文献。

误传仙诗

原文

余从军西域时，草奏草檄，日不暇给，遂不复吟咏。或得一联一句，亦境过辄忘。《乌鲁木齐杂诗》百六十首，皆归途追忆而成，非当日作也。一日，功加毛副戎[1]自述生平，怅怀今昔，偶为赋一绝句曰："雄心老去渐颓唐，醉卧将军古战场。半夜醒来吹铁笛，满天明月满林霜。"毛不解诗，余亦不复存稿。

后同年杨君逢元过访，偶话及之。不知何日杨君登城北关帝祠楼，戏书于壁，不署姓名。适有道士经过，遂传为仙笔。余畏人乞诗，杨君畏人乞书，皆不肯自言。人又微知余能诗不能书，杨君能书不

译文

我在西域从军时，每天草拟各种奏章、公文，整天都忙得不可开交，没有时间作诗。有时偶尔写一联一句，也是事过就忘。《乌鲁木齐杂诗》一百六十首，都是在归途中追忆写成，并不是当时所作。一天，毛功加副总兵自述生平事迹，怅然感叹时间流逝，我即兴写成一首绝句："雄心老去渐颓唐，醉卧将军古战场。半夜醒来吹铁笛，满天明月满林霜。"毛功加不懂诗，我也没留底稿。

后来同年杨逢元来访，偶然说到这首诗。不知道什么时候杨逢元登城北关帝祠楼，随便把这首诗写在墙壁上，也没有署姓名。正好有个道士经过看到了这首诗，于是就把这首诗传为仙人之笔。我怕人求诗，杨逢元怕人求字，都不肯说破这件事。人们

能诗，亦遂不疑及，竟几于流为丹青。迨余辛卯还京祖饯[2]，于是始对众言之。乃爽然若失。昔南宋闽人林外题词于西湖，误传仙笔。元王黄华诗刻于山西者，后摹刻于滇南，亦误传仙笔。然则诸书所谓仙诗者，此类多矣。（《姑妄听之二》）

略微知道我能写诗但字不好，杨逢元能写好字但不会作诗，也就没有怀疑到我俩头上，于是这件事几乎要载入史册了。直到乾隆辛卯年奉旨还京，大家为我饯行时我才说破这件事。大家听后都怅然若有所失。过去南宋福建诗人林外在西湖题诗，误传为仙诗。元代王黄华的诗刻在山西石头上，后来有人在滇南摹刻，也误传为仙诗。可见书中所谓的仙诗，类似这样的情况有很多。

注释

1 **副戎：**副总兵。

2 **辛卯：**乾隆三十六年(1771)。**祖饯：**饯行。

道士说地理

原文

胶州法南墅，尝偕一友登日观。先有一道士倚石坐，傲不为礼，二人亦弗与言。俄丹曦[1]欲吐，海天滉耀[2]，千汇万状，不

译文

胶州法南墅，曾陪一个朋友登泰山日观峰。先有一位道士已经靠石头坐着，傲慢而无礼，他们两人也不和道士搭话。过了一会儿太阳将要升起，海天晃动，千汇万状的景象，难以形容。法南墅吟诵元人

可端倪。南墅吟元人诗曰：“‘万古齐州烟九点，五更沧海日三竿’不信然乎！”道士忽哂曰：“昌谷[3]用作《梦天》诗，故为奇语。用之泰山，不太假借乎？”南墅回顾，道士即不再言。

既而踆乌[4]涌上，南墅谓其友曰：“太阳真火，故入水不濡也。”道士又哂曰：“公谓日自海出乎？此由不知天形，故不知地形；不知地形，故不知水形也。盖天椭圆如鸡卵，地浑圆如弹丸，水则附地而流，如核桃之皴皱。椭圆者东西远而上下近。凡有九重，最上曰宗动[5]，元气之表，无象可窥。次为恒星，高不可测。次七重，则日月五星各占一重，随大气旋转，去地且二百余万里，无论海也。浑圆者地无正顶，身所立处皆为顶；地无正平，目所见处皆为平。至广漠之野，四望天地相接处，其圆中规，中高

诗句说：“‘万古齐州烟九点，五更沧海日三竿’怎么能不相信呢！”道士忽然嘲笑道：“李贺《梦天》诗自然奇妙。用来说泰山日出，不是太勉强了么？”法南墅回头看，道士就不再说话了。

过了一会儿太阳升起，法南墅和他的朋友说：“太阳是真火，所以入水后也不会沾湿。”道士又嘲笑说：“您认为太阳是从海里面出来的吗？这是因为您不知道天的形状，所以也不知道地的形状；不知道地的形状，所以不知道海水的形状。大致来说天是椭圆形的，像鸡蛋，地是浑圆的，像弹丸，水则是依附着地而流，就像核桃壳表面的皱沟。天体椭圆，东西距离远，上下距离近。天共有九层，最上一层叫宗动，是元气的外表，人们看不到它的形状。下一层是恒星，高度不可测量。下面的七层，则是日、月、五星各占一层，它们随着大气旋转而旋转，离地面还有二百多万里，更不用说离海面有多远了。地球浑圆，没有一个唯一的正顶点，人所站立的地方都可以说是顶点；地面没有一道唯一的正平线，眼睛能看到的都可以说是正平线。在非常广阔空旷的原野上，朝四面望去，直到天地相接的地方，视力所到的地方正好是一个正圆形，这就证明地球是个圆球面，站的地方

而四隤[6]之证也，是为地平。圆规以外，目所不见者，则地平下矣。湖海之中，四望天水相合处，亦圆中规，是又水随地形，中高四隤之证也。然江河之水狭且浅，夹以两岸，行于地中，故日出地上始受日光。惟海至广至深，附于地面，无所障蔽，故中高四隤之处，如水晶球之半。日未至地平，倒影上射，则初见如一线；日将近地平，则斜影横穿，未明先睹。今所见者是日之影，非日之形；是天上之日影隔水而映，非海中之日影浴水而出也。至日出地平，则影斜落海底，转不能见矣。儒家盖尝见此景，故以为天包水，水浮地，日出入于水中，而不知日自附天，水自附地。佛家未见此景，故以须弥山[7]四面为四州，日环绕此山，南昼则北夜，东暮则西朝，是

就是中心和最高的地方，而周围的地方渐渐低下去，天地相接处就是地平线。这个正圆形以外，眼睛所不及的地方，就是地平线以下了。如果在湖海之中，朝四面望去，天水的相接处，也构成一个正圆形，这又证明水面是随地面伸展，也是中间高而四周低。但是江河的水既狭窄又浅，夹在两岸中间，在地面中间流动，所以一定要等到太阳出了地平面才能看到日光。只有像海那样，至广至深，附在地面上，没有什么遮蔽的东西，所以人处在中间高而四面低的地方，地球的这一部分便像一个水晶球的一半。当太阳还没有到达地平线，它的光线往上倒射，于是人们开始见到地平线上有一道光线；太阳接近地平线时，它的光线斜照，所以人们在太阳还没有出来时就见到了。现在我们见到的是太阳的影子，而不是真的太阳；是天上的太阳隔着地平线的水映现出来，而不是海中的太阳从水中钻出来。等到太阳高出地平面后，太阳照在水中的影子落到海底，陆地上的人反而看不见了。儒家学者大概曾经见到过这种现象，所以认为是天包着水，水浮着地，太阳从水中出入，而不知道太阳实际上附着于天空，水附着在地面上。佛家没有见到过这种景象，所以认为须弥山的四面有四洲，太阳环绕着这座山，南边

日常旋转，平行竟不入地。证以今日所见，其谬更无庸辩矣。”

南墅惊其博辩，欲与再言。道士笑曰：“更竟其说。子不知九万里之围圆，以渐而迤，以渐而转，渐迤渐转，遂至周环。必以为人能正立，不能倒立，拾杨光先之说，苦相诘难。老夫慵惰，不能与子到大郎山上看南斗，大郎山在亚禄国[8]，与中国上下反对。其地南极出地三十五度，北极入地三十五度。不如其已也。”振衣径去，竟莫测其何许人。（《姑妄听之三》）

是白天，北边是夜晚，东边是傍晚，西边是早晨，太阳总是围绕地球平行旋转，总是不入地。用我们现在看到的景象来检验，这种说法的荒谬更不用辩解了。”

法南墅惊奇道士的博学与善辩，打算再和他说话。道士笑着说：“让我再把这个问题说完。你不知道地球表面有九万里，它的圆形一点一点伸展，就一点一点转弯，这样渐伸渐转，最后便转了一周。你一定认为人能正着站立，不能倒立，拾起杨光先的那一套说法，与我苦苦争辩。老夫懒惰，不能和你到大郎山上去看南斗，大郎山在亚禄国，与中国正好上下相对。那里南极高出地平线三十五度，北极低出地平线三十五度。不如就到此为止吧。”说完，道士抖抖衣服径自离去，最终不能断定他究竟是什么人。

注释

1 **丹曦**：红日。

2 **滉(huàng)耀**：波动，摇动。

3 **昌谷**：即李贺，字长吉，唐代诗人。

4 **踆(cūn)乌**：古代传说中太阳里的三足乌。《淮南子·精神训》：“日中有踆乌。”高诱注：“踆，犹蹲也。谓三足乌。”

5 **宗动**：古代所谓九重天中的第九重，称为宗动天，即上帝的起居室。

6 **隤(tuí)**：水向下流动。

7 **须弥山**：又译为苏迷卢山、弥楼山，意思是宝山、妙高山，又名妙光山。须弥山即位于此世界之中央。相传此山有八山八海绕其四周，入水八万由旬，出于水上高八万由旬，纵广之量亦同。周围有三十二万由旬。由四宝所成，北面为黄金、东面为白银、南面为琉璃、西面为玻璃。

8 **亚禄国：**即今美国。

与兄行年较一岁

原文

黄叶道人潘班，尝与一林下[1]巨公连坐，屡呼巨公为兄。巨公怒且笑曰："老夫今七十余矣。"时潘已被酒，昂首曰："兄前朝年岁，当与前朝人序齿[2]，不应阑入[3]本朝。若本朝年岁，则仆以顺治二年九月生，兄以顺治元年五月入大清，仅差十余月耳。唐诗曰：'与兄行年较一岁'，称兄自是古礼，君何过责耶？"满座为之咋舌。

论者谓潘生狂士，此语太伤忠厚，宜其坎壈[4]终身，然不能谓其无理也。余作《四库全书总目》，明代集部以练

译文

黄叶道人潘班，曾和退隐的大官同席赴宴，屡次称他为兄。退隐官员又生气又好笑地说："老夫今年七十多岁了。"当时潘班已经喝醉了，昂着头说："老兄在前朝所过的年岁，应当和前朝人去排长幼顺序，不应该一并算进本朝来。若按本朝的年岁，那么我在顺治二年九月出生，老兄在顺治元年五月跨入大清，我们俩仅仅差十多个月。唐诗说：'与兄行年较一岁'，我称你为兄自然是按照古礼，你何必过分指责呢？"满座宾客听到这话都为之咋舌。

评论这件事的人都认为潘班是个狂士，这种话太伤忠厚之义，他一辈子坎坷不如意看来不是偶然的，但是也不

子宁[5]至金川门卒龚诩[6]八人列解缙、胡广[7]诸人前，并附案语曰："谨案练子宁以下八人，皆惠宗旧臣也。考其通籍之年[8]，盖有在解缙等后者。然一则效死于故君，一则邀恩于新主，枭鸾异性[9]，未可同居，故分别编之，使各从其类。至龚诩卒于成化辛丑，更远在缙等后，今亦升列于前，用以昭名教是非。"千秋论定，纡青拖紫[10]之荣，竟不能与荷戟老兵争此一纸之先后也。黄泉易逝，青史难诬。潘生是言，又安可以佻薄废乎？（《姑妄听之四》）

能说他所说的没有道理。我在作《四库全书总目》时，明代集部中将练子宁到龚诩等八人列在解缙、胡广等人的前面，并附有按语说："谨按练子宁以下八人，都是惠宗的旧臣。考察他们做官的时间，又在解缙等人后面。但一是为原来的君主效死力，一是投靠新君永乐皇帝获得恩宠，就如枭和鸾本性不同，不能排列在一起，所以将他们分别编次，让他们各自归到所属的一列。至于龚诩死于明成化辛丑年，更是远在解缙等人后面，如今也将他们升列在前面，用这种排列次序来昭示礼仪纲常和人事是非。"千秋之下是非定论，那些变节之人，虽然生前地位显赫，死后竟然不能与一位老兵争青史留名的先后。死去的人很快被人遗忘，但史书中的是非却不能颠倒。潘班的这些话，又怎么能够认为是轻佻刻薄而不予肯定呢？

注释

1 **林下：**指幽僻之境，引申指退隐或退隐之处。

2 **序齿：**按年龄大小排序。

3 **阑入：**擅自闯入。

4 **坎壈（lǎn）：**困顿，不顺利。

5 **练子宁：**名安，三洲（今江西峡江）人。洪武十八年（1385）以贡士廷试对策，力言强国富民之道，擢为一甲第二名（即榜眼）。初授翰林修撰。后任工部侍郎。建文年间改任吏部侍郎，以举贤荐能为己任，政声斐然。

6 **龚诩：**明代学者。一名翊，字大章，号纯庵，苏州昆山（今属江苏）人。建文时为金川门卒，燕兵至，恸哭遁归，隐居授徒，后周忱巡抚江南，两荐为学官，坚辞，有《野古集》。

7 **解缙：**字大绅，一字缙绅，号春雨、喜易，吉水（今江西吉水）人，洪武二十一年(1388)中进士，官至内阁首辅、右春坊大学士，参预机要事务。**胡广：**一名靖，字光大，号晃庵，江西吉水人。明代文学家、内阁首辅，南宋名臣胡铨之后。建文二年(1400)庚辰科状元，官至文渊阁大学士。

8 **通籍之年：**做官的时间。"通籍"指记名于门籍，可以进出宫门。因此后来便称做官为"通籍"。

9 **枭鸾异性：**相传枭为恶鸟，鸾为神鸟，对举以比喻恶与善、小人与君子。

10 **纡青拖紫：**纡，系结；青、紫，古代官吏印绶的颜色。比喻地位显贵。

酒有别肠

原文

酒有别肠[1]，信然。八九十年来，余所闻者，顾侠君前辈称第一，缪文子前辈次之。余所见者，先师孙端人先生亦入当时酒社。先生自云："我去二公中间，犹可著十余人。"次则陈句山前辈与相敌，然不以酒名。近时路晋清前辈称第一，吴云岩前辈亦骎骎[2]争胜。晋清曰：

译文

有特别能喝酒的人，的确是这样。八九十年来，我听说的，顾侠君前辈称第一，缪文子前辈称第二。我所见过的，先师孙端人先生也能够入当时的酒社。先生自己说："在我和顾、缪二公之间，还可以排上十几个人。"其次是陈句山前辈能和他相匹敌，但是他的酒量不著名。近些年路晋清前辈称第一，吴云岩

“云岩酒后弥温克[3]，是即不胜酒力，作意矜持也。”验之不谬。

同年朱竹君学士、周稚圭观察，皆以酒自雄。云岩曰：“二公徒豪举耳。拇阵喧呶[4]，泼酒几半，使坐而静酌则败矣。”验之亦不谬。后辈则以葛临溪为第一，不与之酒，从不自呼一杯；与之酒，虽盆盎无难色，长鲸一吸，涓滴不遗。尝饮余家，与诸桐屿、吴惠叔等五六人角，至夜漏将阑，众皆酩酊[5]，或失足颠仆，临溪一一指挥僮仆扶掖登榻，然后从容登舆去，神志湛然，如未饮者。其仆曰：“吾相随七八年，从未见其独酌，亦未见其偶醉也。”

惟饮不择酒，使尝酒亦不甚知美恶，故其同年以登徒好色[6]戏之，然亦罕有矣。惜不及见顾、缪二前辈，一决胜负也。端人先生恒病余不能饮，曰：“东坡长处，学之可也，何并其短处，亦刻画求似？”及余典试得临溪，以书

前辈也能赶超争胜。路晋清说：“吴云岩酒后更加温和安静，这是因为不胜酒力故意矜持。”见他喝过，的确如此。

同年朱竹君学士、周稚圭观察，都以豪饮自居。吴云岩说：“这两位只是豪举罢了。举着杯子猜拳喧嚷，酒泼出去一大半，如果让他们坐下来安静地喝就不行了。”也的确是这样。后辈则以葛临溪为第一，不给他酒，他从不主动要；给他酒，即便是一大盆子也面无难色，像长鲸一吸，滴酒不留。他曾在我家与诸桐屿、吴惠叔等五六人喝酒比赛，到了天快亮时，大家都酩酊大醉，有人失足跌倒，葛临溪指挥僮仆一一把他们扶回家，安放在床上，然后自己从容坐车回去，神志还是那么清醒，像是没喝一样。他的仆人说：“我跟随主人七八年，从没有见过他独酌，也没有见过他偶然喝醉。”

喝酒从来不选择，让他尝酒也不大知道酒的好坏，所以他的同年用登徒好色的故事来取笑他，他这样的酒量是很少见的。可惜我没有见过顾、缪两位前辈，一决胜负。孙端人先生常常指责我不能喝酒，说：“苏东坡长处学了是可以的，怎么连他的短处也刻意相似呢？”等到我主持科考录取了葛临溪，

报先生，先生覆札曰：“吾再传有此君，闻之起舞，但终恨君是蜂腰[7]耳。”前辈风流，可云佳话。今老矣，久不预少年文酒之会，后来居上，又不知为谁矣。（《滦阳续录六》）

写信给孙先生，先生回信说：“我的再传弟子中有他，听到消息让我很高兴，但遗憾的是你这个中间的人不会喝酒。”前辈的风流潇洒，可以说是佳话。我如今也老了，很久没有参加年轻人的论文品酒集会，酒量后来者居上的，又不知道是哪一位了。

注释

1 **别肠：**与众不同的肠胃，比喻能豪饮。

2 **骎骎**(qīn)：迅疾的样子。

3 **温克：**温和谦恭、谨慎自持。

4 **拇阵喧呶：**拇阵指拇战。民间饮酒时一种助兴取乐的游戏。酒令的一种。喧呶，形容声音嘈杂。

5 **酩酊**(mǐng dǐng)：指醉得迷迷糊糊。

6 **登徒好色：**典出宋玉《登徒子好色赋》。文中通过刻画一个丑女形象来说明登徒子的好色。

7 **蜂腰：**形容女子或者男子腰部曲线优美，非常细。此处指作者不喝酒，于此差了一环。

图书在版编目(CIP)数据

阅微草堂笔记/武君导读注译.—长沙:岳麓书社,2019.1(2021.7 重印)
(古典名著普及文库)
ISBN 978-7-5538-0998-4

Ⅰ.①阅… Ⅱ.①武… Ⅲ.①笔记小说—小说集—中国—清代②《阅微草堂笔记》—译文 Ⅳ.①I242.1

中国版本图书馆 CIP 数据核字(2018)第 109646 号

YUEWEI CAOTANG BIJI
阅微草堂笔记
导读注译:武 君
责任编辑:李郑龙
责任校对:舒 舍
封面设计:罗志义

岳麓书社出版发行
地址:湖南省长沙市爱民路 47 号
直销电话:0731-88804152 0731-88885616
邮编:410006

版次:2019 年 1 月第 1 版
印次:2021 年 7 月第 3 次印刷
开本:890mm×1240mm 1/32
印张:11.375
字数:317 千字
书号:ISBN 978-7-5538-0998-4
定价:46.00 元

承印:北京一鑫印务有限责任公司

如有印装质量问题,请与本社印务部联系
电话:0731-88884129